我靠美顏
穩住天下

1

著 望三山
繪 黑色豆腐

我靠美顏穩住天下

1

contents

我靠美顏穩住天下

1

contents

第一章

京城二月，春寒料峭。

大內寢宮中，來往的宮女面上帶著喜意，步步生風地往殿中端著熱水和巾帕。

明黃龍床上伸出一隻白皙的手，一旁候著的小太監眼睜睜地看著聖上就要起身落地，心中著急。太監總管田福生正在外頭給陛下暖鞋，這會沒人攔著，聖上才大病初癒，一舉一動都讓人心驚膽戰。

小太監打個激靈，往前一竄就趴在了床前地上，那天底下最尊貴的人，就及時踩在了小太監的背上。

小太監滿頭虛汗，竭力放鬆著背部肌肉，結結巴巴道：「聖上，您可別受了涼。」

聖上笑了一聲，笑罵道：「滾一邊去。」

小太監不敢不聽他的話，但也不敢讓他就這樣下地，大著膽子道：「聖上不可，地上涼，會有寒氣從腳底竄進去。」

田福生一進來就聽到小太監這句話，忙上前跪倒在地，手裡捧著龍靴，假哭道：「聖上，小的這就來服侍您下地，您可萬萬別將腳放下來，小的這心都快要從嗓子眼裡跳出來了。」

顧元白啞然失笑：「朕看你一天能跳出個十七八回。」

田福生嘿嘿一笑，小心托著顧元白的雙腳，細心給他穿著鞋襪。

顧元白嗅著滿屋的薰香和藥味，心中不禁歎了一口氣。

他不是什麼正經八百的皇帝，而是積極向上的二十一世紀有為青年，玩高空跳傘時穿過雲層的剎那，一睜眼就在這具身體上醒來了。

這個朝代叫大恒，記憶中沒有，應當是架空，生產程度到達了北宋的水準。

顧元白的這具身體先天不足，太過疲弱，皇帝當得也不怎麼樣。

顧元白來到這裡的時候，宦官專政已經出現了苗頭，而宦官專政的出現往往表示著一個王朝已經走到了中後期。權臣和地方勢力膨脹，宦官也想要操縱軍政，顧元白拖著這副病體，蟄伏了整整三年的時間，一舉將權臣和宦官集體拉下了馬，清洗了一遍前朝和內廷，暫且平衡住了三方勢力，將皇權威嚴恢復到了先帝之時。

正當他準備摩拳擦掌大幹一番時，身體沒撐住，在冬末之際，迎來了一場轟轟烈烈的風寒。

重病那幾日顧元白偶然之間聽到了一兩個極為耳熟的名字，這才終於想了起來，他不是穿越到了一個架空世界，他是穿到了書裡。

書裡的小皇帝活不過幾年就會死，讓位給書裡的男主角攻、大名鼎鼎的攝政王，書裡的男主角受是個能臣，會輔佐攝政王留下傳世佳名。顧元白是個直男，鐵直，知道這本書還是因為這書改編成了賣腐的宮廷政鬥網路劇。

知道自己活不了幾年之後，顧元白確實被打擊了一段時間，先前的野心被扔在了一邊，不如一個活命的良方重要。

他自我欺騙，這皇位註定不是他的，他現在做的再多，都是在為未來的皇帝鋪路。

但是就此放棄，又實在不甘心。

這次病中，顧元白想了很多，最終決定順其自然，他管好他自己這幾年，享受好人生最後的一段皇位時光，順便打打醬油，圍觀圍觀書中兩位男主角的基情。

顧元白還真沒見過這樣的基情。「聖上，好了。」田福生放下顧元白的雙腳，輕手輕腳地生怕驚著了深思的聖上。

顧元白終於站在了地上，宮女拿著薰好香的常服來為顧元白更衣。

衣裳還沒換好，外頭有太監前來通報：「聖上，和親王同戶部尚書及其公子正在殿外等候。」

「讓他們進來。」顧元白道。

太監將三人引了進來，三人朝著顧元白行了禮，顧元白淡淡應了一聲，「起吧。」

戶部尚書的公子還未立冠，正是天不怕地不怕的年紀，他早上被他爹叮囑了十幾二十次，萬不可直視聖顏，但不讓他做的事他偏是要做，如今站在和親王和爹爹身後，借著角落的隱蔽，他偷偷抬起了眼。

天下之主，正如顧元白所說，是舉國之力養出來的最嬌貴的人。

小公子這一抬眼，就見宮女小心將聖上的一頭青絲順在身後，聖上今日才病好，為了討個喜慶，特地穿了一身紅袍，玉面映著薄紅。

小公子連忙慌亂低下頭，再也不敢抬眼看上一眼。

「這就是湯大人家的大公子？」

顧元白的語氣和氣，湯大人受寵若驚，躬身道：「聖上前次才同臣說過宮中少了些年輕人，犬子資質平庸、天生愚笨，但勝在年輕，平日裡鬧得很。若是聖上不嫌棄，臣就讓他多進宮陪陪聖上，也好給聖上解悶。」

顧元白又想歎氣了。

前些時日他剛做成大事，這樣的暗示是為了讓這些大臣把家中孩子送到宮裡，他身體孱弱沒后妃和子女，這樣做既是將他們當做牽制臣子的繩索，又是為了以示恩寵，好敲打寵愛幾番以分裂文人官僚集團，三是想看看有沒有有為之才，好趁早培養忠心收為己用。

但現在，白費這個心了。

「過來，讓朕瞧一瞧，」顧元白朝著小公子招了招手，笑道：「湯大人莫要自謙，你教導有方的名聲，朕也是聽過的。」

小公子屏著氣走到聖上跟前，湯大人也緊張得背部微濕。自從聖上一舉清洗大內之後，他面對聖上時總會緊張無比，聖上在朝中的威嚴愈加濃重，他擔心嫡子御前失儀。

還好聖上今日心情應當不錯，問的問題也很是和睦，小公子一個個答了，從開始的結結巴巴也逐漸放開了起來。

顧元白正要端起杯子喝口茶，手上卻陡然無力地一抖，茶杯摔落在地，發出刺耳的一聲脆響。顧元白看著地上的碎片，只覺得一陣怒火攻心，喉間一癢，開始咳嗽了起來。

小公子被嚇了一跳，下意識朝著聖上看去，聖上白得透明的手指摸著胸口，眉頭緊皺，又驚又怒。

「聖上，」小公子大著膽子擔憂問道，「您還好嗎？」

碎裂的茶杯已經被收拾下去，顧元白止住了咳嗽，又露出一個笑，「朕無事。」

進殿以來一直沒有說話的和親王嗤笑了一聲，涼涼道：「聖上要好好保重龍體，父皇當日將天下傳予聖上時，聖上還沒有如今這般孱弱。」

顧元白歎了口氣，「和親王說得是。」

顧元白很快就調整了情緒，他起身走到殿外，抬頭看看天氣，「今天的天氣可真是不錯。」

「聖上身體大好了，天都放晴了，」戶部尚書緊隨道，「聖上病著的那幾日，城中的百姓也愁眉不展，日日在家中為聖上祈福。聖上以德治天下，天下民心盡順，老天爺也是珍重聖上的。」

聖上笑了，戶部尚書見此，再接再厲道：「這兩日應當都是晴天，春雨貴如油，前些時日細雨一下，郊外的青草野花也都盛開了。犬子都說，他們明日裡還有一場蹴鞠賽。」

「哦？」顧元白饒有興趣，「蹴鞠賽？」

當今聖上喜歡蹴鞠，這是天下人都知道的事。小公子臉都紅了，暗暗激動地行禮道：「明日是學府內的學子約的蹴鞠賽，統共有四個學子隊，為時一個半時辰。」

顧元白道：「說得朕也來些興致了，你們學府明日的蹴鞠賽在何時何地舉辦？朕也去湊一湊熱鬧。」

小公子聲音顫抖地應下：「是、是。」

田福生眼尖地看清了聖上眉目之間的疲憊，他趕緊上前請走了戶部尚書及其公子，和親王站在一旁當了一路的木頭，此時臉色鐵青，狠狠瞪了一眼顧元白，甩袖一同走了。

顧元白看著他這難看的神色，哈哈大笑了一會，直到胸口發悶才停了笑，意氣風發道：「田福生，走，跟著朕逛一逛御花園。」

「是。」湯大人父子倆出了宮殿就急匆匆的分路而行，一個去找兵部尚書做好明日聖上出宮觀看蹴鞠賽的準備，一個趕快回到了學府，去同掌教說聖上親臨的事。

這事果然在國子學中翻起驚濤駭浪，掌教蹭地站了起來，「聖上親臨？」

助教和直講跟著站起身，殷殷切切地看著戶部尚書的兒子湯勉，哪裡還有平日裡的嚴厲矜持。

湯勉忍不住又說了一遍：「回掌教，聖上是如此說。」

掌教是正五品，學府的官職沒有朝會可上。他也只曾遠遠地見過一次聖顏，此時聽到這個消息，胸腔內頓時湧上一股大喜之意，他滿面春風地在屋內走來走去，時不時哈哈大笑，如同喝醉了酒一般的興奮。

助教和直講更是從未見過聖顏，其中一個鍾直講今已五十多歲，不禁兩行熱淚流下，與身邊人喃喃：「未想到我也能有面聖的一天。」

助教勉強冷靜：「掌教，咱們學府中的那四隊蹴鞠隊可是隨便招收的，本事有好有壞，若是這樣上場，必定會壞了聖上的興致。」

掌教腳步猛得一停，不住點頭：「對對，那就今日趕快再重新收拾四隊踢蹴鞠踢得厲害的。哈哈，那群小子怕是聽到聖上要來，都要一擁而上了。」

掌教想起什麼，又轉頭問湯勉，「聖上可有說是微服私訪，還是大張旗鼓？」

湯勉訥訥：「聖上並沒有說，但家父已經去找兵部尚書了。」

掌教想了想，撫著鬍子點了點頭，也不再同湯勉多說，道：「明日你必定要上場的，今日好好休息，明日好為我國子學爭光。」

湯勉堅定道：「學生會的！」

他只要想一想明日聖上會來看他蹋蹴鞠，就已經覺得渾身都是勁兒了，恨不得現在就是明日，好在聖上面前表現一番。

第二章

京城裡的官學有兩家，一是國子學，二是太學。當天晚上，國子學中的消息就不知怎麼傳到了太學裡，太學的掌教厚著臉皮發出單方面的合作邀請，也組建了四隊蹴鞠隊，打算明天在聖上面前同國子學好好比上一比。

你們學府裡的人自己玩自己有什麼好玩的？帶上我們一起啊！我們的學生個高力氣大，踢球可是一把好手！

在給國子學找不痛快這一塊，太學拿捏得死死的。

第二日聖上果然駕臨，聖上穿著常服，端坐在一處遮了布的亭子之中，此時還春寒料峭，聖上身邊伺候的人和文武大臣，沒一個敢讓聖上再吹些寒風。

亭中只有對著賽場一面給空了出來，火盆堆在一旁，此時比賽還沒開始，但賽場一旁已經擠滿了聞訊而來的百姓。

這些人，擠破頭來也想瞧聖上一眼。

場外的聲音嘈雜，熱鬧起來之後都要頂破了天，還有人爬到了樹上，抱著樹幹伸脖子往場裡看。

戶部尚書的兒子湯勉雙拳緊握得有些發麻，他只覺得胸口緊張得發悶，看一眼遠處聖上待的亭子後，緊張又變成了熊熊的鬥志。

他的好友平昌侯世子，此時正緊張兮兮地同湯勉說著話：「我覺得我小腿好像抽筋了。」

湯勉一驚，「趕快揉揉，一會兒比賽就開始了，咱們得踢得漂漂亮亮地給聖上看！」

「就是因為知道聖上在這我才緊張的。」平昌侯世子苦著臉，「我爹聽說我今日要給聖上踢球，一大早天還沒亮就把我叫了起來，又是耍拳又是跑步，我都要累死了。」

湯勉啞然，他憂心地左轉右轉，「你神龍擺尾耍得好，可不能缺了你。」

平昌侯世子不禁得意洋洋，他努力擺了擺腿，「嘶」了一聲：「我先揉揉。」

場上蹴鞠的大多都是還未行冠禮的小子，聽到聖上要來，如今周圍還有這麼多的人在看，雖也有些怯場，但興奮和激動占了大多數。

「外頭還是有些冷，這些小子卻是不怕，」顧元白披著一件狐裘，白色的絨毛圍在他的臉側，「瞧瞧，全都穿著薄衫。」

田福生心疼聖上，小心翼翼地為他溫了一壺茶，「跑起來了就出汗了，只是出汗了後容易受涼，到底是年輕，能受得住。」

「吩咐下去，等踢完了及時給送上一碗薑湯，讓學府的人注意著，別因小失大。」

「是。」田福生讓人吩咐了下去。

兩個學府之間的比賽，自然是吸引人眼球，喝彩聲和懊惱聲傳得老遠，一直傳到不遠處的另一處丘頭。

褚衛正和同窗踏青，遠遠就看到了這一熱鬧景象，同窗笑道：「若不是我實在對蹴鞠沒什麼興趣，我也是要過去湊趣的。」

褚衛眉眼淡淡，他一身青衣，樣貌風流瀟灑、器宇軒昂，眉宇間有著幾分疏遠冰冷之意，當真是玉一般的人，整個京城中有名的第一美男子。

「喧鬧，」褚衛道，「上有所好，下必投之。」

同窗戲謔道：「你該高興如今的聖上好的不是那奇珍異寶，不然對天下蒼生來說，這又是一場災難了。」

褚衛對著不遠處的人群冷眼相識，他自七年前考中解元之後便外出遊學，見到的困苦和吃不上飯的百姓多了，便愈發對上位者感到失望。當今聖上無功無過，平平無奇，讓權臣在頭頂欺負了這麼多年，實在沒有什麼值得讓褚衛另眼相看的地方。

同窗看他神色就知道他在想什麼，他笑了笑，悠然繼續踏著青。

如今大恒表面上雖是海晏河清，但在看得清形式的有識之人眼裡，卻知道這太平維持不了多久。

一旦這體弱多病的小皇帝一死，內憂外患，群狼環伺，到時候隨便扯個高義，拚的就是手裡的兵馬。

就算小皇帝命好不死，他能馴服得了那些餓得眼冒綠光的惡狼？

拿什麼馴，拿體弱馴嗎？

這一場熱熱鬧鬧的蹴鞠賽，踢的人是大汗淋漓，看的人也出了滿頭的大汗。更重要的是，這些少年兒郎一下了場，便有宮裡的內侍送上了一碗熱騰騰的薑湯，得知是聖上特意囑咐的後，不少家貧的寒門子弟忍不住紅了眼。

「多謝聖上了。」端起薑湯一乾而盡，全身連著體內很快就變得暖呼呼的，有幾個身高馬大的少年郎還掩了掩紅透了的眼睛，甕聲甕氣道，「薑湯很好喝。」

「幾位哥兒快去披上衣裳吧。」宮裡的內侍也和氣極了，「到底還是初春，萬不可懈怠了。」

人慢慢散去，平昌侯府世子李延捏著鼻子喝下一碗薑湯之後，大喝一聲：「爽快！」

將碗遞給內侍，他搭著湯勉的肩膀，促狹道：「勉哥兒，怎麼還不喝？不會是捨不得吧？」

湯勉耳根一紅，忙一口飲盡，「嘴上不帶把門，淨是瞎說。」

兩人正說著話，平昌侯的小廝就跑了過來，「世子，老爺讓您趕快過去同他去面聖。」

平昌侯世子一愣，「面聖？」

他頓時手足無措起來，「我我我、我還穿著蹴鞠服。」

小廝著急道：「您先隨便披件衣服吧，老爺著急著呢。」

平昌侯世子連忙跟在他身後過去，同著平昌侯一同前往涼亭面聖。

顧元白正好請了兩學府的掌教過來說話，接到通報後道：「進來吧。」

平昌侯父子倆行了禮，謹慎地說道：「聖上龍體初癒，臣想著來看看。」

顧元白笑了笑，「你同我這般拘謹作甚？坐吧。」

平昌侯一絲不苟地坐在他不遠處，脊背挺直，還是緊張。

如何能不緊張？不直面聖上的人永遠無法體會他們的感覺，聖上年少登帝，原本以為這十來年已經讓他們參透了聖上的性格，誰知道猜來猜去全是聖上的一場局，聖上才多大？去年才立的冠！

父親坐下了，平昌侯世子不敢坐，顧元白目光掃到了這一直低著頭的少年兒郎身上，道：「這是延哥兒吧，原來已是這般大了。」

平昌侯道：「小子頑劣，大了更是讓臣頭疼。」

「年輕人也該是如此，」顧元白笑道，「延哥兒，到朕身邊來坐。」

李延忐忑地在聖上身邊坐下，雖說是身邊，但也隔著兩人站的位置，不知是不是錯覺，坐下之後，李延總覺得鼻尖聞到了一絲香意。

宮裡用的香都是上好的薰香，愈聞就愈是沉醉其中，李延聞得全身都酥了，就聽聖上在一旁打趣道：「朕聽不少大人說過，平昌侯世子長相俊俏，可惜他們家中沒有適嫁的女兒，不然必要先下手為強。」

平昌侯覺得很是驕傲，李延卻臊得坐立不安，聖上促狹得很，故意同他道：「延哥兒，抬頭讓朕也看看你如今模樣。」

李延跟頭僵硬的鴨子似的，猛地就抬起了頭，臊得年輕的臉蛋兒也通紅一片，眼睛也忘了躲閃，直直看見了聖顏。

聖上微微訝然地看著他，李延梗著脖子，胸腔連著腦子裡一片空白。

平昌侯喝道：「李延！」

李延心頭猛得一跳，差點整個人也跳了起來，他連忙低下頭，無措道：「聖上，小子無狀……」

顧元白喜歡這樣活潑年輕有力量的年輕人，他笑了笑，「平昌侯，不必如此。延哥兒真性情，是個好孩子。」

聖上誇了幾句，平昌侯就讓兒子退下了。李延腳步恍惚地出了涼亭，湯勉正在侍衛駐守外不斷張望，見著他出來就急忙揮手。

李延走過去，兩個人彼此望望，一塊兒無言往著人群中走去。走了幾步，李延突然停下了腳，他四下看看，咽了咽口水，轉頭跟著湯勉道：「你說，你上次進宮是不是也看清了聖上的樣子？」

湯勉輕輕點了下頭，「怎麼了，你這次也看了？你不是最聽你爹的話嗎？」

李延摸著腦袋嘿嘿一笑，不答這話，反而是猶如平地扔炸彈一般說道：「我們倆合作找個畫師怎樣？我想將……」他指了指天，雖然害怕，但還是大膽地感覺到了無比的刺激，「將那位給畫下來。」

湯勉驚得原地跳了起來，「你瘋了?!」

「我沒瘋，」李延朝他擠擠眼，「咱們又不照著畫，眉眼在我這，鼻唇在你那，想看畫咱們就碰頭將畫一合，平日裡沒事就將畫藏在臥房裡，誰還能發現？」

湯勉咽了咽口水，腦子裡劃過那日一瞥中聖上的模樣，再同李延對視時，彼此都知道，這事成了。

第三章

顧元白喝完了半壺好茶，外頭的蹴鞠賽也快要結束了。他慢吞吞撐著石桌起身，蔥白如玉的手背泛著無力蒼白的青脈，顧元白抵拳咳了幾下，揮退要上前的隨侍：「不礙事。」

平昌侯擔憂地看著他：「聖上，您龍體初癒，萬不可吹風，應當珍重啊。」

顧元白勾起了唇，他身子雖病弱，但一笑卻有著百花盛開般的活力，「人參、鹿茸、龜甲，不止這些，虎骨、靈芝、冬蟲夏草……朕看，天下是沒人比朕更珍重了。」

「平昌侯，整個天下都沒人比朕更惜命嘍，」顧元白自己說著，忽而愉悅地笑了，「藥材雖是名貴，但還是得說，這味道的確不怎麼好，朕每次服用的時候，都想要往裡扔上一筐甘草。」

平昌侯不禁在心中感歎天意弄人，聖上蟄伏如此多年，耐性和城府非同常人，胸襟又如此豁達爽朗，為何老天爺非要作弄這年輕天子，非要給聖上一副如此拖後腿的身子呢？

他跟著笑了幾聲，溫聲同皇上又說了幾句話。

不久，就有人來通報哪方勝哪方敗了，顧元白聽著點了點頭，道：「賞。」

侍衛長看了一眼天色，上前幾步低聲勸著顧元白回宮。大恒朝的早朝是兩日一次，今日正好無事才來看蹴鞠賽，顧元白原本還想著在京城內轉上一圈，在勸解之下也消了這個念頭，留下幾個宮侍在這，被侍衛們護著上了馬車。

平昌侯恭送聖上離開，正要帶著兒子回府，卻聽兒子同著戶部尚書的大公子不知往哪兒去了，平昌侯一驚，怒氣又漲了起來，沉著臉獨自回了府中。

天色將黑時，平昌侯府才迎來了世子。平昌侯讓人候在前院，李延剛一踏進家門，就被父親喊到了書房裡。

「今日聖上離開之後我才知道你竟然也提前走了，」平昌侯怒道，「聖上還未動你就敢先走，你真是好大的膽子！」

李延聽他提到聖上就咽了咽口水，他生怕被發現了，忙不迭道：「爹，你猜我今日看到了什麼？我在街上遊玩時，竟看到薛遠那廝在鬧市中縱馬飛馳，他也實在是太囂張了！」

平昌侯皺眉：「縱馬鬧市？不行，我得寫摺子上稟聖上。」

李延悄悄退出書房，回到自己房中才鬆了一口氣，他讓身邊的人都滾出去，房門一關，蠟燭一點，懷中溫熱的畫卷被平攤在了桌上。

私藏聖上畫卷，這是大逆不道的大事，聖顏怎可如此隨意私藏在一個小小學子的臥房之中？

李延身為平昌侯世子，自然知道這個道理。但他就是控制不住，總覺得心中激動興奮得很，直面聖上時覺得害怕忐忑，但要從聖上身上移開眼，又覺得心不甘情不願。

他也沒有什麼壞心，也不打算用這畫像來做什麼壞事，只是覺得聖上長得實在是好看，不畫下來就可惜了。

李延動作小心翼翼，畫卷之中，正是一個尊貴非常的男子。這男子的眉眼是李延口說，畫師手畫，下面的臉龐墨蹟則淺淡得很，這是為了掩飾之用，除了他和湯勉，沒人能知道這畫中的一部分畫的是聖上。

聖上的眉眼有股特別的韻味，但畫師未曾親眼見過，李延看了一會，沮喪道：「還說是畫絕京城，這畫得什麼玩意兒，形似神不似，還不如我的畫工呢。」

罵罵咧咧一會兒，將畫卷小心收起，放在床頭的暗屜中。李延往榻上一趟，腦子裡又想起今日聖上面見他的畫面了。

也不知今個兒的失儀會不會讓聖上不喜歡他，他今日踢蹴鞠也不知道看起來是什麼模樣，一定是臉紅脖子粗，聖上誇他俊，踢蹴鞠的時候再俊也不好看。

想來又想去，李延才迷迷糊糊地睡著了。

少年兒郎的心思，顧元白自然不知道。他被伺候著洗了身換了衣裳，晚間的臉色有些發白，田福生輕聲問道：「小的給聖上按按頭？」

明黃龍榻之上，三位身著薄衣的美貌宮女跪在顧元白身旁，沉默不語地拿著巾帕擦拭著皇上濕漉漉的黑髮。

「不用了，」顧元白闔上了眼，忍著體內的不適，「讓你那小徒弟過來，給朕捶捶腿。」

田福生忙把小徒弟給叫來，小太監跪在龍榻下面，熟練地捶著腿，心裡也不禁美滋滋，聖上喜歡他的手藝。

黑髮被擦乾之後，三位宮女就悄聲下了床，赤腳退了出去。

「田福生，」顧元白突然出聲，聲音懶洋洋，似乎快要睡著，「朕讓你辦的事辦得怎麼樣了？」

田福生：「聖上，一切順利著呢。」

「嗯，」顧元白道，「先前那一批派出去的人，每一個都是朕的心血，讓他們行事注意著點，消息倒也罷了，活著最重要。」

「是，小的明天再去說一遍。」

顧元白三年之前就在暗中派人收養了一批孤兒，給吃給穿給住，教他們讀書認字和殺敵的本領，每日不間斷的洗腦教育，終成了顧元白手中的一把利刃。

他們只聽皇帝的話，皇帝要他們做什麼他們就做什麼，一年之前，顧元白就挑出了其中四百名忠誠度最高的人，讓他們潛入了各臣子的府中，以及邊疆和各地守軍之中，不止這些，連同皇宮裡頭的禁軍、他身邊的這些侍衛裡面也有這些人的潛伏。當年能拉下權臣盧風，這把刀起著至關重要的作用。

顧元白暗中命名其為監察處，龐大的一張大網在暗中慢慢在大恒的土地上蔓延，監察處派出去的人中，厲害的已經有了軍功，不好的還在大臣府中找尋向上的機會，由他們所傳回來的消息，已初具令人驚駭的威力。

這也只是一年，顧元白不急，他有些昏昏欲睡：「安置吧。」

明代錦衣衛，清朝鑾儀衛，顧元白也想組一支明面上的精英隊伍，只聽他的話，身強體壯的甲兵。他腦海中的各種想法層出不窮，監察處和明面上的精英隊伍可以相輔相成，也相互監督。他甚至給這支隊伍想好了名字，就叫做東翎衛，是他手中眼利爪尖的雄鷹，可惜，想得再多，終究還是缺少革命的本錢。

顧元白不知道在自己死前能做到哪一步，但要是他什麼也不做，卻又格外難受。

田福生滅了燈，悄無聲息地退了下去，到了殿外時，同著侍衛長頷首，壓低聲音道：「聖上今日累著了。」

侍衛長姓張，名為張緒，長得英武不凡不說，還才高八斗，這是聖上親自從禁軍中挑出來的侍衛長，張緒感激聖上的賞識之恩，下定決定要守衛好聖上的安全，對聖上忠心耿耿，可謂是一心一意。

侍衛長歎了一口氣，心疼道：「聖上今日開心。」

田福生忍不住跟著點點頭，「要是下次還有這樣的事，小的還得巴巴地求著聖上去看，要是聖上能開心，小的就算折了腰，也得上場踢個蹴鞠給聖上看。」

侍衛長沉默了一會兒，他對面站崗的侍衛們忙給他擠眉弄眼，侍衛長扭捏一會，道：「咱們這些兄弟們也是踢蹴鞠的一把好手。」

其中還有不少人還是因為聖上喜歡所以專門去練的，各個都是好手，耍得花裡胡哨，奪人眼球。

田福生噗嗤一聲笑了，臉上開出了菊花，「張侍衛既然這麼說，小的就記住了，等回頭聖上問起，小的就同聖上說了這事，到時候小的也能沾了聖上的光，看各位侍衛大人的身手了。」

幾人正說著笑，田福生聽到牆角有幾句喵叫聲響起，他面色不變地小跑過去，片刻後滿臉喜意地走了回來，「張侍衛，有名醫進京了！」

監察處的人傳來消息，有一遊醫從淮南進了京，這個遊醫醫術高明，只是生平不治權貴。田福生將這消息告訴顧元白時，顧元白卻沒有喜意，他微瞇著眼，身上還穿著上朝時厚重的龍袍。

這些龍袍繁瑣，他的臉上也因為重物的拖累有了些紅潤之色，似無暇美琅之姝美，眉目之間的神色卻稍顯疲憊。

今日上朝，有不少人都參了薛將軍的兒子一把，薛遠縱馬鬧市，這事說大不大，說小不小，但顧元白很不爽。

這個未來的攝政王，也是太過囂張了些。

他罰了薛將軍三月俸祿，並責令其好好管教兒子。就因為想起來薛遠這個書中的男主角，現在的心情又不好了起來。

但名醫該看還是得看，顧元白讓人給他換上一身靛青常服，帶著幾個人低調地出了宮。

其實顧元白心中沒有多少希望，宮中的御醫就是天下最好的醫生，他們都沒辦法，這位遊醫還能比得過他的御醫？

「公子，就在這兒了。」侍衛長指了指眼前的木門。

顧元白嘴角噙笑，讓他上前敲門，不過片刻，就有一個小童過來開了門，從門縫中上下打量著他們：「你們是來治病的？」

侍衛長道：「沒錯。」

小童道：「那是給誰治病的？」

顧元白從侍衛身後走了出來，一身青衣襯得他身長如竹，他對著小童微微一笑，「正是在下了。」

小童張大著嘴巴看著他，傻乎乎地問道：「神仙也會得病嗎？」

「神仙會不會得病我不知道，」顧元白笑道，「但我卻是一身病體的。」

小童將顧元白引了進去，屋中不乏其他來看病的人，各個身著粗布衣裳，面黃手粗，好奇地看著這一行人。

侍衛們的精神氣十足，通身氣勢已不似尋常人，更不要說顧元白，他被小心護在中央，腳步悠然十足，即便臉色蒼白，也擋不住通身逼人貴氣。

遊醫看了他們一眼，心中知曉這些人必定不是普通人，但他卻沒說透，而是默不作聲地示意顧元白坐下。顧元白伸出了手，一小截手腕露出，名醫把了一刻鐘的脈，眉頭愈皺愈深。

等移開手的時候，乾脆俐落道：「治不了，只能用補藥吊著。」

隨侍的人臉色黑沉，顧元白長歎一口氣，讓人留下錢財，起身離開。

他倒是不怎麼難受。

聖上隨意走著，慢慢走到了河邊，他低頭往下一看，水面映著的面容有桃花之色，這具身體哪裡都不好，唯獨這一張臉格外出眾，但顧元白並不喜歡。

他看了片刻，朝後伸出手，侍人送上手帕，顧元白擦了擦手腕和手，見一旁的樹上有母鳥餵食小鳥，他出神看了一瞬，手中的帕子就被風帶著吹到了河裡。

「浪費了朕的一條好帕子，」顧元白感歎一句，「走吧，回宮。」

水面平平靜靜，帕子被水帶著偏向遠方，直到這一行人不見了蹤影，水下才忽的有了動靜，一個男人拽著一個女人爬上了岸，兩個人渾身濕透狼狽極了，但周身綢緞的男人眼中卻發亮，他拂去滿臉水漬，猶如做了美夢一般的紅了臉。

第四章

河流之上，一方小舟隨波而蕩。

薛遠眉目陰翳地站在船頭，身後的大理寺少卿之子常玉言正悠然地自斟自酌，瞧著他一副狠戾的模樣，好笑道：「你庶弟得的原來不是疫病？」

薛遠唇角勾起，溫和地笑了起來，「玉言，你說這叫什麼事，他耍心機耍到了我娘的身上，老子今天回府的時候差點宰了他。」

常玉言哈哈大笑，「還連累你爹被罰俸祿，讓你爹同你在百官面前被聖上好好罵了一頓。」

薛遠笑容愈深，「可不是，他回府就和我對練了一頓，還讓我下次找機會和小皇帝認個錯。」

常玉言悶笑。

薛遠這廝長得人模狗樣，脾氣卻比狗還要畜生，臉上掛著再君子的笑，心裡想的指不定是什麼陰狠損德的東西。

這人還膽大包天，沒有規矩和德行，要不是薛將軍看得緊，薛遠當真能做出把他那庶弟砍了然後扔出去餵狼的事，一點不怕別人的攻訐和道德上的責罵。

一個大將軍之子，結果活成了土匪頭子。

常玉言道：「你還是安生些吧，京城裡盯準你的人不少。」

「老子騎個馬都能被他們說成鬧市行凶，」薛遠，「改天我在他們門前堆個京觀[1]，讓他們知道什麼才叫做行凶。」

「你想堆也堆不了，這又不是戰場，哪來這麼多頭顱讓你堆成高山。」常玉言又給自己倒了一杯美酒，半躺在木板之上，朗聲念詩道：「荷葉羅裙一色裁，芙蓉向臉兩邊開。亂入池中看不見，聞歌始覺有人來。[2]」

薛遠道：「哪裡有荷葉？荷葉也不是這會開。」

常玉言：「雖無荷葉，但我卻看到芙蓉面了。」

他指了一指離船不遠處飄著的一方手帕，「若我沒看錯，那手帕上面繡的應當是個仕女圖吧。」

薛遠拿起船槳撈起手帕，手帕絲織柔滑，沾水也不黏手，薛遠瞇了瞇眼，看清上面的圖案之後就是意味深長的一笑。

常玉言好奇道：「是不是仕女圖？」

「不是，」薛遠笑得滲人，「是龍紋圖。」

正在批閱奏摺的顧元白突然覺得背上一寒。

他皺起了眉，身邊人及時為他換了手爐又端來了熱茶，將殿內的火盆燒得更旺。對身子康健的

1 戰爭勝利者為顯示戰功，收集敵人的屍首，封土而成的高塚。也稱「京丘」。

2 王昌齡《採蓮曲》。

人來說這個溫度已經很熱了，殿內的宮女太監頭上都流著薄汗，但顧元白卻覺得這個溫度也只是剛剛好。

他緊了緊手中雕刻精美的手爐，毛筆一揮，批完最後一個奏摺後起身，讓人來收拾桌子。

小皇帝身體弱，長得也像是未及弱冠的模樣，顧元白好幾次都想擼一把解決男人生理需求，但每次一看著那處的粉粉嫩嫩毛髮稀稀就沒了胃口。

顏色和形狀都挺好看，乾乾淨淨，甚至稱得上一句精緻。可擱在顧元白自己身上，這就是明晃晃地打擊他的男性自尊。

嫩得一擼就紅，再有感覺也得萎。

顧元白站在窗子口，深沉地歎了一口氣。

田福生被顧元白派出去了，旁邊隨侍的是一個小太監，小太監小心翼翼道：「聖上可是有什麼煩心事？」

顧元白剛要說話，就聽得宮殿外一陣喧嘩，他眉頭一皺，「外頭發生了何事？」

話音剛落，就有人跑進來通報：「聖上，外頭擒住了一個刺客。」

顧元白的臉色倏地黑了下去，比他臉色更黑的，是守在一旁的侍衛長。

批完奏摺之後，天色已經暗了下來，刺客一身黑衣，行蹤詭異，若不是內廷早已被顧元白清洗了一遍，禁軍和御前侍衛各個勤勤懇懇，怕是還發現不了此人。

顧元白高坐在案牘之後，聲音如裹臘月寒風，「你是何人派來的？」

刺客被壓得臉貼在地上，哭天喊地地叫冤：「誰會派一個採花賊來當刺客？聖上明鑒，小的只是色膽包天之下被蒙了心，便大著膽子進宮想來看看。」

顧元白：「採花採到朕的宮中來了？你是看中了朕宮中的哪朵花。」

聖上語氣沉沉，皇宮裡哪裡有宮妃，稱得上是花的只有大內的宮女。

刺客奮力朝著皇上那方向看了一眼，年輕的天子被他氣得唇色血紅，耳珠也充了血，眼眸含冰帶怒，處處皆是風景，看得讓人眼花繚亂，哪一處都不捨得錯過。

刺客張大了嘴，震驚地看著聖上，他的臉突然漲得通紅，低下頭後也不回話。

侍衛長猛地上前，狠狠踹了刺客一腳。刺客悶哼一聲，驟然發力掀翻了壓制他的幾個侍衛，轉瞬之間又被更多的人壓在了身下。

明黃色的龍靴在眼前出現，顧元白抬腳勾起刺客的臉，這一張臉上要是沒有鮮血，長得倒是風流瀟灑，明眸善目，是一張貴公子的臉。

刺客眨去眼旁鮮血，專心致志地仰視著聖上，離得近了，聖上纖細的手腕都納入了眼底，他誠心誠意道：「聖上，草民真的只是一時被色心遮了眼。」

聖上唇角輕勾，「你當朕信？」

每一處都跟玉一般，比玉還要尊貴，嬌養出來的這一身皮肉，流出的汗怕也是香的。

刺客覺得心尖癢癢，覺得抬起他下巴的龍靴都香得很，辯解道：「小的在宮外瞧見了您一面，沒想到您進了宮，更沒想到您竟是聖上。」

顧元白俯視著他，半晌冷笑一聲，開了口，「把人壓進大牢，好好審訊一番。」

侍衛將人拉出去，刺客還在笑著，眼睛在殿內亂晃，餘光卻不離聖上。

顧元白咳了幾聲，冷眼看著他的笑面。

人被拖了下去，侍衛長帶頭跪在了顧元白面前，顧元白瞥了他們一眼，也不讓他們起身，過了半晌才沉著怒氣道：「下不為例。」

堂堂大內，竟然就讓這麼一個賊子衝到了宣政殿前。

宮內的守衛都是廢物嗎！

這個刺客滿嘴胡言的羞辱，顧元白想了許多能是誰派來的人，偏偏腦子又在這時疼了起來。他揉著額頭，眉間輕蹙，睜開眼就見侍衛長張緒正在看著他，顧元白皺眉：「怎的？」

侍衛長羞愧低頭：「聖上，臣不會再讓這樣的事發生了。」

「去查哪處出了紕漏，」顧元白冷聲，「朕倒要看看是誰給他留出的一個狗洞！」

侍衛長退了下去，田福生端詳聖上面色，勸道：「聖上，該用膳了。」

好好勸了一會兒，顧元白才勉強點頭讓他傳上膳食，片刻之後，一桌子山珍海味的佳餚就擺在了顧元白的面前。

但再好吃的東西，吃三年也會膩了。顧元白本來沒什麼胃口，動了一筷子之後就不想再動，心裡不由想到番茄炒蛋、火鍋燒烤、漢堡可樂等一系列的美食。

特別是番茄，顧元白以前其實對番茄無感，但這幾年下來，他差不多都要對番茄產生執念了。想到酸酸甜甜的口味就發饞，可番茄明代的時候才能傳入中國，他現在饞得口水直流也吃不到這個大紅果子。

一想到吃的就停不住，顧元白氣都消了，現在只剩下饞了。大恒朝如今並沒有辣椒，如今菜中的辣味多是用花椒、茱萸、生薑、芥辣、扶留等辛辣調料調拌而成，這具身體因為虛弱，不能吃辣，顧元白三年來很少很少能碰到辣味。

想了想腦海中的各種吃食，顧元白思索了一會，招來人細細吩咐，讓他按自己說的那樣，去讓御膳房做碗炸醬麵來。

片刻之後，一碗灑滿醬汁的麵就端在了顧元白的面前，小青蔥點綴其上，香味綿遠悠長，賣相看著著實不錯，顧元白挑起根麵裹著醬肉送到了嘴裡，香味撲鼻，食欲跟著被勾了上來。

一碗麵顧元白吃得乾乾淨淨，飯後心滿意足，再一看先前那一桌的山珍海味還未動上一下，顧元白動動手指，懶洋洋地吩咐道：「讓人再做一碗麵，同著那道蓮花鴨簽和金絲肚羹一道賞予薛將軍。」

「是。」

薛將軍親自接過宮中賞賜的吃食，派來送賞菜的太監笑道：「薛將軍簡在帝心，聖上用膳時也記掛著將軍。盒裡還有一碗麵食，那是聖上今晚讓御膳房琢磨出來的新吃食，特意讓小的給將軍送來一碗嘗嘗鮮。」

薛將軍目中感動，沉聲道：「皇恩浩蕩，臣多謝聖上記掛。」

太監滿意地笑了笑，這才告辭離開。

當晚，薛府。

聖上賞賜的兩份菜肴就被擺在了正中間，那一碗麵更是被薛將軍端在了自己面前。薛將軍小心翼翼地將已經糊成一團的麵拌開，恭恭敬敬地品嘗第一口。

老夫人笑瞇瞇地看著他，「聖上賞賜咱們的，一口也不能浪費，今日兒都不拘謹，林哥兒也可飲些酒水。」

薛二公子諾諾應是，見薛將軍抬筷了，也抬起筷子就往中間的賜菜伸去，半路被似笑非笑的薛遠一筷子打在了手背上，「我讓你吃了嗎？」

薛二公子手上瞬間腫起了一道紅印，他屈辱地朝著幾位長輩看去，可老夫人和薛將軍都像是沒看到一般，薛二公子只能暗恨地放過了御膳，轉向了旁邊的一碟青菜。

薛遠換了雙筷子，看著中間的那兩個菜，嘗了一口道：「打一個板子再給一個棗，薛將軍，皇上拿你當狗訓呢。」

「那你就是狗生的兒子。」薛將軍高聲道。

薛遠懶得和他爭論，專逮著宮裡的御膳吃，吃到一半兒冷不丁開口，「過幾日就是元宵宮宴，到時候我要跟你一同進宮。」

薛將軍狐疑地看了他幾眼，警告道：「你別想做出什麼丟我臉的事。」

薛遠勾起一個文質彬彬的假笑，他把皇帝的那手帕拿出來擦擦鞋上的髒灰，再扔在腳底踩碾了幾下，道：「怎麼會。」

那病弱皇帝當著百官的面將他罵得那麼狠，他還敢再做出什麼出格的事？

第五章

如今是二月初，寒風凜冽。宮內的御醫千方百計地讓皇上的身體情況處於一個平穩的狀態，顧元白也很是配合，還好除了那一場快要了他命的風寒，之後倒沒出過什麼事。

閒暇有空時，他盡力回憶《權臣》這部劇中的劇情。《權臣》正是《攝政王的掌心玉》這一本耽美文的改編劇，具體的劇情顧元白並不瞭解。

他只知道這部劇很受歡迎，但比劇情還受歡迎的就是裡面的基情。

顧元白對這種的基情處於一種「聽過，熟悉，但不瞭解」的狀態，他對書中的兩位主角也很陌生，但派人探聽一番之後，發現這兩位主角到目前為止並沒有喜歡男人的苗頭。

顧元白洗了把臉，接過毛巾擦去水，隨口問道：「京城中是不是也有南風館？」

田福生接過聖上手中的巾帕，回道：「是有，聽說還不少呢。」

顧元白一笑，也難怪等他死了之後薛遠也只是做了一個攝政王。

書中的兩個主角都是男人，彼此雙方都不是南風館中可任人魚肉的男人。薛遠留不下子嗣，沒有子嗣還上個屁的位。

想必等他死了之後，未來的攝政王只能在宗親中扶上一個傀儡皇帝。只要接任者夠聰明，能忍能熬，未必沒有出頭的機會。

站在一旁的田福生瞧著聖上唇角笑意，心中揣測萬千。

聖上突然問起南風館，難不成聖上也想寵倖男子？

但整個京城之中，能配得上承恩聖眷的又有誰呢？

聖上如此尊貴，南風館的人是萬萬不能面聖的。

田福生腦子轉來轉去，忽而定住在一個仙氣脫塵的人身上。

正五品禮部褚郎中的兒子褚衛。

§

臨近元宵盛宴，宮中守備森嚴，那自稱是採花賊的賊子被嚴刑審問，兩日之後終於鬆了口，審訊的人前來稟明了顧元白此事。

「賊子肯說了，只是想要再見聖上一眼。」

審訊的人道：「臣懷疑這人懷有異心，還請聖上定奪是見還是不見。」

聖上今日換了稍薄的靛藍披風，厚重的顏色披在他的身上，襯得他的膚色白得如雪，聽聞此，點頭允了：「將他帶上來，朕倒要看看他能說什麼。」

過了一會兒，就有人將那個刺客抬了上來。應要帶到聖前，所以還特地給刺客沖去了身上的血跡，一身囚衣乾乾淨淨，但仍有濃重血腥味。

顧元白走上前，立在不遠處：「你要同朕交代什麼？」

刺客被審了兩日，他的臉上黏著髮絲，蒼白失血，唇瓣乾裂，眼底充斥著血絲。裸露在外的手指上傷痕一道挨著一道，但一雙眼睛卻格外有神。

虛弱道：「草民要是說了，聖上就能放過小的了嗎？」

刺客費力朝著顧元白的方向看去，瞧清了聖上之後，一張失血憔悴的臉又慢慢漲紅了。

顧元白聞言一笑：「你要是說了，朕就讓幕後之人陪你一同上黃泉。」

刺客聽了，委屈抱冤道：「聖上明鑒，小的背後真的沒人。」

顧元白正要說話，喉間一陣癢意竄起，他微側過身，抵唇咳了起來。

一時之間，整個宮殿之內只有他的低咳聲，刺客抬頭一瞧，瞧見小皇帝咳得眼角都濕潤了。

能把他狠狠折磨兩日的皇上，能看著他這副淒慘模樣卻面色不改的天下之主，卻會因為這小小咳嗽而紅了眼眶，這麼一想，刺客就覺得心頭的癢意更深，跟有羽毛在輕撓似的。

刺客誠心實意道：「聖上，您真的要快點將小的放走了。」

顧元白冷笑一聲，聲音因為先前的咳嗽而顯得有些沙啞，「還敢威脅朕？」

刺客搖了搖頭，「不是，而是您再不放小的離開，家父就要打斷小的這一雙腿了。」

田福生捏著嗓子冷哼了一聲，「你的父親是誰？」

刺客咧開嘴一笑：「家父李保，小的家中排行老么，姓李名煥。」

殿中一片寂靜，顧元白猛地上前，他臉色難看地走到刺客身旁，蹲下身掐住刺客的下巴，「竟是我太傅的么子?!」

田福生在一旁難掩驚訝，他震驚地看著刺客，這竟然是……這竟然是曾經的太子太傅李保的兒子？

刺客幾乎被打得廢了一半，他垂著眼睛去看聖上捏著他下巴的手指，指尖發白，可見聖上是用了多大的力，生了多大的氣。刺客苦笑著說：「我自己犯了大錯，所以由著聖上懲治了我兩日。這一身的傷不躺上一年半載是好不了的，若是聖上出了氣，還請聖上念在小的主動告知的分上，饒下小的這一條賤命。」

顧元白鬆開了他，表情陰晴不定。

刺客苦惱道：「若是聖上還氣，那也請聖上容我回家稟告家父一句，家父已七十高壽，受不得驚嚇，待小的回稟之後再全由聖上懲治。」

顧元白就是因為如此，才不能將李保喊到宮中認罪。

讓他認罪是應該，但萬一死了，這老先生德高望重，桃李天下，死在哪都不能死在皇上的怒火之下。

顧元白被活生生氣笑了，他胸口一陣氣悶，田福生驚叫一聲，踉蹌地跑過來撫著他坐下。殿中一片混亂，刺客沒想到會這樣，他睜大著眼睛，看著一群人圍在皇上身邊。

「他知道朕不會告訴李保，」顧元白手捏得發白，「他知道朕得看在他父親的面子上饒他一命。」

田福生急道：「他刺殺聖上，這都能誅族了！」

「那是朕的太傅！」顧元白咬著牙，小皇帝能登上皇位，李保的相助必不可少，小皇帝對李保也是多為親近。更何況這小子聰明得很，膽子大得很，從始至終只說自己是個採花賊，連近身都未近，哪來的刺殺？

足足過了一刻鐘，御醫趕來為皇上把了脈，刺客躺在擔架上，殷殷切切朝著人群中看去。

他當真是動不了，全身都在疼，此時看到這一幕，心中不由惴惴，真的有些後悔了。

刺客積攢著力氣，大聲道：「聖上要是還惱，就繼續罰我吧，我李煥賤命一條，再多的刑罰也受得住！」

不知是誰狠狠踢了他一腳，厲聲喝道：「閉嘴！」

一炷香後，顧元白才面色蒼白地揮退了眾人。

李煥看著他的神情，咽下喉間的血。

那日李煥帶著青樓女子在河邊踏青，與女子戲耍時雙雙跌落水中，水中有蘆葦，能透氣，那番在水底調情的感覺更為刺激，李煥便不急帶著女子起身。等他從水中浮出一顆頭換氣的時候，恰好就一眼瞧見了正往河邊走來的聖上。

李煥不由沉下了水底，河水渾濁，他抓著青樓女子鑽到了蘆葦叢中，蘆葦叢密集遮眼，他生怕旁邊的女子會弄出什麼動靜，便捂著她的唇，鎖住她的四肢，從縫隙之中瞧著岸邊的人。

岸邊的人低頭看著水，卻不知道蘆葦叢裡還有人在看他。

李煥明明不是在水底，卻像是窒息一般的屏住了呼吸，等聖上離開後他才抓著女子上岸。因為無知無覺中的緊張，他差點害了一條人命。

誰能知道那日的人竟然是聖上？他看的竟然是聖顏？

顧元白緩了一會，眼中沉沉，他冷聲問：「是誰放你進宮的？」

李煥張張嘴，沉默。

「無論你說與不說，朕都不在意了，」顧元白，「誰能知道你說的是真是假，朕會親手查。查到源頭之後，朕到時候再請小李公子進宮，看朕有沒有抓對了人。」

聖上一字一句，字字平緩，沒有一個重音，但李煥卻背上一寒。

顧元白又笑道：「來人，將李公子送到太傅府上，帶著上好的藥材，讓百名宮侍跟在後頭。給朕大張旗鼓、熱熱鬧鬧地將人送到李府！」

侍衛長神情一肅，「臣遵旨。」

「若是太傅問起，」顧元白，「那就實話實話。要是太傅想入宮請罪，那就讓他等他兒子傷好了再說。」

「是。」

李煥苦笑著被眾人抬出了宮殿，這番大的陣仗，怕是聖上出宮也用不了。

聖上覺得刑罰他兩日還不夠出氣，還打算這樣舉動一番，他原本還以為聖上不會告訴父親，免得父親氣急攻心下一命嗚呼。

卻沒想到在聖上的心裡，與家父的情分是有的，但家父即便是被氣死了，也比不上讓聖上消氣。

這下子父親就算是被氣死了，天底下的人也都會說是被他這個逆子氣死的。不僅如此，還會感念聖上仁慈，感念聖上對李府的恩德。

自此以後，他的父親便再也沒法厚著臉去說自己與聖上的情分了。

「唉，」李煥長歎一口氣，跟身邊人閒聊道，「侍衛大哥，若是我父親沒有問起，還請侍衛大哥莫要主動相告。」

侍衛面無表情，隱隱還有怒色。

李煥沉默了一會，突然張開了一直握起來的拳頭，拳頭裡面正纏繞著一根青絲，他動作艱難的將這根青絲收進了懷裡，望著天邊出起了神。

九五之尊，天人之貌。

身分、權力、天下，都被那一個人佔據，整個大恒的國土養出來的皇帝，連髮絲都是滑如綢緞。

下次想要見到聖上，怕也要等到這一身傷好了。

將李煥送回去之後，太傅李保果然要進宮面聖請罪，顧元白不見，讓人將他送回了府中，如此來回三日，李保之前尚顯抖擻的精神一下子萎了下來，整個人好像一瞬間有了七十歲老人的暮氣。

李保三進宮而不入的事情該知道的人都知道了，除了一些消息靈通的人，外人都不知怎地一夜之間，李保就不得皇上喜歡了。

又過了兩日，宮中的侍衛被處死了幾個人，鮮血淋漓的屍體被夜間運往到了李府，將李保嚇得直接暈倒在地。

待醒來之後，李保呆坐在祠堂之中，天亮之後，就給聖上寫了一封千餘字的告罪書。

將這封聲情並茂、催人淚下的告罪書呈上去之後，李保就不安地在府中等待著宮中的消息。他的大兒子已經在朝廷做了官，但資質平庸，如今也只是在底層之中徘徊，但至少還有進階之望。

但現在，他們一家老小都知道全都壞了。

大兒子的臉色沉痛，誰的臉色都不好看。

李煥被安置在房中養傷，家中人無法在這個時候指責他，但心中還是怨念。為何他的膽子大到敢私闖入宮？

那是皇宮！是大內！是聖上住的地方，李煥怎麼敢？

李保神情憔悴，他這一生都未有過這樣的經歷，當今聖上善待臣子，更是對他多為親近，而如今他想見聖上一眼，卻連宮門都進不去。

不知過了多久，宮中總算是派人上了門。

宮侍面色淡淡，和拄著拐杖前來的李保太傅客套了幾句，就直言道：「聖上體恤太傅身體，如今李小公子重傷在身，李府上下應是忙著照顧李小公子，既然如此，就不必參與元宵宮宴了。」

能參加宮宴的人可以說是整個大恒朝中屬於政治權力中心的人，如今他們李府不能參加宮宴，豈不是就是被排除在政治權力中心之外了？

聞言的眾人神情一僵，李保手狠狠抖了一下，他顫顫巍巍地跪在地上，哽咽道：「多謝聖上體恤之恩。」

聖上這是真的起了怒氣了。

跪了一地的李府人，頭一次這麼清晰地認清了眼前的事實。

惹怒了聖上的他們，李府還有以後嗎？

第六章

元宵節很快來臨，當日晴空萬里、天朗氣清。這一日恰巧沒有早朝，上半午大臣在家中休息，等太陽最烈的時日過去，則同聖上同遊御花園。

顧元白一覺睡到了午時，待洗漱完吃完了午飯，外頭已經有大臣等著了。

寢宮內已備好春日最新做好的衣裳，顧元白挑了一件月牙白繡有金絲龍紋的常服，外頭再披了一件藍紋大氅，滿面笑意地走出了寢宮。

諸位大臣帶著自家的兒郎，朝著顧元白一拜：「聖上萬安。」

今日睡足了精神氣，顧元白也十足有精神，他唇角一勾，朗聲道：「起吧。」

園中的奇花異草經過前些時日的春雨已經開了不少，宮人日夜用心侍弄，許多原本不該在這個時節綠起來的樹也分外地生機勃勃。

今個兒太陽好，宮人提前灑了水，嬌豔的花朵上帶著水珠，是最為嬌美的時候。

聖上身邊圍繞的都是宗親與大臣，臣子家中帶來的兒郎則綴在其後，莫說瞧見聖上了，連片聖上的衣服角也瞧不到。

薛遠就被綴在這些大臣身後，他同常玉言慢慢走在了一起，兩個人不緊不慢，真如同單純來賞花一樣。

見周圍人不多了，常玉言問道：「你撿到的那帕子呢？」

薛遠雙手背在身後，身姿筆挺豐神俊朗，人模狗樣。他漫不經心道：「燒成灰了。」

常玉言揶揄道：「我還以為你會趁著今日將帕子物歸原主。」

薛遠像是聽到什麼好笑的笑話一樣，「到了我的手裡就是我的東西，還歸什麼原主？」

常玉言剛要說話，前頭就傳來了一陣喧鬧，原是一位大人靈光乍現，做了一首品質上乘的詠春詩，將氣氛引起了一個小高潮。

一旁有宮侍記下之後又高聲念了一遍，常玉言聽完，忍不住拍手贊道：「好詩！」

薛遠：「你父親就指著你在今日出頭了，還不快趁此機會將你做的詩吟上一首？」

常玉言直接搖了搖頭。薛遠嘴角勾起，他落後一步，抬腳就踹了常玉言一腳，常玉言踉蹌往前撞去，有大人認出了他，笑呵呵地讓開了位置，「若說作詩，常家小子可不能略過。」

常玉言站定的時候，讓出來的位置已經直通聖上身邊了，他神情一震，忙收斂面上神色，恭恭敬敬地上前朝著聖上行了禮，「小子莽撞，見過聖上。」

顧元白細細看著面前這風流瀟灑的公子哥，「你就是常玉言了？」

常玉言頭低得更深：「是。」

這常玉言也是有趣，是個名冠京城的才子。做過的事能讓顧元白記住的就有兩樣，一是他立冠那日他的仰慕者圍堵常府，有的人還試圖翻牆而過，最後驚動了官府出兵抓人。另一件事和顧元白也有些關係，這常玉言曾經一口氣做出十三首詩來諷刺不識人間疾苦的權貴，不止暗諷權臣盧風，還暗諷了他這個皇帝當得不行。

翻譯成白話就是：「你們這些權力通天的人只在乎自己的那一點私利，而置天下蒼生於不顧。讓天底下所有的疾苦百姓來供養你們這些只知道吃佳餚穿華服的大老爺，我覺得各位都是辣雞。」

這十三首詩讓他得罪了京城的一大幫人，他爹也因此降職，直到熱度過去後這傢伙才開始重新寫詩，不過經此一役，常玉言的名聲倒是愈發廣了起來。

想到這，顧元白加深了笑意，「你也有詩要呈上嗎？」

常玉言寫的無論是文章還是詩句，都是錦繡好文章，更好的是他還有名氣，活脫脫一個能煽動輿論的好人才。顧元白正好就缺少能為他歌功頌德，能讓他永遠處於道德至高處、為他的政策開路的輿論人才。

常玉言嘴巴乾燥，他確實是準備好了一首詩，而且是在遊園之前就做好了的詩。只是那詩……是他故意為之，又是一個類似「朱門酒肉臭，路有凍死骨」的諷刺之作。

原想若是他父親主動讓他在聖上面前作詩，他就敢當真將這首詩念出來。

顧元白瞧他沉默，笑了笑，「站起身來，抬起頭。」

常玉言下意識地跟著照做，抬眼就見到了聖上含笑看他的面容。

聖上讚賞地看著他，朝著身側大臣道：「我大恒的青年才俊，各個都是一表人才，是頂天立地的好男兒。」

常玉言耳根瞬間紅了，只覺得一股羞恥之意在心中漫起。

大臣們笑著應和：「常家小子有狀元之才。」

常玉言的父親大理寺少卿站在周邊，聽到群臣對兒子的誇獎，嚴肅板直的臉上也不由笑了。

皇上說什麼，大臣就跟著誇什麼。顧元白帶著笑，他側著身子聽臣子的話，下巴快要被埋在大氅的皮毛之中。

常玉言不敢直視聖顏，微微低著頭，盯著聖上的下巴看。

聖上身形修長，卻極為瘦弱，下頷沒有多少肉，形狀卻好看。常玉言想起京中那些紈絝調戲良家女子時，就喜歡掐住這樣的下巴，再行輕佻之事。

還好聖上是聖上，不對，聖上可是男子，常玉言，你在胡思亂想些什麼。

那些紈絝要是敢掐住聖上的下巴，怕是下一刻就得被砍頭抄家。

常玉言不著痕跡地打了個冷顫，心中暗暗叫苦，埋怨了薛遠起來，何必害他一腳？

「玉言？」聖上叫道，「你是做了什麼詩？」

常玉言心口猛得跳到了喉嚨這，他倏地往旁邊側了側頭，第一眼便瞧見了層層疊疊的梅花。腦中靈光一閃，「小子這首詩，正是詠梅的。」

先前那首提前做好的諷刺之作壓在了心底，常玉言臨時吟了一首詩，最後兩句又贊了春日今朝。

顧元白點了點頭，笑著道：「靈氣十足。」

常玉言眼觀鼻鼻觀心，照舊去盯著皇上的下巴，只是這次急了些，眼光一抬，就把聖上淡色的唇也納入了眼底。

這唇不薄也不厚，唇角勾起，彷彿天生的笑唇。

顧元白覺得這小子還不錯，先前看他做的那十三首還以為是個愣頭青，沒想到還有些眼色。

他將常玉言喚到身邊隨駕，在園中走走停停，時不時同他說上一兩句，皇上身邊大臣隱晦的視線打量了常玉言一遍又一遍，不知這小子是怎麼入了皇上的眼了。

薛遠悠閒地在最後頭等著皇上的震怒。

他瞭解常玉言，就算是為了給他父親添亂，常玉言也會做出一番大事。但時間一點一滴過去，前頭還是笑笑哈哈，常玉言也混在了裡面沒有回來。

薛遠眉頭逐漸皺了起來，難道常玉言還沒有動作？

他還想看小皇帝的笑話，等著小皇帝的怒氣。還提前派了人等在宮外，準備第一時間將常玉言的諷刺之作在京城之內傳開。

薛遠失望地歎了一口氣，快步走了幾步，恰好前頭的皇上一行人也走到了拐角，薛遠一眼就看到了他老子笑得滿面菊花，嘴都合不攏地跟在皇上身邊。

薛遠悄聲走了過去，站在了薛將軍身後的陰影處。甫一站定，就見前頭的皇上忽的停住了腳，從層層寬袖中伸出白到透明的手，在百綠叢中摘下一朵嬌豔盛開的花。

「這花開得好。」聖上贊道，隨後將花拿起輕嗅，應當是香味合了心意，他忽而粲然一笑。

聖上身形修長瘦弱，病體沉重。但笑起來卻如百花盛開般有著旺盛蓬勃的生機力量。躲在暗處的薛遠抬頭一看，第一眼就瞧到了聖上唇角笑意，才發現這病弱皇帝原來還有著一副秋月無比的好長相。

薛遠看了一會兒，皺眉心不在焉地想。

當著百官的面將他罵得那麼狠的皇上，原來連毛都沒長齊嗎？

傍午竹絲管樂奏起，宮宴開始。

常玉言坐在靠後的地方，恍恍惚惚地看著桌上的菜肴。

坐在一旁的薛遠專挑著賣相漂亮的御菜吃，「今天的詩作得不錯。」

「你知道了……」常玉言揉了揉眉心，「真沒想到，我在面對聖上的時候，竟也會投機取巧了。」

薛遠君子一笑，獠牙陰惻惻，「聖上好手段。」

常玉言微微皺起了眉，「你怎能這樣說聖上？」

薛遠挑眉，特地扭過頭看了一眼這位今個兒古怪極了的好友，隨即瞇著眼，遙遙朝著聖上望去。

顧元白坐在高位之上，他今日不可避免地喝了些酒水，古代的酒水酒精度數不高，但奈何來到這裡之後就沒喝過幾次，幾杯下肚，他就吩咐人往酒壺裡摻了水。

暖意從肺腑蔓延四肢，顧元白呼出一口氣，覺得臉也燙了起來。

他不能再喝了，顧元白很清楚這具身體到底有多麼的嬌貴和虛弱，他停了酒水，喝起了熱茶醒酒。

聖上的一舉一動都被人注視著，經常見到聖上的臣子們還好，那些頭一次見到聖上的小子，都在拿著餘光偷瞥。

其中目光最明晃晃的，就是薛遠了。

喝個酒還能臉紅，還是不是爺們？

這樣的皇帝都能讓常玉言動搖，在遊御花園時難不成發生了什麼他沒注意到的事？

薛遠手敲著酒杯，暗暗沉思。

宮宴持續的時間並不長，甚至結束了之後天色也才稍暗，田福生帶著眾多太監挨個將大臣們送了出去，等沒人了，又將張緒侍衛長拽到一旁神神秘秘地吩咐下去一件事。

顧元白洗完澡後，趁著時辰還早，他在桌前翻開了《韓非子》。

相比於正統的古代男兒，顧元白有一個很大的缺陷，他的思想來自後世，而後世超脫的思想並不適用於當前的大環境。

他得分清楚什麼東西有益，而什麼東西帶來這個世界卻會造成災難。這些古書他從前沒有讀過一本，自從到了這個世界之後，他就得日夜捧讀，熬夜讀、抽著時間讀，結合著身體的記憶去瞭解和通透。原身皇帝做得不好，他就得自己從書中抽絲剝繭地去學習帝王心術。

現代有一句話叫「穿清不造反，菊花鑽電鑽」。即使大恒是記憶中從未出現過的朝代，即使這個世界本身就存在於一本小說之中，但出現的這些書籍和歷史痕跡都與記憶中的八九不離十，顧元白沒辦法以玩鬧的態度去對待這個國家。

而身為這個世界的男主角，無論是褚衛還是薛遠，都有強大的治國才能。

說實話，顧元白還挺饞他們的。

雖然不瞭解他們為何會相愛，但顧元白尊重他們，如果他能活得更久一點，他甚至可以為了拉攏他們兩人而給他們賜婚。

可惜命早就被閻王爺給預訂了，顧元白現在也只能佛系等著生命走到終結，或許再過上一段時日，他就只能躺在床上動彈不了了。

顧元白深深歎了口氣。

田福生抬頭問道：「聖上可是睏了？」

顧元白搖了搖頭，道：「朕只是在想著，人固有一死，無論做了多少準備，哪怕是朕，在面臨死亡時也是心中惴惴不安。」

田福生心中一驚，雙腿一軟就跪在地上，顧元白失笑：「怕什麼？朕只是感歎一句。」

田福生驚魂未定：「聖上可別再說這些東西來嚇小的了，小的這心都要跳出來了。」

顧元白無奈搖了搖頭，沒了看書的心情，他放下書，寢宮內的侍人已經盡數退了出去，顧元白無知無覺地走到臥房掀起床帳，下一秒眼睛倏地睜大。

一個被五花大綁的美人正躺在他的龍榻之上，美人鳳目幽幽，狠辣暗藏殺意。

顧元白下意識往美人的胸前看去，臉頓時一青，是個男的。

第七章

褚衛臉色難看，鳳目中怒火沉沉，可掀開了床帳的顧元白比他的臉色還要難看，甚至只看了他一眼，就立刻甩袖而去。

褚衛頭一次被人綁在床上任其施為，也是頭一次在其他人眼裡瞧到嫌棄，他看得清清楚楚，這個在他眼裡本來是個昏庸無道的昏君，在看他的時候眼底出現的是明明確確的震驚和嫌惡。

好像褚衛是個什麼髒東西，看他一眼就能污了他的眼。

聖上沒有打算對他動手動腳，可褚衛心中的怒火不減反盛，他死死盯著薄紗做成的床帳，去看外面朦朧的明黃身影。

顧元白沉著臉，坐在外面的軟椅之上等著田福生的解釋。

得知躺在他床上的就是書中的男主角受褚衛之後，顧元白一手拍上了扶手，沉悶的一聲響讓人心尖一顫。顧元白用力捏緊扶手，指尖發白。

田福生從未見過聖上這副怒容，他心中一顫，知道自己惹禍了。

「田福生，」聖上的聲音傳到內殿時已經失真，「朕在你心中到底是個什麼荒淫無度的形象……咳……！」

天子一怒，整個寢宮的人都撲通跪在了地上。

被五花大綁在床上的褚衛聽到了這句話，也看到了跪了一地的人，他目中冷冷，藏著譏笑，片刻之後，有宮人進來點了燈，昏黃的寢宮之內頓時亮如白晝。

褚衛的眼睛不適地眨了幾下，床帳之外，那道明黃色的身影正扶著軟椅彎腰咳嗽，聲音沉悶，又急又促。

皇上只穿著裡衣，身形修長瘦削，褚衛心中的怒火逐漸平復，又變成了深不可測的冰潭。

待好不容易止住了一陣咳嗽，顧元白努力直起腰，緩步走到了床邊。

褚衛透過床帳直直盯著他，若是他被綁來一事皇上本身也不知情，那皇上對內廷的掌控力著實薄弱。這樣的皇帝，是怎麼將權臣盧風拉下馬的？

褚衛自七年前便在外遊學，他雖然遠離朝堂，但能從父親口中得知一些消息。不過父親官職低微，在仕途上並無野心，讓褚衛也對朝政細事並不瞭解。

他腦海中的思緒轉瞬間便湧起了千百個想法，但一隻伸入床帳內的手突兀將這些想法攔腰斬斷。

這隻手漂亮極了，細長而白，不過一眼的功夫，床帳「唰」的就被皇上掀起。

顧元白不是利己主義者，當上皇上之後也沒有被權力沖暈了頭腦，他換位思考了一瞬，如果是他被強迫綁到了別的男人的床上，他也會對那人充滿殺意。

無論用什麼辦法，無論對方是誰，都要殺了他。

所以他很快就原諒了褚衛對他展露的殺意，甚至為了安撫這個被田福生牽連的男主角，他聲音都輕柔了許多。

「此事不會有任何人知道……」話說到一半，一股癢意就從喉間漫出，顧元白一隻手握拳抵在唇邊，側著頭咳嗽出聲。

一頭青絲凌亂，隨著動作微顫，宮人在外頭跪倒了一地，身體顫抖，沒有人敢在這個時候去上前扶一扶皇帝。

這個咳嗽怎麼也停不下來，咳到最後已經是撕心裂肺，顧元白手抖著彎下了腰，無力地按住了龍榻之邊。

繡有龍紋的明黃色綢緞被他蒼白的手揉出一個個皺褶，恍然之間，竟有種纏綿悱惻的香豔錯覺。

褚衛慢慢蹙起了眉頭，這才想起來這個皇帝去年才剛剛立冠，不僅如此，身體還無比病弱。

……真是無用。

「聖上，」如冰水落入池間的聲音響起，「您還好嗎？」

顧元白驟然捏緊了手中的床單。蒼白的手背上青筋凸起，像是玉佩上精心雕刻的脈絡，顧元白靠在床邊，咳嗽的聲音終於逐漸減弱。

咳嗽聲沒了，粗重的呼吸聲卻還在，顧元白閉著眼睛，大口大口地呼吸著新鮮口氣，半晌，他才顫巍巍地按著床面起身。

這樣的身體，顧元白已經習慣了。

他費力地站起了身，明明無比狼狽，卻鎮定地同褚衛繼續說著剛才的那番話：「不用擔心會有別人知道，朕派人暗中送你回家，也會懲治擅自將你綁來的這些奴才。」

褚衛靜靜地看著他。

年輕皇帝的身子比他想像之中的還要不好，一番咳嗽下來，眼角已經緋紅，唇如胭脂染色，像是哭過了一樣。

相貌，也比他想像之中的好了太多太多。

褚衛被稱為京城第一美男子，時下又把好男風一事引為雅事。但經受過諸多來自男子的大大小小的暗示之後，褚衛近乎厭惡一切對他有非分之想的男子。

被五花大綁的時候，他心中已經燃起了滔天殺意，知道自己被送上了龍床之後，殺意更是凶猛，即便是大逆不道被株連九族，他也要讓這個昏君付出代價！

可唯獨沒有想到這不是皇上的主意，也沒有想到皇上竟然長得如此貌美。

褚衛惡劣地在心中用「貌美」兩個字形容皇上，以紓解先前強壓在心中的怒氣。

如此貌美的小皇帝，見到他的第一眼就是嫌惡，那應當也不喜歡男人吧？

他的這番想法若是被顧元白知道，只怕顧元白會無語極了，褚衛這明顯已經是恐同了。

原書裡的人一個直男，一個恐同，到底最後是怎麼走到一塊的？

褚衛生的美，卻並未是男生女相的美，他的美是將俊字發揮到了極限，如明月皎皎，晴朗高風，眉目間的英氣不少，更是身形修長矯健，猶如一匹蓄力的獵豹。

如果讓顧元白選，他最喜歡的就是這樣的身體，俊朗、健康，相比於褚衛，他如今的樣貌反而缺失了些許的英武之氣。

褚衛沉默不出聲，顧元白以為他心中還是不滿，歎了口氣，隨意坐在了床側，「若是朕沒記錯，你父親應是禮部郎中吧？」

這副閒聊的架勢，由聖上做出來，會讓被閒聊的人無比的受寵若驚。

褚衛被人鬆了綁，恭恭敬敬從床上下來同聖上行禮，「聖上記得是。」

顧元白不著痕跡地打量他，揮一揮袖，讓人送來椅子，自己也披上了外衣，坐在了平日裡處理政務的桌旁。

「你父親曾給朕寫過摺子，講述過治理黃河水患的道理，」聖上帶笑道，「朕還將其中的內容記得清清楚楚，雖有些缺憾，但不失為良計。但那時朕大權旁落，卻是無法即刻實行了。」

褚衛不自覺皺起了眉頭。

他的父親對治理水患一道上瞭解頗深，那一道奏摺他也看過，大言不慚地說，他父親的這篇奏摺在他看來已是世間最為精妙的辦法，而這位從未出過宮門的聖上，現在卻說這道奏摺還有些缺憾？

未來的能臣低下頭，沉聲請教：「還請聖上賜教。」

顧元白也不客氣，他只是略微翻找一下，就從層層奏摺中找出了褚衛父親的那道奏摺，褚衛瞧見此，面上稍緩，至少這皇帝是真的在意了。

「黃河水患自古是歷朝歷代頭疼的問題，褚卿言明三點，一是水患前的預防，二是水患中的搶救，三是水患後的賑災，」顧元白手指隨著奏摺上的字句移動，褚衛不自覺朝著他指尖所指的地方看去，「唐太宗設置義倉及常平倉以備凶年，他開了個好頭，唐朝興修水利，西漢《賈讓三策》想必你父已熟讀，一是改道，二是分流，三是增高加厚原有堤防……」

皇上不急不緩，一點一滴地說著自己的想法，興致來了，便拿起毛筆畫下黃河彎道，水流湍急，卻在他的筆下乖順平靜。

侃侃而談，含帶笑意。

褚衛幾乎是愣住了，他沒想到皇上會有這樣的一面，聰明的大腦能讓他很輕易就理解了皇上了意思，正是因為理解，才會覺得驚訝。

聖上說完之後才覺得手腳冰涼，他的鼻頭泛著可憐的紅，讓人送上手爐之後，才鬆了一口氣。

他瞧著正細細思索的褚衛，嘴角的促狹一閃而過，緩步踱步，忽而開口道：「褚衛，你可知朕想要的是一個怎樣的大恒嗎？」

朕要開大絕忽悠人才了！

§

褚衛裹著寒風在深夜回到了家中，他沉默不語地拒絕了家中人的關切，獨自將自己關在了書房之中。

他在書房中枯坐了整整一夜，待天邊微亮，鳥啼聲透過窗戶傳來時，他才知曉原來天已經亮了。

褚衛站起身，推開書房的門，清早的氣息冷冽清新，發脹的頭腦也瞬間平息下來。

聖上心有丘壑。

他坐了一晚，得出了這個結論。

並非他以為的那般弱小無用，不，聖上或許弱小，或許掌控不了兵權甚至掌控不了內廷，但在那具病弱單薄的身體裡面，藏著一個野心勃勃的明君雛形。

褚衛腦海裡忽的閃過昨晚聖上彎著腰咳嗽的畫面。

細白的手指掐著綢緞料子的床鋪，手指要埋在被褥之間。

咳得眼中有了水，眼角透著紅，唇倔強地緊抿，但卻比眼尾還紅。

褚衛慢慢轉過身，他腳步僵硬，然後從僵硬逐漸變得堅定，一步步走向了書架。

褚大人一來到書房，見到的就是捧書研讀的兒子。

兒子聽到了他的聲音，自然地放下手中的書，坦然朝他看來，「我要參加三月的會試。」

褚衛早在七年前便考中了舉人，是那一屆舉人中的解元，時年才一十又七，才華之名引起眾多關注。

但褚衛無意做官，之後的七年便再也沒有繼續科舉，如今一夜之間，褚大人不知道他想了什麼，但能繼續科舉，無異是好事。

「好好好，」褚大人眼眶微濕，「好！」

褚衛朝著褚大人點了點頭，繼續看著手中的書。

既然要考，那狀元之名捨他其誰？

第八章

舉子在冬末會集聚京城，次年開春便是由禮部主持的會試，褚衛既然要參加本次會試，那麼他的父親必定要迴避。

這幾日的早朝也都是在談論三月初的會試，顧元白與諸位大臣們定好會試的基調，確定了會試中經義、策論、算數、詩詞、律法和雜文的比重，會試主考一正三副，由一二品大員擔任，同考官十八人，禮部提請了名單，人選是由顧元白選派。

早朝之後，顧元白就拿到了名單，他須儘快選好人，三日後，這些人選就會被禁軍跟著，進入貢院鎖院。

點人一事也有學問，現在雖說是天子門生，但鄉試、會試的主考官終究有「一座之師」的名頭，這個考差也是十分有面子的事，講究的是進士出身、皇上信任，顧元白願意讓誰更進一步，願意箍住誰的手腳，這裡也能做文章。

等他點好了人，御膳房也送來了吃食，自從他上次點了一碗炸醬麵之後，御膳房好像發現了不同醬料的一百種用法，他們折騰出的肉醬鮮香，只靠這個就極其下飯。

顧元白這幾日的胃口不怎麼好，御膳房的人花再多的心思，他也只寥寥動了幾筷就放下了筷子。吩咐人撤了飯食，顧元白洗漱後便準備睡個午覺。

吩咐田福生在一個時辰後喚醒他，顧元白陷入了沉睡，可沒想到他剛剛睡著，就被劇烈的搖晃給喚醒。

睜開眼就看到田福生的臉上滿是淚水，聲音顫抖著道：「聖上，宛太妃重病了。」

§

京城郊外的莊子。

顧元白從滿是藥味的房屋中走了出來，看著院落中孤零零的一顆枯樹，眼中有些乾澀。

身邊的田福生及其宮侍已經掩面哭泣，御醫跟在聖上的左側，小聲地說著診斷結果。

宛太妃，是先帝生前的妃嬪。

也是顧元白生母的妹妹。

顧元白生母逝去得早，母族為了維護顧元白，讓宛太妃入了宮，宛太妃為了讓自己能將顧元白視若親子，親口服用了絕子藥，此後的一生，都只為顧元白鋪路。

顧元白生母死得蹊蹺，也是宛太妃在後宮之中一步步查明了真相，她替他報了母仇，無論是先前的小皇帝，還是如今的顧元白，都將宛太妃當做生母一般看待。

先帝駕崩之後，顧元白原想在宮中好好侍養宛太妃，但宛太妃決意出宮，她不想連死都在大內之內。顧元白將她遷到這莊別院，可精心的供養還是抵不過時光的流逝。

宛太妃老了，沒了心氣，她想死了。

顧元白望著灰濛濛的天空，心臟好像被一隻無形的手攥緊，鼻尖發酸，眼中卻乾澀。

「走吧。」

馬車在不平的路上顛簸起伏，別莊逐漸遠去，田福生已經擦去了滿臉的淚，擔憂又小心翼翼地在車上伺候著顧元白。

顧元白依靠在軟塌之上，看著馬車外的景色發著呆，直到馬車駛入了京城，他才叫了停，下了馬車，親自徒步往著皇宮而去。

京城在天子腳下，繁華而人口眾多，有幾個小孩舉著糖人嬉笑著從一旁跑過，顧元白停了腳，望著這些孩童。

身穿粗布麻衣的男人們在街旁做著活，女人們在辛勤地操勞著家務，男男女女，老老少少，都在為了過好日子而忙碌。

然而更多的，則是三兩成群的讀書人，書館茶樓，到處都是激昂文字前來參加會試的舉人，他們或激動或忐忑，大聲談論著即將到來的會試。

顧元白不知道自己在想些什麼，在他身後保護著他的侍衛以及宮人也不知道他在想什麼。

他們只是沉默地跟著這位年輕天子，警惕周圍的一切。

京城裡的達官貴人多如牛毛，顧元白一行人並未引起多少注意。顧元白收回了心神，腳步繼續往前走去，然而兩步剛踏了出去，一片雪片忽而從他的眼前飄落。

「啊！爹爹下雪了！」

「下雪了！」

周圍響起一聲接著一聲的兒童喜悅叫聲，顧元白失笑著搖了搖頭，田福生連忙為他披上狐裘，

「老爺，上馬車吧？」

「再走一會，」顧元白道，「我也好久未曾見過京城的雪景了。」

京城二月分的飛雪如鵝毛飄舞，侍衛長為聖上執起傘，雪白的雪花從傘邊滑落，有些許被風吹到了聖上垂至腰間的青絲之上。

他們走過酒樓茶館，狀元樓上，薛遠挨著窗戶晃著酒瓶，一低頭就見到這一行人。

聖上的面容被遮掩在傘下，但田福生和侍衛長的面容卻熟悉無比，薛遠晃了晃酒水，將手伸出窗外，等一行人經過他的窗口時，五指一一鬆開。

「啰嚓——」

酒瓶碎落在顧元白身後的不遠處，侍衛們頓時緊繃起身體，凶悍地朝著就樓上看去。

顧元白推開了傘，視線沒了遮擋，他朝上方望去時，二樓窗口處隨意搭著一隻手，不用多想，顧元白就知道是這隻手的主人扔下的這瓶差點砸到他的酒。

顧元白唇角勾起，聲音卻如雪花一樣冰冷，「把他帶下來。」

片刻之後，滿身酒味的薛遠就被侍衛們帶下了狀元樓，雪花飄飄揚揚，飛舞得更加厲害，傘也沒有了多少用處，顧元白已經讓侍衛長收起了無用的傘面，獨自在寒風中站了一會，身上已經積了不少白雪。

薛遠被帶到了顧元白的身邊，顧元白見到是他，繼續笑著：「原來是薛將軍家的公子。」

田福生道：「老爺，要不要將薛公子送回薛將軍府中？」

他們說話的功夫，薛遠打了一個酒嗝，伸過臉來看著顧元白一會，才道：「聖上?!」

顧元白靜靜地看著他，他的髮上、狐裘上，乃至睫毛上都垂落著雪片，這些雪片落在他的身上竟然沒有立即融化掉。相比於他，薛遠身上倒是乾乾淨淨，那些雪花還未落下就已經被他身上的熱氣給蒸騰的化成了水。

見到此，顧元白心情更加不好了。

沒有一個帝王會在未來將會奪取他的政權、比他要健康百倍的人面前保持好心情。

薛遠這人就是一匹見人就咬的狗，平常不叫，但狠辣兇猛，道德感極低，眼裡只有欲望和權力。他是帶兵的一把好手，但這樣的臣子宛如是一把沒有刀柄的利刃，如果別人想用他，就得做好自己被砍斷一隻手的準備。

褚衛顧元白敢忽悠，薛遠不行。

顧元白朝著地上碎裂一地的酒瓶看去，「這是怎麼回事？」

薛遠咧開笑，身上的酒氣沖人，他跟著朝地上的碎片看去，佯裝恍惚，「我的酒怎麼在這？」

田福生捂著鼻子，捏著嗓子道：「老爺，薛公子應該是醉酒了。」

顧元白忽而一笑，他走到瓷片旁邊站定，押著薛遠的人也帶著薛遠走了過來，薛遠神情放鬆，雙腿走得慢騰騰，這樣看著，那些侍衛不像在壓人，而像是在伺候人。

雪花飄落到鼻頭，恰好一陣癢意升起，顧元白低咳了幾聲，啞聲道：「跪下吧。」

壓著薛遠的侍衛雙臂用力，結結實實地將薛遠的雙膝按在了碎落一地的尖利瓷片上。

大片的碎瓷刺入了肉裡，鮮血瞬間漫過褲子流到了地面，雪花飄到這些血上，很快被融化成了水，讓血在地上蔓延得更快。

薛遠臉上的敷衍倏地收了起來，陰沉不定地抬頭看著顧元白。

顧元白對他柔柔一笑，忽地伸手拽住了他的頭髮，他低下頭，在薛遠耳邊一字一句道：「朕今日心情很不好，薛小公子，別給朕能讓你母親傷心欲絕的機會，聽明白了嗎？」

薛遠被迫抬起下巴，下顎緊繃成一條隨時暴起的弧線，頭皮被拽得發麻，「母親」兩個字傳入他的耳中時，他陰惻惻冷笑道：「遠知道了。」

顧元白：「很好。」

他鬆開了手，薛遠微側著頭，看著小皇帝唇色蒼白含笑地從他耳旁退開，膝上的疼痛逐漸退去，但薛遠全身都已經火熱起來了。

他低頭看著膝上的傷，咧開嘴陰沉沉地笑開。等聖上一行人走沒了，薛遠才撐著地站起身，一瘸一拐地往薛府走去。

§

顧元白進宮後的第一件事，就是交代監察處的人趁著薛府招人的機會再往裡面派人。

果然如他所料，薛遠回府之後就對府內的人進行了大清洗，將有可能是皇帝眼線的下人全都發賣，再買入一些身世乾淨的人進入府中。

薛遠和褚衛兩個主角自然是讓顧元白多多關注的地方，潛伏在薛府中的人手有十二人，此番被清理了七人，還有五人留了下來，或許可以借此機會生根發芽，長成參天大樹。

顧元白對這個結果還是挺滿意的。

一路在雪天之中走回宮，回到宮殿時鞋子已經濕了，田福生為顧元白褪去鞋襪時忍不住念叨：「聖上，保重龍體啊。」

顧元白低頭看了一眼靴子，笑道：「濕了啊。」

田福生同太監宮女們忙碌起來，等終於將聖上弄得乾乾淨淨沒有一點冷意之後，才齊齊鬆了一口氣。

聖上坐在床邊，太監將泡腳的艾草水端走，窗外的天色已經昏暗，寢宮中的燈亮得如同白晝。

「宛太妃身體不好了，」顧元白輕聲歎氣，「御醫跟朕說，怕是撐不到過夏了。」

田福生給聖上按著肩膀，「聖上，宛太妃不願您難過。」

「朕知道，」顧元白，「她怕朕憂心。」

「正是這個理，聖上，宛太妃見您能振作起來，她老人家才能心裡高興。」

顧元白不說話了，肩頭放鬆了後，就讓田福生帶人退了下去，他想要獨自一個人靜靜。

他也才剛剛起步，剛剛將朝堂掌控在自己的手心上。

天下還有很多事沒有去做，還有很多事需要三五年甚至數十年的時間需要去驗證。

宛太妃憂心他，是憂心他會埋怨自己的身體。

但其實，對於這平白多來的一條命，顧元白是感恩的，更何況這條命帶他領略了從未見識過的風景。

臨睡前，顧元白想到了薛遠和褚衛。

他沒有針對這兩個主角的想法，沒有了薛遠，也會有王遠李遠……能引起動亂本身的唯一原因，就是皇帝本身做得不夠好。

他的生命已經被限定，但不論是薛遠還是褚衛，他們作為文中的主角，必定可以將大恒發展得很好。或許可以繼承他的遺志，將他想做的事再做下去。

可薛遠太過不遜了，想要馴服這條瘋狗，顧元白還需要想想辦法。

怎麼能讓他聽話呢？

把他揍到怕，讓他知道疼？

第九章

三日後，被聖上點出來的考官接了旨，帶著行李被禁軍護著進了貢院。得知考官鎖院的消息，來京城趕考的舉人也彷彿感覺到了時間的緊張，酒樓茶樓的人頓時少了許多。

這一日下了朝，顧元白將工部尚書、戶部尚書還有禮部郎中褚尋叫到了宣政殿的偏殿之中議事。他將那日講予褚衛聽的黃河治患文章拿給了他們三人，讓他們三人慢慢看，自己端了一杯茶慢慢喝了起來。

戶部尚書最先看完，他猶豫道：「聖上，臣從未見過如此精妙的治患辦法，若要實行開來說不定真的有奇效……但國庫……」

而工部尚書和禮部郎中兩人已完全沉浸在了文章之中，面色凝重，隱隱有激動之色。

「聖上！」工部尚書難掩心中驚喜之情，「這法子是何人想出來的？此人大才，臣想要見見他！」

顧元白笑道：「那你倒是見不到了。」

這治患的法子，不是一個人想出來的，而是千千萬萬個後人，在無數汛期水患之中得來的方法。是在古代這個大環境中最靠譜的方法。

工部尚書一臉遺憾，喃喃：「可惜，可惜。」

此時，褚大人才剛剛看完這份文章，他邊看邊思，神色偶爾凝重偶爾帶笑，看完之後忍不住道：

「聖上，此法可行！」

顧元白笑問道：「褚大人也覺得可行嗎？」

褚大人向來嚴謹，但此時卻大膽地點了點頭，「若是按上面所言內容一一施行，臣覺得可行。」

戶部尚書急了，「聖上！春播即將開始，會試也要花費銀財，貢院正在重新修繕。聖上的陵墓也已選好了址，今年就要開始修建了。不止這些，聖上養兵花的軍需更是不少，每日都不可停。若要修河道，國庫周轉不過來啊。」

君王生前繼位初期便要開始修建陵墓，但顧元白雖繼位得早，卻大權旁落，直到如今才剛要開始修建陵墓，就更加著急了。

顧元白安撫地朝他笑了笑，「朕明白。」

「治理天下，總是離不開錢財，」顧元白不急不緩道，「只要有錢了，才能修路，才能買馬，才能練兵……朕並沒有決定現下就開始治理黃河水患。黃河水患分為春汛和夏汛，春汛為三四月，夏汛則是六至十月，朕將諸位大人叫過來，正是想要共同協商春汛一事。」

工部尚書疑惑道：「聖上，先前幾年並沒有出現黃河水患，為何今年如此在意呢？」

顧元白聞言，將手中的茶杯往桌子上一放，發出哐當一聲輕響：「朕也想知道，為何黃河中下游已下了半月的雨，卻沒人來通報朝廷呢？」

兩位尚書和一位郎中雙膝一軟，撲通跪在了地上。

顧元白不出聲，讓他們自己跪著，在安靜的落針可聞的環境中不斷猜測，直到他們頭頂因為自己的猜測而冒出細汗，顧元白才道：「起來。」

大恒朝沒有丞相，六部直接把控在皇帝手中，沒有內閣，但設了樞密院和政事堂，樞密院管理軍機大事，政事堂把關政務，也是直接把控在皇帝手中。

皇權如此盛大的時候，竟然會有人瞞著不報，那些地方上的人膽子怎麼這麼大！

而聖上又是如何得知遠在千里之外的黃河雨季的？

三個大臣愈是深想，便愈是恐懼。他們軟著身子站了起來，不敢多說一句話。

「褚卿，」顧元白緩和了語氣，「朕知你對治水一道頗有瞭解，此番時日無多，朕設你為安撫使，派你去防禦黃河春汛，朕要求不多，只要這小汛期釀不成大禍就可，褚卿，你可願意遠赴黃河？」

褚尋毫不猶豫地又跪倒在地，他高聲道：「臣必定用盡全力，不辱使命！」

顧元白從桌後走了出來，親手將他扶起，「此番前去，朕還有一事相托，褚卿要幫朕查出究竟是誰隱瞞不報！那些地方官隨褚卿去查，不要怕他們，朕為你做主。若是有麻煩，朕允本地都督帶兵相助。」

褚大人感動得雙目含光，「聖上放心，臣必定竭盡全力。」

顧元白又看向戶部尚書同工部尚書：「工部再點擅治水的十餘人一同陪著褚卿前去，你兩部要全力支持此事，不可懈怠。」

「是。」

從宣政殿走出來的三人擦擦頭上的汗，俱都流了一背的冷汗。

戶部尚書和工部尚書恭賀褚尋，褚尋連忙回禮，又請求道：「兩位大人，聖上如今對我多有期望，黃河連續半月下雨卻沒人上報朝廷一事，還請兩位大人暫且勿要告知他人，我怕會打草驚蛇。」

褚大人這是在懷疑地方官和京官勾結，戶部尚書和工部尚書連忙點頭，「褚大人放心好了，即便你不說，我們也是不敢對外說的。聖上的意思明確，我們兩部都會好好配合。褚大人好好幹，也要注意安全。等你回來了，會試也要出成績了，褚公子的學識一向出眾，沒准到時候雙喜臨門，你們父子倆雙雙該升官的升官，該做官的就做官了。」

褚尋連忙謙虛了幾句，三人說說笑笑出了大內。

殿內。

田福生在大臣們走了之後就端上了熬好的藥，黑乎乎的藥汁在白瓷碗內更顯苦澀，顧元白看了一眼，端起藥碗一飲而盡。

喝多了藥的人也就不覺得苦了，顧元白又喝了幾口茶去掉口中藥味，披上大氅，走出宣政殿。

外頭已經積了一層厚厚的雪了。

地面的積雪被清理乾淨，樹上草上，卻還留著有一掌厚的雪。

顧元白吸了幾口凜冽的空氣，心中也跟著暢快了起來，他往樹下走著，用手團了一團雪，不過片刻的功夫，養尊處優的雙手便被凍僵了。

侍衛長急匆匆地跑走拿來了一副皮手套，顧元白笑道：「朕只是碰一碰雪，瞧你急成什麼樣了。」

侍衛長難得板起了臉，「聖上，快把雪扔了吧。」

「好好好，」顧元白扔了雪，雙手都伸到了侍衛長的面前，無奈，「你們總是太過於小心了。」

侍衛長小心翼翼地握著顧元白的指尖，細緻地拿著手帕擦落聖上手心的濕水和雪塊。聖上的皮膚嬌嫩，只冰雪在手中待了片刻時間，十指的指尖已經各個泛起了誘人的粉色。

掌心細膩，脈絡也要融化在軟膚之中，得需侍衛長小心再小心，才能不在聖上的手上留下擦拭的紅印。

無怪乎別人精細著他，實在是顧元白這一身離不開別人的精心侍奉。

待掌中沒了雪水，侍衛長恭敬地放開了聖上的雙手，再將皮手套細緻地展開戴上，棕色的手套遮住了白瑩瑩的手面，一直延伸到了衣袖之下。

顧元白抬起手輕輕嗅了下手套的味道，處理得很乾淨，只有薰入味了的香氣，他點了點頭，笑道：「隨朕看一看雪景吧。」

但賞景的時候，侍衛悶聲不會說話，顧元白才覺得找錯人了。他想了又想，想到了那日看中了的輿論人才。

似乎是叫做常玉言？

大理寺少卿府中。

常玉言正在撰寫文章，忽然聽見書房外頭一陣響動，他皺起眉頭，壓下被打擾的火氣，快步打開門：「你們在幹什麼？」

他父親身邊的小廝正急匆匆地帶著人往這邊走來，見到他打開門就先揚聲喊道：「少爺！聖上請您進宮陪侍！」

常玉言扶著門的手一抖，「什麼？」

宮裡來的人還在身後跟著，小廝急了，率先跑了過來，催促道：「少爺快換身衣服，聖上讓您進宮賞雪呢！」

常玉言咽了咽口水，只覺得又慌張又驚喜，他急忙要轉身換衣裳，宮裡來的人也緊趕慢趕地跟了上來，見如此忙出聲阻止：「常公子不必麻煩了，這一身就不出錯，先跟著小的一起進宮吧，免得讓聖上等太久。」

常玉言羞愧道：「我這一身的墨水味。」

「無礙，」宮中人急道，「常公子不必擔憂，聖上不會因此責怪於你的。」

這不是責怪不責怪的問題，這是他在聖上眼裡形象如何的問題。

常玉言心中複雜萬千，但終究還是被聖上傳召的喜悅占了上風，他摒棄糾結，正要同宮人離開，卻突然想起了什麼，匆匆回了書房，拿了本書卷在袖中再重新出門。

宮中派了馬車來，常玉言上了馬車，半晌覺得有些氣悶，他抬手碰一碰臉，才發覺不知何時臉龐原已燙了起來了。

常玉言先前其實對聖上並沒有這麼推崇。

薛遠是個狼狗子，常玉言能跟他玩到一塊兒去，本性裡就夾雜著放縱不羈，他敢寫那些得罪權貴的十三首詩，不是因為他對此憤怒，也不是他憂國憂民，而是因為他想同父親作對。除了這一條，更重要的便是賺取一個好聽的名聲。

常玉言寫的詩是憂心天下蒼生，可他卻心安理得地享受著美酒美食，錦羅綢緞，薛遠和他一丘之貉，內裡腐壞到發臭的地步，面上還有給自己弄出一副金玉其外的面貌。

名聲這東西，對文人來說，有時候比權力和金錢還要有用，有的時候甚至可以保命。察舉制的時候，文人想要做官就需要給自己營造名聲，「臥冰求鯉」、「孔融讓梨」都是文人家族背後傳播遠揚的結果，這是士人間不必言說的潛規則。常玉言的家族直到他立冠也沒有給他宣揚名聲，他就只好自己來了。

能借此讓權貴的手將他父親貶謫，對常玉言來說，也沒什麼不好的。

可想而知，這一次聖上宣他進宮陪侍，也必定是他的名聲起了大作用。常玉言一邊唾棄自己，一邊又覺得慶幸。

若是他沒有名聲，可能聖上永遠不會瞧他一眼。

宮侍駕著馬車在道路上噠噠地走著，雪後的京城人人都縮在了家中，常玉言腦子發熱，他低頭整理了自己好幾次，覺得還是一身的墨水味，他怎麼能這副樣子就去見聖上？

常玉言移到車窗處，打開窗門吹些冷風以便冷靜，等好不容易鎮定下來之後，常玉言卻忽而看到戶部尚書的兒子湯勉與平昌侯世子李延的身影在小巷子口一閃而過。

一個是重臣的兒子，一個是勳貴世子，就算是在學府中關係親密，在外時也應當避避嫌吧？

而且若是沒有看錯……常玉言瞇了瞇眼，可惜馬車一晃而過，他只匆匆看了一眼，但若是沒有看錯，他們兩人手中拿著的，應當是兩幅畫作？

顧元白邊看邊走，戴上皮質手套之後，倒是沒人阻止他碰雪了。

常玉言過來的時候，聖上正讓人拎著個罐子，自己則小心地將梅花上的厚雪掃落在罐子之中。雪落梅花之上，經過一夜的醞釀，雪也沾染了梅花的香氣，等到雪化之後用來煮茶，便別有一番滋味。

§

常玉言上前行了禮，緊張道：「小子拜見聖上。」

「不用多禮了，」聖上放下手頭的活，親自攙扶起常玉言的雙臂，「上次見你你就拘謹得很，今日朕將你叫來是為賞雪，不必如此緊張。」

顧元白甫一握上了常玉言的手臂，就感覺到了他衣服下緊繃起來的皮膚，啞然失笑道：「朕當真那麼可怕嗎？」

常玉言面上一熱，悄悄抬眼去看。

顧元白已經笑著帶他繼續往前走去，侍衛們跟在五步遠之後，宮女們接過了罐子，繼續在梅花下收集著春雪。

平日裡，顧元白不會去穿龍袍，他穿的均是常服，常服邊角低調地繡著暗紋，在行走間好似有游龍攀附。

落在身後的青絲上夾雜著幾瓣沾雪的梅花，常玉言看到了，多看了好幾眼，卻不好意思出聲。

待逛完了宮中雪景，常玉言被聖上留下來用了晚膳。晚膳結束之後，眼見著就要走了，常玉言鼓起膽子，從袖中掏出了那本詩集，饒是此刻，他也不由感歎自己的臉皮之厚，「聖上，這是小子近日整理出來的詩集，取了以往尚且入得了眼的詩作，還有自上次遊園回來後的所得，若是聖上不嫌棄，小的想要將此獻給聖上。」

薄薄的一本詩集，這應當還是原稿，上面還有皺起來的小折。

顧元白也對這個有輿論人才潛力的人才新詩有興趣極了，如果是佳作，那麼他相信，絕對很快就會傳遍整個京城。

先前的皮手套已經在飯前摘掉，顧元白笑著翻了一下詩集，隨意看了兩眼，笑意加深。相比於他之前寫的十三首諷刺權貴的詩，這次的作品倒是迎合他這個統治者的品味了。

顧元白將詩集遞給田福生收好，忽而想起什麼，促狹一笑，「玉言同薛將軍家的大公子應當是好友？」

常玉言不明所以，謹慎點了點頭：「是。」

顧元白緩緩道：「幾日前，朕聽聞薛九遙雙膝受了傷，此事玉言可知道？」

九遙是薛遠的字。

常玉言一愣，什麼？

瞧著他什麼都不知道的表情，顧元白眉頭一挑，悠悠笑道：「等玉言出了宮，不如去薛府瞧上一瞧。再替朕同薛將軍和薛九遙說上一句話，若是他們需要，朕可派宮中御醫前去薛府為其診治。」

聖上慢條斯理：「畢竟是朕的愛卿之子，未來的大恒將才，若是出了什麼意外，那可真是大恒的損失了。」

第十章

薛府。

薛遠躺在床上，聽著聽著就沒忍住笑，「他是這麼跟你說的？」

常玉言眉頭微蹙，「要稱呼聖上。」

薛遠膝蓋上裹著藥布，隱隱泛著血色，但他的面上卻好似無感，隨手指著自己的傷口，似笑非笑道：「這傷就是聖上罰的。」

「這不可能，」常玉言下意識反駁，又皺了皺眉想了想，「你是不是做了什麼錯事？」

薛遠瞥了他一眼，反問道：「聖上今日將你招到宮中做了什麼？」

常玉言聞言，不自覺繃緊了皮膚，面上有些發熱，「聖上招我入宮中陪侍，自然是為了讓我陪同賞雪。」

「賞雪？」薛遠雙手撐在榻面，雙臂猛地用力，肌肉繃起，托著自己直接坐了起來，他指尖敲著大腿，若有所思，「能看上你什麼呢？」

在薛遠眼裡，這個皇帝怎麼也不像是會做無用功的樣子，連他這匹瘋狗也敢招惹，惹了他就罷了，至少就如同小皇帝說的那樣，他有帥才之風。但奇怪，常玉言有什麼呢？

一個讀書人，一股子腐酸味，常玉言能有什麼用？

但就是這麼沒用的讀書人，皇帝還招他賞了雪。薛遠這個未來將才，皇帝倒是眼也不眨地罰了他滿膝蓋的血。

常玉言將這句話聽得清清楚楚，他皮笑肉不笑，「薛遠，你這是什麼意思？」

薛遠慢條斯理道：「你能有個屁用？」

常玉言氣得瞪人，「我不說是名揚天下了，最起碼也是小有名聲，立冠那日前來為我道賀的人多到甚至驚動了官府。而我一向有才，等殿試結束，你等著我拿個狀元來吧！」

說完，他「蹭」地起身，怒而甩袖離開。

薛遠摸著下巴，等常玉言徹底見不到影了之後，才嗤笑一聲，「狀元？」

那小皇帝要個假文人做的狀元有什麼用？

薛遠雙腿離開床，筆直站在了地上，他雙手背在身後，緩步走到了窗前。

膝蓋上的白布滲出了星星點點的鮮血，這樣疼痛的滋味對於薛遠來說很是新奇。

打小在軍營裡混著長大的薛遠知道拳頭硬，兵馬強才代表一切。薛府三代忠良，聽起來挺好，其實都是要命的名聲，他扔個酒瓶，也不是想砸皇帝，看準他過去了才下手，也只是想看看皇帝對薛家的態度。

薛遠摸著下巴思索，想起來小皇帝的面容，雖然毛都沒長齊，長得倒是比娘們還漂亮。

就是這脾氣藏得太深了。

是因為薛府而優待他，還是因為三代忠良而必須優待他？

§

褚尋大人已帶著人出發去了黃河，監察處會替褚尋提供來自最前線的消息，為了培養監察處的人，顧元白花了大把大把的錢，監察處的人不光要識字練武騎射，還要學習地理兵書和跟蹤埋伏人等各方面的技巧。

除了教育，他們的吃食顧元白也極其注意，比養兵還要看重。飯菜葷素搭配，米用的是好米，肉必不可少，將整個監察處的人都養出了一身健壯有力的身軀，他們健康了，就代表著顧元白的健康。

半月雨水之事能在這麼快的時間之內穿過千里來到京城，這副好身軀的作用必不可少。

預防水患一事顧元白暫時放下，又將重心調到了即將到來的會試之上。

這些時日的早朝，各位大臣也是憂心忡忡，因為京城返了寒潮。這回寒潮來的氣勢洶洶，不少人上書希望讓會試考生多添些衣物，也多增加些取暖的煤炭，再將貢院的號舍好好修繕一番。

特別是家中有後代參與這次會試的家長們，據理力爭，在朝堂上半分也不肯後退。

聖上心善，號舍本來就在修繕之中，提高暖炭用量的摺子也批閱了同意。但在允許會試考子多添衣物這一條上，卻遭到了不少臣子的阻攔。

以前不是沒發生這樣的事，京城的冬季總是漫長又寒冷一些，有時候的春季可以與冬季比肩，仁善的皇帝不少，也曾特許舉子多攜帶一層皮衣。

但那屆就發現了許多將作弊的紙條縫製在衣物中的舉子，衣服愈多檢查起來愈是麻煩，皇帝的善心也被這些人品低劣的讀書人給當成了可以利用糟蹋的手段。

「聖上，」臣子勸道，「以往也不是沒有回寒潮的情況，煤炭加重，號舍修繕，這些已經夠了。」

可今年的寒潮來得厲害，大恒朝的會試連考三天，考生食宿號舍之間，若是那些時日再降溫或落下雨雪，怕有不少人都會患上風寒，更甚者，可能會在這三日內喪命。

顧元白到底心疼這些人才們，他最後下令，還是允了舉子多添加衣物的決定。

這聖旨一出，整個京城趕考的舉子歡呼雀躍，雙目含淚地感激聖上的仁善。

有那些身體不好本就不適應京城天氣的舉子更加激動，伏地叩謝不止，不斷說著：「聖上仁慈，聖上萬恩！」

一件單薄的衣物，在寒冷狹小的號舍之間就代表著一份取暖的希望。聖上不顧群臣勸阻，仍然決定寬鬆限度，這就是明晃晃的對他們的愛護。

來自聖上的著想和愛護，讓熟讀天地君師的讀書人更是心中熱火騰騰。

當然，顧元白對這些舉人們仁慈，不代表著會讓他們藉此機會作弊。

若是有人膽子敢這麼大，藉著這個機會裹挾紙條，那麼等待他的將是比廢掉功名更嚴重的處罰。

顧元白可不想讓他的善舉在日後成為一個笑話。

§

時間在等待中終於到了會試的日子。

褚衛一早醒來，淡然地在院中練了一套武術，待到渾身出了薄汗才停了下來。洗漱出來之後，母親正在重新清點要帶進貢院的東西，這已經是她第五次的清點了，褚衛也有些無奈，「娘，不必如此緊張。」

「娘怎麼能不緊張！」褚夫人提高聲音反駁，又緊張兮兮地低頭繼續數著，「香帕、紙張、乾糧……」

褚衛由她去了，逕自沉默地吃完了飯，小廝背起了東西，陪著少爺往貢院而去。

褚夫人將他送到門旁，雙手合十地同著漫天的神佛保佑，心中忐忑，「願我兒順利過了會試吧。」

進京趕考的舉子很多，因此被分成了不同的批次進入考場，褚衛的運氣很不好，他在一大早就要進入貢院，要在貢院之中多等待上整整一天。

到了門前排隊的時候，褚衛讓小廝先行回去，他自己背著考箱，脊背挺直地站在人群之中。

他本身的相貌就格外引人注目，氣質又如皎皎明月風度翩翩，是以許多人都注意到了他，竊竊私語之間，就明白了這人就是美名傳遍京城的第一美男子褚衛了。

排在不遠處、正送著好友湯勉的平昌侯世子李延第一時間注意到這處的騷動，他往後一看，幸災樂禍地拍拍湯勉的肩膀，「湯勉，褚衛竟然參加這次會試了，你還能得到一個好名次嗎？」

湯勉也看到了褚衛，他眉頭一皺，又放鬆了下來，「他已經七年沒有繼續科考了，七年的時間我就不信他的學識還是那般好。褚衛考就考吧，他威脅不到我。」

斜後方的褚衛耳朵一動，忽而側頭往湯勉處看了一眼。

湯勉和李延都未曾注意到，李延問道：「你在學府之中每次的排名都是數一數二，這次有沒有把握拿個狀元下來？」

湯勉謹慎道：「懸。大理寺少卿之子常玉言聽說也參與了本次會試，他的文章詩賦我也讀過，他對我而言是個勁敵。」

李延不免嫉妒地道：「反正只要在一甲之中，就會被聖上親自召見。」

湯勉也不免有了些既激動又緊張的感覺，他笑了笑，裝成鎮定的樣子道：「我一定會讓聖上對我刮目相看的。」

自從那日蹴鞠賽之後，就只能在畫中重溫聖上的面容。但畫中人的模樣，又哪裡能比得過真人的十分之一呢？

真正的聖上便是日月之光，想要日月記住他，榜眼不夠，探花也不夠。

以他未立冠之名，若是中了狀元……

湯勉心中不由火熱了起來。

褚衛平靜無波地移開了視線，垂下眼，遮住眼中的不屑和嗤笑之意。

跳樑小丑也真是敢想。

貢院中的會試開始時，大內之中的顧元白也收到了消息。

他細細聽著稟報，良久，淡色的唇輕輕一勾，露出一個滿意的笑容，「不錯。」

田福生為他端來一盅補湯，瞧著聖上高興，也不由樂著道：「也不枉費聖上的一片愛護之情，這屆的舉子們老老實實，下屆的讀書人也能享受些許蔭庇。」

顧元白點了點頭，將處理好的政務放在了一旁，「朕也該琢磨琢磨他們殿試的題目了。」

田福生拿來了宗卷，這些宗卷上記載了萬千道策論題目，顧元白隨手翻開了幾頁，搖搖頭道：「無論看了多少次，沒有標點符號看起來還是不方便。」

田福生疑惑地看著聖上，「標點符號？」

顧元白：「沒什麼。」

標點符號，就是斷句，古人所說的「句讀」。但這標點符號，是不能輕易拿出來，也不是輕易就能通行的。

自古以來一些孤本學說一直被學術派別所壟斷，他們壟斷學術靠的就是句讀。例如有名的「民可使由之不可使知之」的兩則斷句，一是「民可使，由之；不可使，知之」，二是「民可，使由之；不可，使知之」。

不同的派別掌握著不同的斷句方法，所理解的含義自然不同，要是實行標點符號之法，必然會使這些學術派別為之震盪，究竟哪個是對的，又憑什麼其他人不對？憑什麼要將他們派別的斷句方法讓給天下人知道？

學術派別之所以稱作派別，就是他們獨有的文化所給予的壟斷特徵，因為他們所獨有，所以學子們想要學習知識就需要投身其名下，等學的人多了，這樣的派別就會轉變為學閥。

即便是有官學，也阻擋不了學術派別的生長和發展。

學了這一派知識的人，他們都會是統一的斷句、對於聖人之言統一的理解，這個時候，皇上突然拿出來了一個標點符號，說這文章要這麼斷，那文章要這麼讀，同官方斷句不一樣的派別和派別中的讀書人會不滿，憑什麼我們是錯的？我們耗費時間、精力、錢財所學習的東西，如果這是錯的，豈不是得不到任何的回報，豈不是白學了？

而同官方斷句一樣的派別也會同樣不滿，憑什麼我們私藏的知識就這樣被公佈天下？我們祖祖輩輩積累下來的東西，怎麼就成為天下之人所共有的了？

標點符號一出，就是動了他們的蛋糕，這些學術派別絕對不會同意。

標點符號是個好東西，但現在顧元白卻不能拿出來。

內安外無強敵時，皇帝有了掀桌子的能力時，才是震撼學派，進行學術上的改革時。

顧元白翻過了兩頁宗卷，抿了一口溫茶，察覺到自己在想什麼時，不由失笑。

他說好了要佛系，但這就好像嗜糖的人說要戒糖，有菸癮的人說要戒菸一樣。嘴上大話連篇，偏偏身體誠實得很，完全顯出了什麼叫做心口不一、言不由衷。

第十一章

會試之後，李保太傅又拜見了聖上，這次聖上總算沒有再拒了，終於召見了這位名滿天下的帝師。

從宮中出來之後，李保太傅已經熱淚盈眶，他被攙扶著回到了家中，李煥聽到他回來之後，就讓人將他抬到了父親面前。

「爹，」雖是被審訊得半死不殘，但李煥精神氣卻十分不錯，他緊盯著李保太傅，眼中滿是期待，「聖上說了些什麼？」

李保太傅見到他就心生怒火，但還是心疼他這一身的傷處，冷著聲道：「老夫同聖上所言，你關心這個作甚！」

「好吧，兒子不問了，」李煥換了個話題問道，「爹，聖上今日的氣色如何？」

聖上那日被他氣到了，唇色和耳珠都被氣得紅了，李煥擔憂聖上的身體。聖上不像他一般粗糙，怎能不叫人擔心。

李保太傅道：「我怎可直視聖顏？」

李煥歎了口氣，只覺得全身都在隱隱作痛，他努力側過臉，手指碰了碰腰間的香囊，香囊裡面裝著的是聖上的髮絲，他只好退一步問道：「爹，那你總該知道聖上今日與你說話時咳沒咳嗽吧？」

「並無，」李保太傅道，「行了，你莫要問了，快回去躺著去。」

李煥被趕回了房間，他躺在床上，幽幽歎了口氣。

「爹怎麼這般粗心。」

聖上讓他爹進宮，他爹卻連聖上的身體都不知道關心，這樣蠢的爹爹，竟然是他李煥的生父。

李煥無奈地搖了搖頭。

送走了淚流滿面的李保太傅，宮中又迎來了面色不善的和親王。

顧元白接見了他，和親王硬梆梆地站在聖上的身前，語氣也硬得猶如石頭，「聖上讓臣辦的事，臣給辦好了。」

會試第二天就下起了陰寒的春雨，恰好和親王進宮詢問宛太妃事宜，顧元白瞧見他諷刺的嘴臉就覺得不爽，就讓堂堂和親王去派人煮薑湯，連接兩日給貢院中的考生送去驅寒。

聖上面帶笑意，風月無比的面孔上如美玉暇光，他伸手端起瓷杯飲茶，「和親王辦事總是讓朕放心。」

和親王沒忍住冷笑出聲。

和親王善戰，也善帶兵，親王這個封號是先帝因他的軍功而賞，現在一個在戰場上廝殺慣了的皇家人被圈在京城裡辦這種小事，顧元白都知道和親王大概是要恨死他了。

但兵權兵權，怎麼可能掌握在一個皇子的手中，更何況這傢伙還是不喜歡他的兄長，不占嫡字也占了長字。

顧元白纖細的手指端著瓷白的茶具，一時分不清楚哪個更白，和親王看著他慢條斯理地飲茶，在心中難受極了，渴了就大口喝水，餓了就大口吃肉，偏偏京城人人如此講究，和親王在其中就是牛飲牡丹。

顧元白瞧他沒有說話，抬眸朝他看去，啞然失笑：「和親王這是什麼表情，你要是渴了直說便是，朕還能缺了你一杯茶水不行？田福生。」

田福生忙讓人端上椅子，又送來新茶。和親王端著茶大馬金刀地坐下，喝了一口就將茶扔給了一邊的宮女，帶刺地道：「聖上賞下的兩碗薑茶可讓那些讀書人感動死了，現在滿京城都在誇聖上仁善，怕是聖上說一句讓他們去死，他們也會慷慨就義了。」

聖上微蹙起了眉頭。

田福生和他的小徒弟站在一邊，小徒弟看到聖上皺起了眉就難受，他小聲跟著師父說：「和親王怎麼總是說這種讓聖上難受的話。」

田福生心中也頗為不滿，他冷哼一聲，還是先教訓了小徒弟，「眼觀鼻鼻觀心，和親王也是你我能非議的嗎？」

其實要說對和親王最不滿的人，就是他田福生了。

他們對聖上那是恨不得捧在手心裡，生怕聖上被吹了一點風淋了一點雨，聖上要吃茶，那便是梅上雪和清晨露，朝廷裡的大臣、剛剛進宮面聖的李保太傅，哪個不是德高望重的人物，唯獨和親王的脾氣就是那麼臭。

「怎麼說？」聖上的語氣不鹹不淡，「和親王這話過了。」

和親王皮笑肉不笑：「聖上要是不相信，那就隨我一起出去看看，怕是等舉子們回程，聖上體恤讀書人的善舉全天下都知道了。」

顧元白瞧瞧門外，看著有些意動的模樣。田福生忙上前一步小聲提醒，「聖上，欽天監的人算出今日有雨，今日不宜出宮。」

和親王直接嗤笑一聲，外頭那麼大的太陽，欽天監的人怕不是在睜眼說瞎話。

顧元白瞥了和親王一眼，索性從桌後站起身，「無事，就依和親王所言，出去看看吧。」

§

狀元樓。

顧元白同和親王被引到二樓窗戶坐下，酒樓裡到處都是一身青衫的讀書人，文學的氣息四處飄散，讓顧元白都有點睏了。

偶爾還能聽到一兩句吟詩作賦，周圍的侍衛緊繃著臉，跟一座座高山一樣守在桌子周圍，但擋不住這些文縐縐的聲音。

小二拘謹地站在桌旁，「兩位爺想點些啥？」

顧元白笑問：「你們這都有些什麼？」

小二精神一振，唱戲一般的將菜譜背了一遍，顧元白沉吟了一會，點了三樣菜，又問和親王：「兄長再點些？」

和親王整個人被叫得一抖，硬憋出來一句話：「上兩壺好酒來。」

狀元樓裡的讀書人最多，也正如和親王所說的那般，這些讀書人對聖上的讚美可謂是層出不窮，特別是那些因為薑湯而平安出了貢院的人，聽得顧元白本人都起了一身的雞皮疙瘩。

和親王臉都綠了，眼裡冒著火星，薑湯是他和親王熬的，還是如同領罰一般被迫熬的，如今聽到這些話，顧元白還坐在他對面，他都好像成了一個笑話。面色愈來愈難看，活像是要將這些讀書人給好好揍上一頓。

「兄長邀我出來，不正是想讓我來聽聽這些話嗎？」顧元白嘴角一勾，萬分惡劣道，「這些學子能平安出貢院，兄長的功勞也不可忽視。」

和親王扯開笑，不想理他。

顧元白噗嗤一笑，再也忍不住了，他伏在窗框上低頭悶笑，給和親王留面子才沒有放聲大笑。背上青絲亂顫，露出的指尖泛著愉悅的粉色。

和親王的臉色青紫變化，他低頭捏著瓷杯，重重冷哼一聲。

本來他們二人帶著一眾侍衛進入狀元樓時就備受關注，明裡暗裡不少人都將目光放到這一桌子上，顧元白同和親王均是一身貴氣，通身氣質不凡。在京城這種地方，說不定就是某位王公大臣或是權貴子弟，如今顧元白一笑，倒是笑得一些年紀尚輕的白面書生面紅耳赤，偷看覺得羞恥，不看又移不開眼。

這位公子一身藍衣，尊貴又沉穩，藍衣卻壓不住容光，只得熠熠生輝。

只是他們看得多了，那些山一樣健壯的侍衛就怒目瞪了過來，將這一道道視線給打了回去，侍衛長張緒沉著張英武不凡的臉，警惕四面八方地打量，誓死要保護聖上的安危。

顧元白好不容易停了笑，他慢慢起身，手臂撐著窗口，支在臉側休息，只一場大笑就讓他沒了力氣，胸口微微起伏，顧元白盡力讓呼吸更加綿長，好讓自己平復下來。

和親王冷聲道：「老爺還是別笑的好。」

顧元白嘴角含笑，倒是渾不在意，他雖此刻無力，但並不想讓別人看出來。男人都是好面子的，讓顧元白因為身體原因而活得小心翼翼，那就不美了。

「兄長莫要擔憂，」顧元白，「弟弟這身子，笑一笑還是受得住的。」

片刻後，小二就送上了吃食，顧元白沒有用膳的胃口，他品著茶，側頭朝著窗外看去。

天子腳下的京城治理得繁華安穩，大恒朝民風開放，女子地位不低，因此街市上也能瞧見三三兩兩的女子相攜而過。

顧元白喜歡這幅安穩的畫面，他靠在牆上，端著茶杯，一時看得出了神。

褚衛被同窗約著前去書院，路經狀元樓時見不少人抬頭往上看，他順著看去，卻是眉頭一皺。

二樓窗戶處正坐著一位一身靛藍的公子，黑髮上玉冠高束，遙望遠處手捧白瓷，這引得男男女女抬脖子看個不停的美男子竟然是當今聖上。

人人都好美色，即便是欣賞之意也難以在美色上移開眼睛。但褚衛卻厭惡那些盯著他看的男男女女，也厭惡這些眼中只有美色的俗人。

皇上被這麼盯著，難道不會難受嗎？

同窗也跟著看去，樂道：「子護，看樣子你京城第一美男的稱號要受到威脅了。」

褚衛冷聲道：「誰愛要誰要。」

同窗哈哈大笑，卻是拉著褚衛逕自走到狀元樓的底下，尋了一個好位置抬頭看著樓上靠窗的公子，感歎道：「昔日有潘安擲果盈車，又有看殺衛階之典故，本以為你的容貌已是男子之盛，卻沒想到還有如此翩翩公子。」

褚衛：「一副皮囊罷了。」

同窗笑道：「知你不喜美色，也不喜別人看你。但褚子護，像這位公子這般的樣貌，你也覺得只是皮囊罷了嗎？」

褚衛抬眸，長眉入鬢，他看著聖上，黑眸不為所動，整個人站得筆直，冷淡如雪，「要不然呢？」

顧元白好似察覺到了他的目光，望著遠處的視線收回，稍一低頭，就對上了站在街對面賣著紅色繩結鋪子前的褚衛。

褚衛身旁還站著一個風流瀟灑的文人，顧元白眼睛微瞇，從容收回視線，捧著茶具輕抿一口溫茶。

捧著杯子的手白如透明，褚衛一看到聖上的手，腦海裡就不由想起這雙手痛苦地捏起明黃床單的畫面，綢緞皺褶，暖黃燭光，指尖蒼白無力。他垂下眼，喉結微動，不動聲色地拉著同窗走人。

和親王見顧元白一直往窗外看去，也跟著看了一眼，看著外頭許多人正偷偷摸摸地往樓上看來，頓時不悅地壓下了唇角，「什麼人也敢窺視聖顏？」

對於皇家的威嚴，即便是不喜歡顧元白，和親王也會毫不猶豫地維護。

「不知者無罪，」顧元白笑了笑，岔開了話題，「兄長覺得這幾道的菜色如何？」

和親王拿起帕子擦擦嘴，索然無味道：「不過如此。」

不管是菜還是人都不過如此。狀元樓的這些書生交談的話也是淺薄得很，空談大論倒是厲害，認真一探究就知道什麼都沒有，腳不踏在地上還敢滿嘴空口胡言。

原本想刺顧元白一下，讓他知道推崇他的舉子都是個什麼水準，到了最後難受的反而是他。

顧元白一心兩用，也聽了不少學子的高談論闊，心中不說失望是不可能的，但這也是科舉考試的弊端之一。對於皇帝來說，科舉考試的第一弊端就是結黨，第二就是不一定能收到真正於國有用的人才。

社會要是真的想要發展，還得以經濟建設為中心。中國古代同外國古代相比，其實在英國工業革命之前中國一直佔據優勢，但只一個工業革命就拉開了雙方百倍的差距。說到頭來，科學技術是第一發展力，商人、工匠可以促進社會經濟自然發展，然而擺在這個大時代之中，農民，糧食，才是國家之本。

若是能有土豆、玉米、雜交水稻等，那才能解放出底層人力，才能確保糧倉滿溢，進而進行其它的大動作。

顧元白忽的站起了身，宮侍連忙上前扶住他，為他整理身上的皺褶和腰間的玉佩，顧元白悠悠道：「兄長，陪弟弟走一走吧。」

和親王默默站起身，跟在聖上身後半步之外出了狀元樓。

街市雜而不亂，地面乾淨整潔，和親王面色沉著，比一旁的侍衛們看起來還要嚇人。

「聖上想要去哪？」

「若是朕沒記錯，和親王在京城有數畝良田，還有一個溫泉莊子來種植蔬果？」顧元白道，「先前朕抄了盧風的家時，也記得曾賞給和親王一座泉莊。」

和親王生硬道：「那所莊子離城中遠，若是聖上想去，今日怕是不便了。」

護主的侍衛暗中瞪著和親王，恨不得讓聖上趕緊下命令，就此好好教訓教訓和親王。

哪裡有人敢這麼和聖上說話？

顧元白倒是面色不變，他朝著身後揮揮手，侍衛和宮人聽令後退兩步，給兩位天下最尊貴的皇家之人留出閒談的空間。

「和親王，」顧元白慢慢道，「你給朕面子，朕才能給你面子。」

和親王臉色難看，忍著不拂袖而去。

「先前朕讓你幫朕一把，好把盧風斬草除根，」聖上語氣淡淡，「皇親國戚面對權臣一樣要卑躬屈膝，皇權和你們這些宗親都連在一起，我弱了，你們也弱了。我本以為你是個聰明人，誰知道也是個蠢貨。你如今怨我把你困在京城，日日夜夜只能尋歡作樂。朕問你，當初朕給了你機會，是誰沒有把握住？」

和親王頭頂青筋繃起，他克制又隱忍地咬牙道：「——我來了！」

「你來得晚了！」顧元白怒喝，「朕已經殺了他了，你來了還能有個屁用?!等你來朕黃花菜都涼了！」

和親王被這一聲爆喝給嚇住了，一時之間氣勢都弱了下來。

顧元白胸膛急促呼吸，良久，他才平靜下來，「和親王，先帝在時曾叮囑過我一句話，話與你有關，但你應當是不知道。」

和親王呼吸一窒，轉過頭狠狠盯著顧元白，「先帝說了什麼話？」

顧元白蒼白的嘴角忽的勾起，他惡劣十足地道：「朕不告訴你。」

和親王：「……」

「轟隆」一聲，天邊猛然響起一道巨響。

天色瞬間昏沉下來，閃光將天上劈成兩半，驟亮之後就是卷起殘風的驟暗。

田福生驚慌失措地上前，「聖上，要下雨了！」

暴雨來臨之前，暴風已經湧起，顧元白的衣服被吹得鼓鼓作響，髮絲四散，有一些被吹到臉上遮住了視線，顧元白蹙起眉，撥開礙事的頭髮，「張緒，附近哪裡有避雨的地方？」

張緒同樣焦急，他握著腰間的佩劍，強行沉住氣，「聖上，此處離薛將軍的府邸很近，我們可先行去往薛府避雨。」

薛府？

顧元白沉吟了一會，「走吧，趁雨落下來之前趕過去。」

第十二章

侍衛長護著聖上，終於在雨落下之前趕到了薛府門下。

門房正準備問這一行人是誰，眼尖地瞥到了顧元白腰間的盤龍玉佩，心中咯噔一下，雙腿一軟跪倒在地，「草民、草民……」

薛府上上下下得到了消息，安靜的將軍府頓時猶如沸騰的油鍋一樣炸了起來。在書房中的薛將軍腳步匆匆，帶著小廝往府門趕去。半路遇上了被丫鬟攙扶而來的薛夫人，薛夫人面色慌亂，髮釵四散，「將軍，真的是聖上親臨嗎？」

薛將軍速度不減，他點了點頭：「我去門前迎來聖上，妳快整理整理儀容，讓母親出來見駕，其他的一些亂七八糟的人和東西，千萬不能出現在聖上的面前！」

薛夫人匆匆點了點頭，就扶著丫鬟的手快步往後院走去。扶著她的丫鬟吃力地邁著步子跟上去，這哪裡是平日裡蓮步輕移的夫人？這還需要她扶？她走得還沒有夫人快！

薛夫人急忙來到了後院，薛老夫人已經得到了消息，正在身邊人的伺候下換上命婦服飾，一層又一層的金絲紋正紅袍上身，丫鬟小廝都不似平日那般大聲喘氣。

薛老夫人面色紅潤好像瞬間年輕了十幾歲，她見到薛夫人過來，笑著讓媳婦到她身邊，「惠娘，我今日早上就聽到樹上有喜鵲在叫，原來還在想著能是什麼好事，沒想到原是這般的大好事！聖上親臨府中，這是多大的榮幸？」

薛夫人見她如此精神，也像找到了主心骨一般，「娘，我們府中的規制該如何辦？聖上應當是為了躲雨而來，若是這雨不停，聖上豈不是要下榻我們府中了？」

薛老夫人面色忽的一板，緊緊攥著薛夫人的手，殷切叮囑：「不管聖上下不下榻，惠娘，妳可看好了我們府中的這些人，不准有一個雜亂心思的人湊到聖上眼前！別以為我不知道，府中多少丫鬟自視甚高，若是她們敢晃蕩到聖上面前，老身就讓她們知道厲害！」

薛夫人懂得，她點了點頭，又憂心道：「娘，那林哥兒和幾房姨娘可還需面聖？」

薛老夫人聲音一沉：「不可！只遠哥兒一人面聖即可，惠娘，妳莫要耽擱時間了，快去換身衣裳整理好自己，隨我在之後去拜見聖上。」

薛夫人點了點頭，派人去通知薛遠，才道：「是。」

這邊廂薛夫人與薛老夫人忙碌了起來，那頭的薛將軍已帶著眾多奴僕趕到了府門處，雨勢洶洶，薛將軍一顆心都提到了嗓子眼。

直到遠遠見到了聖上被護在眾人之間，廊外的飛雨也淋不到聖上之後才鬆了一口氣。薛將軍快步走到跟前，提袍下跪，「臣拜見聖上。」

聖上溫和道：「薛卿，起吧。」

薛將軍這才帶著眾多奴僕起身，他抬頭一瞧，聖上怕冷，即使沒有淋到一滴寒雨也被寒風吹得唇色發白，面色也不怎麼好看，薛將軍心中著急，身後機靈的小廝連忙遞上了大氅。

田福生將大氅披到顧元白身上，顧元白低聲咳了幾下，他的手腳隱隱有些發寒，「今日微服出宮，卻沒想到突遇暴雨，恰好薛府就在附近，朕也是叨擾薛卿了。」

薛將軍忙說：「聖上親自駕臨乃是臣之幸事，哪能說得上是叨擾呢？」

說完，薛將軍拱手看向了和親王，垂手道：「和親王安好。」

和親王面無表情地點了點頭，「薛將軍。」

顧元白又偏頭咳了幾聲，寒氣從腳底升起，面上隱隱發熱，這感覺很不好，像是發病前的徵兆。時刻注意著他的田福生忙道：「薛將軍，話不多說，聖上還需趕緊進屋避寒。」

薛將軍忙讓出位置，引著聖上往廳堂內走去，顧元白攏緊大氅，一路走下來，先前還蒼白的面色已經染上了幾分異常的紅暈。

他覺得有些頭暈了。

顧元白還沒有忘記一個月前差點要了他命的那場風寒，他如今對此有些杯弓蛇影，總覺得再這樣下去，可能又是一個致命的風寒。

顧元白眉目沉沉，被引著坐上高位後，第一句話就是：「薛卿府中可有大夫？」

薛將軍原本以為聖上這是恢復了氣色，如今被這一問才猛地驚醒過來，他強自鎮定，讓身邊小廝趕快去請大夫，又吩咐人將驅寒的湯藥和熱水送來，片刻不能耽擱。

田福生用巾帕為聖上擦著面，熱度透過絲帕穿入掌心，田福生臉都白了，手也微微顫抖，「聖上……」

顧元白呼吸微微加重，他忽而一笑，「看外頭的雨勢，怕是今夜也不會停了，恐怕朕要宿在薛卿府中了。」

薛將軍行禮，「臣已為聖上備好房間，聖上可要去休息一番？」

顧元白點了點頭，就沉心靜氣地等著大夫的到來。在等待的途中，手腳愈發寒冷，可臉頰卻緩緩燙了起來，顧元白身上已經披上了大氅，寒意卻讓他想要發抖。

他將這些異常一一忍下，嘴角還掛著氣定神閒的笑。和親王看著窗外的大雨，再看看他臉上的紅意，嘴角抿直，壓抑地沉下了臉。

今日是他說要出宮的，若是顧元白真的出了什麼事，他難辭其咎。

大夫很快就被人帶了過來，他應當是知道了顧元白的身分，整個人顯得戰戰兢兢。侍衛長檢查過大夫之後才放他進來，顧元白伸出手，田福生將袖口往上挽了又挽，露出白皙如玉的手腕。

大夫把了一下脈，片刻後抖著手放了下來，「聖、聖上，寒氣還未侵入五臟六腑，現下只需泡些熱水喝些熱湯，將汗逼出來就好了。」

顧元白挑一挑眉，習慣了宮中御醫的謹慎精細勁兒，如今聽上這一番未曾將他當做玻璃人照顧的話，倒覺得很是暢快，「既然如此，那便勞煩薛卿了。」

「不敢，」薛將軍道，「臣這就為聖上備水，熱湯也快好了。」

顧元白呼出一口熱氣，大氅上的纖細皮毛隨著他的呼吸起伏，蒼白手指撐在黑木桌子上，顧元白借著這道力氣站起了身。

田福生和侍衛們跟在他的身後，顧元白緩步走到了門前，左腿卻倏地無力，整個人踉蹌向前，突的被一個人攔腰扶住。

攬住腰間的手緊繃而有力，薛遠看著徑直栽倒在他懷裡的皇帝，咧出一個瞧上去恭恭敬敬的笑：「聖上這是怎麼了？」

顧元白臉色一變，薛遠順勢鬆開了手，他對著顧元白行了禮，風度翩翩朝著聖上露出一個笑來。

顧元白瞥他一眼，低咳著從他身邊擦肩而過。看著他離開的背影，薛遠收起了笑，轉頭問著父親：「聖上這是得了風寒？」

薛將軍和和親王並未聽出他語氣裡的幸災樂禍，薛將軍讓薛遠上前拜見和親王，和親王面色稍顯疲憊，見聖上離開以後，也藉口回房了。

薛遠恭敬地送走了和親王，才悠悠站直了身，薛將軍歎了口氣，憂心忡忡：「只希望聖上能平安無事。」

薛遠勾唇一笑：「聖上吉人自有天相，當然是會無事。」

剛剛靠近皇上那一下，薛遠就感覺到了迎面撲來的熱意。他在床上躺了好些時日才把膝上的傷也躺全，沒想到現在，輪到聖上要到薛府躺著了。

和親王回到了房中，他的小廝想去廚房給他端碗薑湯，但回來時卻喜氣洋洋地端回了碗鹿血，「爺，薛府殺了頭小鹿，這是新鮮滾過一遍的鹿血，還滾燙著呢，這東西可比薑湯有用多了！」

和親王端過鹿血一飲而盡，滾熱的血味從喉間深入，全身也跟著暖了起來，和親王良心發現，「你再去端一碗來，本王親自給聖上送過去。」

小廝又去端來了一碗熱氣騰騰的鹿血，跟在和親王的身後準備給聖上送去。聖上的住所是薛府的主臥，在全府最好的位置，離和親王的住所稍遠。

一路走過去，和親王只覺得全身都冒出了薄汗，剛剛喝的那碗鹿血見效奇快，和親王甚至覺得體內有一把野火在燒，燒得他不由扯開了衣領。

等快要走到聖上的門前時，經過臥房的窗戶，和親王下意識朝裡面看了一眼，倏地停住了腳。臥房之中，聖上懶散地靠在床旁，雙腳泡在浸泡著藥物的清水之中，田福生正蹲在一旁，為聖上清洗著腳。

顧元白的這一雙腳，從出生起到現在也沒有走過多少的路。軟底綢緞嬌養，養得如同玉一般的清透。

熱水將白皙皮膚蒸成了粉色，清水撩起落下，水珠四散玩耍，藥物中加了花料，曬乾了花朵在水中緩緩展開，修飾得這一雙玉足如同工筆畫一般的精緻。

「轟」的一下，和親王只覺得心中的那把野火突的劇烈燃燒了起來，他大腦一片空白，只覺得渾身燥熱無比，眼中盯著這幕，熱氣蒸到了腦子裡。

口中的鹿血味道，忽的濃重了起來。

第十三章

窗外忽的一聲瓷器脆響，顧元白慵懶的神色一收，厲聲道：「誰？」

侍衛長飛奔到了窗前，銳利的眼神直盯呆愣在原地的小廝，這人他認識，正是和親王身邊的貼身小廝。侍衛長嚴肅的面容稍緩，低頭一看，青瓷碗已經四分五裂，殷紅的鮮血灑落一地，牆面上、漆紅的護欄上，血跡被廊外斜飛的雨水打散溶散，緩緩順著階梯流到了綠草暴雨之中。

宛如藏著罪孽一般的紅。

顧元白隨後走了出來，他看著這一地狼狽的鮮血，面色微微一變，沉聲問道：「怎麼回事？」

天邊閃雷轟地一響，昏暗天氣驟亮。

獨愣在這兒的小廝臉色唰的一白，他撲通跪在了地上，身子抖得宛如犯了病，「聖上，這是和親王吩咐小的送來的鹿血。」

上一秒和親王還站在窗口往臥房看上一眼，下一秒和親王就暴怒摔了鹿血，手背青筋暴起地大步離開。

小廝跟在和親王身邊數年，即便是和親王被卸職時也未曾見過王爺那副可怖的模樣，猙獰恐怖，好像是要、要瘋了一般……

小廝抖得厲害，侍衛長單膝蹲下，沾了些鮮血放到鼻尖一聞，點了點道：「聖上，確實是鹿血。」

黑紅的鮮血被雨水打落成了鮮豔的紅色，顧元白聞到了一股子腥氣，他皺皺眉，望著小廝的眼中滿是審視和探究，「和親王呢？」

小廝身子抖得更加厲害，支支吾吾說不出一句話來。

顧元白面上漸漸冷了，他抬頭看著廊外的風雨，緩聲道：「和親王如此掛念朕，朕也憂心和親王的身體。張緒，你同他去看看和親王如今怎樣了，不可輕慢。」

張侍衛沉聲道：「是！」

侍衛長立即將小廝提了起來，帶著眾多侍衛前去和親王的住處，可到了住處一看，這才知道和親王竟然冒著瓢潑大雨，獨自一個人跑回和親王府了。

顧元白聽到這個消息後，哪怕再沉得住臉色，也不由感到無語。

大雨之下也要冒雨回家，和親王是還沒斷奶嗎？

但人沒事，顧元白也懶得多問。他回到房間，剛剛泡過熱水的身體尚且還殘留著暖意，田福生問道：「聖上，還沐浴嗎？」

「不了，」顧元白呼出一口氣，「朕覺得身子已經輕了許多，還出了些薄汗。」

房內堆著許多火盆，窗戶留著一道縫隙通風，整個屋子裡如同春日驕陽一般的暖和，驅寒的湯藥喝了一碗又一碗，雙管齊下，玻璃做的人也該流汗了。

顧元白自覺比玻璃做的人還要強些。

那些身強體壯的侍衛們已經滿頭大汗，顧元白瞧見他們如此狼狽，不禁失笑：「你們待在這朕看著都嫌熱，都出去涼快涼快。」

肌肉虯結的侍衛們一個個紅了臉，羞愧地低下了頭。

侍衛長欲言又止，「聖上，臣等能受得住熱。」

「那也不必守在這，」顧元白道，「朕來了薛府，薛府中的人自然要前來拜見朕。張緒，你派人通報薛將軍一聲，就說朕身體已好，讓他們過來吧。」

張緒聽命而去。顧元白站起身伸開了手，田福生上前為他換了衣服。

之前那一身常服已經滲透了寒氣，但薛府之中並沒有顧元白的常服。薛將軍讓人送來的衣服軟綿順滑，金絲雲紋繡於其上，料子倒是好，但也不知是給誰的新衣，現在拿來讓顧元白穿上了。

田福生心疼地道：「聖上尚且堅持一會，宮中已經派人送來一應物具了。」

為聖上束髮的宮女也不由紅了眼眶，他們的聖上何時穿過別人的衣裳？這一身衣服上了聖上的身，足足大了一圈，聖上在衣服裡面更顯纖長瘦弱了。

顧元白好笑，笑罵道：「行了，快點。」

§

薛老夫人一身誥命夫人的服飾，莊重地帶著兒媳給顧元白行禮，「聖上萬安，臣婦拜見聖上。」

薛將軍帶著兒子緊跟其後，顧元白坐在主位，溫和地道：「起吧。」

薛老夫人激動地雙手微顫，一板一眼地遵守了禮儀起身，顧元白讓他們坐下，親切問道：「老夫人如今身體可好？」

「臣婦身體好著呢，」薛老夫人笑呵呵地回道，「聖上治下風調雨順，臣婦的吃穿用度都是很好。」

「那就好，」顧元白欣慰地點了點頭，「老夫人身子康健，薛卿也就安心了。」

端坐在下首的薛遠聞言抬頭，就看小皇帝正笑著同祖母說著話。薛遠第一眼就瞧到了他身上的衣服，眉頭忽的一挑。

穿在薛遠身上正合適的衣服，落在小皇上的身上就處處都大了起來。薛遠端起茶杯，漫不經心的想，皇上如此瘦弱，身子也不康健，還能留下子嗣嗎？

這個想法一出，薛遠就咧開嘴笑了，這可真是一個好問題。

病弱的皇帝如果不能上女人，不能留下子嗣，那這個皇帝當得可真是倒楣。

天下拱手讓給別人，後宮裡也沒有妃位，小皇帝甚至連政治婚姻都無法做到，孑然一身，只有這副拖後腿的身體。

自小在軍中混到大的薛遠上過大大小小十數次的戰場，知道要讓兵馬臣服，就得不怕死地帶頭衝在前面。將強兵強，將弱兵弱，薛遠在京城裡瘋，在戰場上更瘋，他奮勇殺敵的時候，血液裡都在叫著興奮。

他享受戰場，享受鮮血，他才是能征服兵馬的那個人，而征服了兵馬，就可以圖謀更大的東西。

顧元白放下白玉筷子，往下一看，正對上薛遠野心勃勃的視線。

薛遠面色不變，恭敬地站起了身，遮去獠牙和泛著綠光的眼，給聖上敬了一杯酒水。

顧元白眼中清明，他定定看了薛遠半晌，忽而抿唇，意味深長地笑了。

兄弟，即使我死了，即使你成了攝政王，你也登不上皇位。

想不到吧？你以後會跟褚衛搞起基情，沒有子嗣的攝政王，跟拔了牙的老虎一樣，未來的皇帝只要等得起，早晚能耗死你。

用完膳後，顧元白就回到了住處歇息。

宮中已經有人送來了衣物用品，大雨連下兩個時辰還沒有變小的趨勢，唯恐聖上受了寒氣，宮中還帶來了兩位年紀輕些的御醫。

讓御醫把完脈後，顧元白泡了一個熱水澡，到了床上挨枕頭就睡著了。這一睡一直睡到了深夜，他睡得早，醒得也早，醒來時天色暗沉，守床的人已經迷迷糊糊地睡了過去。

顧元白睜眼發呆了一會兒，悄然起身披上了大氅，靜悄悄地出了房門。

門外的侍衛們正在小聲說著話，看到顧元白出來就是一愣，忙迎上去，「聖上怎麼起了？」

「朕睡醒了，」顧元白低聲道，「朕在周圍走上一走，不出此處院落。你們守在這裡就好。」

古代的天空繁星密佈，白日裡的大雨現如今已經停了，顧元白緩步走了幾步，突然在草叢處聽到了一陣稀稀嗦嗦的響動。

顧元白眉頭皺起，瞬間警惕起來，他緩緩後退，退到另外一個角度，才看清草叢裡的究竟是什麼東西。

毛髮烏黑，豎瞳綠光，猙獰獠牙外露，竟然是兩匹成狼。

顧元白的心一下子沉了下去。

這兩匹狼正頭碰著頭在草叢中埋頭舔舐著什麼，顧元白這才想起來，這似乎是白日那碗鹿血被摔碎的地方。廊道中的血跡被清掃了乾淨，流入草叢中的血跡卻因為遮掩而留下了腥氣。

薛家竟然養了狼！

顧元白氣沉丹田，正對著這兩匹狼緩緩後退，侍衛們離顧元白還有一段距離，而兩隻狼的毛色又與黑暗融為了一體，他們發現不了這兩隻狼。

顧元白只能希望那片草地中的鹿血夠多，讓牠們多舔一會。

但他的祈禱失效了。

頭埋在地上的兩匹狼聽到了他的聲音，狼頭瞬間調轉，冒著綠光的眼睛狠狠盯在顧元白身上。牠們的涎水從利齒中流出，其中一匹狼正試探地朝著顧元白走近。

狼有著絕對敏銳的觀察力，如果在狼的面前表露出害怕，它們會立即發起攻擊。

顧元白鎮定極了，既然被發現了，那麼他也不再後退了。而是直視著兩匹狼的眼睛，做出蹲下身撿東西準備攻擊它們的樣子。

兩匹惡狼明顯瑟縮了一下，卻並不後退，而是又上前了一步。

該死。

難道這具身體的病弱連動物也能一眼發現嗎？

身後的侍衛們也發現了不對，他們驚呼一聲，就要往這邊跑來，「聖上！」

顧元白的臉色頓時變了。

果然，兩隻狼被呼聲驚到了，它們呲著牙，直接朝著顧元白撲了過去。顧元白就地一滾，躲開了狼的一撲，正當另一隻狼要朝著他撲來時，身後突然傳來兩聲沉悶棍響，顧元白臉色蒼白地轉頭一看，原來是薛遠手裡拿著沉重木棍，直接將兩匹狼給砸死了過去。

薛遠的表情也很是難看，他沉著臉，看著兩匹狼的眼底滿是戾氣。片刻之後，薛遠扔了沾著血的棍子，單膝跪在聖上身邊，「聖上可有受傷？」

「聖上！」

侍衛們趕到了顧元白的身邊，看清那兩匹橫躺在地上的死狼後，面色頓時黑了。

顧元白臉色蒼白，他平復了喘急的呼吸，淡淡道：「朕的腳崴了。」

侍衛們臉色一變，找御醫的去找御醫，處理狼的去處理狼，顧元白擺手拒絕侍衛長伸出的手，冷冷側頭看著薛遠，命令道：「薛遠，將朕抱起來。」

這具身體萬分嬌貴，顧元白猜測這一崴，他的腳踝應當整個都腫了起來，不能碰地，不能用力，只能由人抱起。

鹿血，惡狼，薛遠。顧元白臉色陰晴不定，怒火攻心下面色更加冷凝。

薛遠沉著臉伸出手，從聖上的腰後和膝彎穿過，雙臂猛地用力，就抱著顧元白站直了身。

手掌握住了皇帝的腰間，但兩個人的表情都不好看。薛遠沉聲道：「薛府雖然養狼，但聖上甫一進門，狼群就被家母鎖了起來，還請聖上明鑒。」

顧元白道：「朕會查個明白。」

聖上話語中的質疑連遮掩都懶得遮掩，薛遠的手掌不由用力握緊。

「給朕鬆開手，」顧元白命令，「輕些，穩些。給朕慢慢地走，一步路掰成十步地走，要是不會走，就跪下來抱著朕挪過去。」

薛遠目光一沉，他此刻在皇上眼裡，怕就是和馬、騾子一樣的畜生，說不定還做得沒有這些畜生好。

他如言鬆開了手掌，這才發現聖上的重量輕極了，掌心處的肌膚柔軟，即使有絲綢覆蓋，五指也會深陷在皮肉之中。

抱著需要分心控制力道，格外地麻煩。

顧元白語氣冰冷，「朕說了，慢些。」

薛遠猛得停住了步子，幾個呼吸之後，又緩慢地走了起來。

他低頭看著懷裡的聖上，黝黑煞氣的眼中，深處藏著一匹瘋狗，瘋狗壓著本性，朝著顧元白露出一個臣服的虛偽假笑：「聖上，這麼慢夠了嗎？」

「夠了，」顧元白冷笑兩聲，「但是現在，朕想讓你走得快點了。」

第十四章

薛遠將顧元白放在了床上，房中的宮人黑壓壓地跪了一地。

田福生眼含熱淚，他小心翼翼地脫去聖上的鞋襪，褲腳層層卷起，腳腕處腫起來的大包就落入了眼中。

聖上腳踝本就纖細，一旦腫起就顯得可怖得很。薛遠低頭看了一眼，眉頭一皺，心道不好。

顧元白面無表情地看著門外，不到片刻，就有匆忙的腳步聲愈來愈近，張緒侍衛帶著御醫進來為顧元白療傷，在他們身後，是一進門就跪倒在地的薛將軍。

薛將軍頭重重地磕在地上，心中荒涼一片：「聖上，臣請罪。」

兩名御醫洗淨了手，小心翼翼地去碰顧元白的腳，這腳如同玉石雕刻的藝術品一般，此時受了這些傷，兩名御醫看著都不由皺眉，有些無從下手。

「薛將軍請什麼罪？」聖上的聲音聽不出喜怒。

薛將軍頹敗地道：「聖上在臣府中受了驚嚇，龍體受了傷，臣萬死難辭其咎。」

顧元白道：「朕倒是覺得巧。白日和親王派人給朕送了一碗鹿血，卻被小廝不小心灑在窗前。深夜就有惡狼循著血味探進了朕的院子，還是在人人都睡著、侍衛們也疲倦不堪的時候。更巧的是，朕偏偏在這個時候醒了，還正好遇上了這兩匹狼。薛卿，朕都覺得這是天意了。」

薛將軍額頭的汗珠滑下，又是深深一叩頭。

薛遠跟著跪在他父親的身後，聖上沉默不語時，整個房中都落針可聞，守在這的侍衛摸著腰間的大刀，看著薛府人的目光冰冷且兇狠。

先前顧元白讓薛遠抱他，那是對薛遠的下馬威；現在說的這一番話，則是對薛將軍的下馬威。

薛遠跪在地上，臉色陰沉。

天下哪有這麼巧的事，但偏偏就這麼巧的發生了，若是知道不可能，薛遠都要懷疑是聖上算準了那兩匹狼深夜會出現在院子裡，所以才故意出現在那裡的。

深更半夜，薛府卻一片驟亮。和親王的小廝連同薛府的奴僕跪成一片，張緒侍衛長沉著臉和屬下們一個個盤查。

一炷香後，張緒侍衛派人壓著滿臉驚慌的薛二公子到了聖上面前，他自己則上前幾步，側耳在聖上耳旁小聲說著事情經過。

顧元白眉頭一挑，瞥了薛二公子一眼，又悠悠放了下來。

薛二公子是個蠢貨，知道自己今天不被允許面聖之後就嫉妒死了薛遠。府裡的那些狼都是薛遠養的寵物，狼群被薛遠訓得聽話極了，每日飯點都知道跑到薛遠的院中邀食。今日聖上下榻薛府，薛遠沒有時間餵食狼群。薛二公子就升起了一個壞主意。

深夜趁著眾人熟睡時放出兩匹狼，讓饑餓的牠們自己跑去薛遠的院中，牠們沒肉吃，就會咬人，如果將薛遠咬傷了，薛遠那廝明日就不能面聖了。

到時候薛府唯一健康的兒子就剩下薛二公子，薛二公子這麼想了，還真的就這麼幹了。

但是他沒想到的是，餓了一天的惡狼半路就被鹿血的味道吸引，直接拐到了顧元白這裡。

真是個蠢貨，顧元白心想。

但這樣的蠢貨放在薛將軍的府裡，他還是挺喜歡的。

顧元白揮退了閒雜人等，才讓張緒同薛將軍說了事情經過。這樣丟人的事一點點被聖上身邊的侍衛說了出來，薛二公子的臉色漲得通紅，簡直無地自容。

薛將軍的呼吸逐漸粗重，他眼睛瞪大，直直盯著二子不放。

薛遠冷笑出聲。

良久，薛將軍仿若瞬息之間蒼老了許多，他憔悴無比地朝著聖上一拜，「臣多謝聖上體恤。」將其他無關人等都驅走，至少這可笑的事不會被傳得眾人皆知。

顧元白這個時候反而和顏悅色了起來，他歎了口氣，道：「薛卿，何必如此？既然朕知道這只是一個巧合，自然不會多做追究了。」

聖上腫起來的腳踝就在眼前，看著就觸目驚心，薛將軍不敢多看，每看一眼都是內心的譴責。他目中含淚，鏗鏘有力道：「臣幼子犯下如此大錯，聖上想要如何懲罰都是理所當然，臣不會有半句怨言！」

「臣未護好聖上，臣同樣有罪，」薛將軍兩行熱淚流下，「養不教乃臣之過，臣也甘願受罰。」

薛遠客氣道：「狼是小子的狼，小子自然也有罪。聖上如今崴了腳，若是需要，小子可陪侍在聖上左右，聽候聖上的調遣。」

三人之中，唯獨他的語氣淡淡，薛二公子聽他說完這句話，竟然抖了一抖，差點被嚇尿了褲子。

這等骯髒事捅到了聖上面前，已經讓人兩股戰戰，再怎樣的請罪也不為過，只要能讓聖上不厭棄薛家，薛將軍什麼都能做。

當他聽到薛遠的話時，立刻認識到這是一個重獲恩寵的機會，先前聖上還專門派宮中御醫來為遠哥兒醫治，這豈不是說遠哥兒已得了聖上另眼相看？

薛將軍緊跟著就道：「臣這犬子筆墨紙硯不可，但一身的武藝卻尚可入眼。聖上如今腿腳不便，犬子雖比不得宮內侍衛，但至少也能出一把粗力，聖上若是不嫌棄，那就讓犬子進宮陪侍聖上吧。」

薛遠笑著的嘴角一僵，頓時顯出了陰惻惻的弧度。

聖上惡劣極了，他裝作思索的模樣，片刻後才面勉為其難道：「既然如此，那便這樣吧。」

田福生及時道：「薛將軍同兩位公子快去歇息吧，聖上也該安置了。」

侍人走了，顧元白才緩緩靠在了床上，方才御醫正在為他上著藥，每碰一下便有刺痛感襲來。御醫眼觀鼻鼻觀心，一心一意、片刻不敢停，顧元白就一直忍到了現在。他靠著床架，見人沒了，才忍耐不住地悶哼一聲。

薛遠已經走至了門外，卻還是聽到了這一聲悶哼。他不由回首看了一眼，床帳擋住了聖上的容顏，但聖上的雙手卻緊抓著身上的衣衫，將那身屬於薛遠的綢緞衣裳捏出一道道深長的皺褶。

聖上從頭到腳都在忍耐，蔥白的指尖也透露著克制之意，即便疼得厲害了，也只是隱忍地繃緊了手指。

薛遠眉頭倏地皺起，他移開了視線。

這衣服他還得穿，可別給抓壞了。

§

第二日，同薛府離得不遠的大臣家都得知了聖上昨夜宿在薛府的事。

常玉言一大早就上了薛府的門，他精神奕奕地拜訪了薛遠，硬是拉著薛遠前去拜見聖上。

他們二人來時，顧元白正坐在椅子上被御醫按摩腳踝腫處，白皙的小腿微露，足底踩在御醫的膝蓋之上。

屋內陽光欠缺，御醫需要亮處才敢按壓，因此他們就坐在院落之中，旁邊的大樹剛剛吐出綠芽，陽光照在聖上的身上，白得跟發光了一樣。

薛遠和常玉言進來時需要通報，侍衛背對著聖上和御醫圍成一個圈，可人牆終究不是牆，薛遠和常玉言遙遙一望，就什麼都看到了。

常玉言甫一看到這幕，就如同被燙到一般連忙低下了頭，他不敢抬頭，臉上發燙。

內侍前來通報，顧元白從刺痛中回過神，他朝著二人的方向看了一眼，不耐地壓緊眉目，「不見。」

御醫時不時就會放下手再將手心搓熱，然後重新覆在腳踝之上，顧元白的額上泌出一層層的薄汗，細汗被宮侍貼心擦去。過了不知道多久，御醫小聲提醒道：「聖上，還需熱敷一刻鐘的時間。」

「嗯。」

熱巾帕覆在腳踝處，緊縮的眉頭終於舒展了開來，顧元白靠在椅子上閉著眼睛，等一刻鐘過去之後，御醫為他撤下巾帕，田福生蹲在一旁小心翼翼地為他穿著鞋襪。

田福生低聲道：「聖上，昨夜薛將軍帶著薛二公子進了祠堂，用家法將薛二公子懲戒得半死，聽說事後薛大公子又拿著棍棒進了薛二公子的房間，再出來時，薛二公子已經斷了一條腿了。」

聖上渾不在意的樣子，也不知聽沒聽得進去。等田福生為他穿好鞋襪時，顧元白才睜開了眼，緩緩站直了身。

侍衛長擔憂上前，「聖上，臣抱您上馬車？」

顧元白失笑道：「朕能自己走過去。」

昨晚讓薛遠抱他那是下馬威，如今朗朗乾坤之下，他再讓人抱著那不是丟人嗎？

薛府遠沒有皇宮那般大小，顧元白走得慢，但也是穩穩當當地走到了薛府門前，宮中的馬車已經備好，薛府一家上下前來恭送聖上。薛老夫人得知了昨晚發生的事，此時臉色蠟黃，顫顫巍巍地跪地給顧元白行了一個大禮。

顧元白耐心地受完了她這個大禮，才緩步上了馬車。

常玉言看著聖上離去，面色複雜失落。聖上前兩次待他是那般的親厚，今日卻像是沒看到他一般，沒有給予他半分神色。便是拜見也被拒了，陡然之下的落差讓常玉言幾乎要繃不住面上端方如玉的君子微笑。

「薛遠，」常玉言患得患失，「你是不是得罪了聖上？」

聖上因為薛遠而不想見他，這是常玉言唯一能覺得好受的原因了。

薛遠聞言，頭頂青筋一突：「閉嘴。」

回到宮中後，顧元白顧不得休息，第一件事就是處理兩日堆積的政務。

大恆朝有十四個府，二百四十個州。大大小小需要上稟到聖上手中的奏摺並不多，但也不少，政事堂的大臣們會先按著各府州、急緩、類別進行區分，重要的需要聖上親自處理的事送到顧元白的桌上，一些小事且繁瑣的他們將會處理，並將處理好後的奏摺互相批閱，再由特殊的人送到監察處的軍政部中檢閱。

三道程序下來，再加上聖上偶爾也會去政事堂抽查，所以政事堂中的大臣也是勤勤懇懇，很少有奏摺從監察處退回來重批的情況。

但顧元白批改奏摺的時候，還是感覺到了很大的不方便。

地方上的奏摺因為遠在千里，更加不敢失去聖上的寵愛，因此同顧元白上摺子時總喜歡拍馬屁，彩虹屁一拍就是好幾頁，文章寫得錦繡添花，顧元白真正想要瞭解到的要點反而一筆帶過，含含糊糊地總是說不清楚。

關於地方官員政績評定的改革，顧元白早就有了章程，奏摺的改革在其中必不可少，待到新一批進士選拔出來之後，一些派往地方的人就可以從基層開始改變。

奏摺的呈現最好有個範本，他們只需要在範本上填下自己治下的資料就好，這樣如果形成了統一的習慣，不止是官員政績清晰明確，全國上下的行政機關都能減少許多不必要的工程量，效率將會大大提高。

「田福生，」顧元白揉揉眉心，精力不濟，「給朕煮一杯濃茶。」

很多時候，隨著王朝的延長，皇上受到的掣肘就會越多。

開國皇帝時的軍權和皇權生機勃勃，初代皇帝擁有掀桌子的能力，他們手裡有兵，有打下天下的威壓，他們的改革可以自上而下。然而隨著王朝的衰老，皇帝手中的權力就會變得愈來愈少。

大恒的土地上攀附著錯節盤根的豪強世族，這些地方豪強勢力強大，兼併土地違法犯罪，有些甚至草菅人命，這就是古代的黑勢力。中央怎麼能忍得了地方？他們占著數萬畝的良田、農戶，有些與官府勾結，有些甚至把持了官政。

世族與世族牽連，一根藤上能牽扯一片污泥。

皇帝不止要平衡好官僚集團、宦官集團與軍權勳貴的平衡，也要對付這些豪強。

這樣的局面，只能用強硬的手段打破，再重新構建顧元白的秩序。

顧元白知道大恒朝周邊有敵國覬覦，也知道境內某些不安定的因素。

而境內的因素，就有他的一些放縱。

他故意放過了權臣盧風的一些殘黨，對他們的逃亡視而不見，就是因為顧元白留著他們還有用。

可能在一些人的眼裡，他這個皇帝坐得岌岌可危，這個天下即將迎來動盪。

但他們不知道的是，顧元白就在等著這場動盪，甚至在背後隱隱推動著境內的變動。他將盧風的殘黨趕到了他想要他們去的地方，打算借此動盪拔掉大恒國體內紮得最深的一部分毒瘤。

他打算借著敵人的力量，來踏平豪強世族的土地和財富。

等敵人們踏平了豪強世族之後，顧元白會用最仁善的名聲，去接手那些陷入敵人手中的土地、農民、金銀。

他會用站在道德最高點的王師名義，去將這些殘暴貪婪的反叛軍一網打盡。

第十五章

說好了佛系，但男人的熊熊野心還是連冷水也澆不滅，顧元白都覺得自己有些反復無常，頗有些瞭解康熙晚年的心情。

知道自己快死了，知道自己做的這些事情都是白做，甚至知道未來的掌權者就在自己身邊。

但不想放權，心不甘情不願，也不想殺了未來的掌權者，因為如果殺了書中的主角，還有誰能做得比主角更好呢？

正是因為如此，顧元白面對著薛遠和褚衛時感覺很是複雜。

自崴了這一腳起，顧元白便安分地在宮中開啟了上朝、睡覺、處理政務的三點一線工作。他這一身過於嬌貴，小傷看起來有受了重傷一般的視覺效果。顧元白的腳踝一日比一日腫起，青紫被揉開了半個腳背，他都已經習慣了疼，御醫卻一天比一天愁眉苦臉。

聖上的傷處看起來太過嚴重，他們下手揉的時候，感覺就是在施罪。

如此過了十幾日，腳上的傷處才終於消了下去。而在這十幾日中，和親王告病缺了多次早朝，起初顧元白只以為他是染了風寒，暴雨之下冒雨回家，病了也是意料之中的事。

但接二連三的告病之後，顧元白察覺不對，他派人帶著御醫前去和親王府，讓他們看看到底是怎麼回事。

而此時，春風回暖，也到了張貼會試成績的時候了。

顧元白作為皇帝，自然有著提前知情的權力，禮部尚書將名單送到他這，笑著道：「頭名就是褚大人家的獨子。」

顧元白點了點頭，視線往下，將前十名看了一遍後問道：「前三名的卷子在哪？」

禮部尚書將卷子遞給顧元白，顧元白先看了一下諸位考官的審批，又去看了這三人的策論。

今年的策論是顧元白親自擬定的，一是三問大恒朝農生政策，二是問邊關互市，這樣的題目很容易寫大，但要是寫小、寫到細枝末節，才是不容易的事。

一是為考察舉子們是否腳踏實地著於國之根本，二是顧元白想看看他們的目光是否短淺。若是迂腐不開竅的書呆子，那還不如不錄用。

和顧元白觀點一致的人被錄用，觀點迂腐不統一的人將被摒棄，長久下去，顧元白的想法執行起來會更加通暢，湧入朝廷的一股股新鮮血液也會在同保守派的對峙中徹底成為皇上的守衛者。

科舉，也可以說是在馴服知識份子思想的一個過程，使他們的思想在一定程度上和君王統一。

今年的主考官顧元白點的是實政大臣，做實政的喜歡腳踏實地，最終這前三名，寫文章的功夫算不上篇篇錦繡文章，但卻各有想法，能貼合大恒國情寫得扎扎實實。

顧元白一個個看得仔細，看到最後一篇時忍不住笑道：「寫得好！」

禮部尚書好奇，上前一看，原來是第三名一位山東學子寫的策論。

排在山東學子前頭的無論是褚衛還是常玉言，都是行文流暢涵義深遠、讀起來讓人酣暢淋漓的好文章，這篇倒是寫得樸實無華，用詞精簡無趣，若不是內容著實出彩，怕也不會被點為第三名。

如今瞧著聖上看得認真，禮部尚書也不禁感歎主考官的敏銳，又感歎這名學子的幸運，瞧著聖上這模樣，莫約是將這學子給徹底記住了。

顧元白將這一篇文章來來回回看了數遍，最後抬眼一瞧，記住了寫下如此精妙文章人的名字。

山東青州府孔奕林。

§

貢院門前已經圍了裡一層外一層的人。

士兵拿著紅紙從貢院中走出來時，圍在這的人一陣喧嚷，一個勁地前擠。士兵怒道：「別擠！別擠！都往後退一步！」

紅紙一張張貼了出來，圍在這的讀書人早已失去了平日裡的風度，雙手握緊，眼睛都要從眼眶裡瞪出來，胸腔內的心臟砰砰亂跳，生怕錯過一個字。

「快快快，張貼佈告了！」

「我中了我中了！」很快就有欣喜若狂的聲音響起，「我中了！」

兩旁的酒樓茶館上也坐滿了人，有人聽著下方的熱鬧，實在忍不住地站在欄杆旁伸著脖子往地下望，心裡焦灼得很，但脖子伸得都要斷了也看不見紅紙上的一個字。

派小廝下去看榜的人面上強作鎮定，但眼睛已經無神，時不時從樓梯上掃過，每過一秒的時間都是折磨。

放榜的日子眾生百態，有人喜笑顏開仰天大笑，有人嘴角含笑含蓄自得，有人失魂落魄，頹廢地看著紅紙，好像整個人已經失去了活著的希望。

欣喜若狂的人意氣風發，一聲聲「中了！」引起旁人羨豔的目光，一朝天上一腳地下，一張紅紙便讓許多人為之瘋狂。

褚衛原本很淡定地坐在茶館中品茶，但一聲聲的歡呼雀躍和嗚咽痛苦聲也明顯影響到了他，他眉間蹙起，不著痕跡地往樓梯處看了幾眼。

他的同窗在一旁搖頭晃腦道：「褚衛啊褚衛，我當真沒有想到你竟然參加了會試。」

褚衛收回視線，不鹹不淡地「嗯」了一聲。

二樓的樓梯突然傳來一陣急促的腳步，褚衛不由放下杯子朝後看去，卻見到是另一位舉人的小廝，頭髮淩亂滿臉喜意地高喊：「中了！老爺您中了！」

褚衛的心也跟著跳快了些，他索性站起身，不理同窗的調侃，站在窗戶處往貢院門前望去。

那裡的人已經散了許多，剩下的大多是不敢相信自己沒有上榜的頹唐人，褚衛心頭猛得一跳，唇角抿直，難道他真的落榜了？

餘光一閃，褚衛往對面看去，對面的酒樓窗前也站著一個風流倜儻的公子哥，公子哥也看到了他，嘴角的笑意一僵，隨即客氣地朝著褚衛點了點頭。

褚衛知道這是誰，他就是那位考前說大話的舉子口中的勁敵常玉言。

常玉言盛名在外，屢出佳作名賦，如今看他的樣子，應當是也未曾得知自己的榜上名次。

褚衛也朝著常玉言淡淡點了下頭，視線一轉，見到常玉言旁邊的桌旁還坐著一個人。

那人的手伸出窗口，手裡鬆鬆散散地轉著酒壺，酒壺像是下一刻就能從他手中脫落砸到地上一樣。

這個人極其敏銳，下一刻就察覺到了褚衛的視線，眉目陰翳地朝著這邊看來，褚衛在這駭人的一眼下面色不改地移開了視線，心中直覺此人絕非善類。

「少爺！」

身後猛然傳來一道耳熟的聲音，褚衛一震，立刻轉過身，見到自家的小廝一臉狂喜時，心瞬間快速跳了起來。

「是頭名！少爺你中了頭名！會元！是會元！」

眾人唰得朝著褚衛看來，滿屋頓時喧嘩。

同窗一驚，他將茶碗一摔，激動地上前拍著褚衛，「褚子護啊，你竟然中了會元！」

仿若被這一聲驚醒，整個屋裡的人都擠上來朝著褚衛賀喜，巧話一層疊一層，耳邊吵吵鬧鬧徹底分不出誰在說話。

褚衛深呼吸一口氣，他回過了神來，唇角勾起，意氣風發。

七年前的解元，七年後的會元。

就差一個狀元了，聖上會給他嗎？

會試名次公佈之後，幾家歡喜幾家愁。但上榜的貢生卻顧不得參加各種請宴，因為五日後，他們就要進入皇宮之內參與殿試。

能直面聖顏，並聽到聖上的教誨，這一件事絕對是人生當中絕大的頭等事，沒人敢對此懈怠。

禮部的人忙著加班，需要量制衣服和培訓貢生們的舉止禮儀。大恒朝沒有內閣，因此殿試的題目預擬交給了政事堂，樞密院和政事堂是整個大恒行政機關裡效率最高的兩個機構，會試成績張貼後的第二日傍午就將預擬題目交給了顧元白。

顧元白從裡面選了幾道題，合著自己的想法整合了一番，把題目給了禮部之後，他這個皇帝就沒事了。

在等候著殿試的功夫，顧元白召集來了政事堂中的大臣，將他想法之中的奏摺改革章程提了一提，無論是大學還是公司之中，各樣的報告都有固定的模式。顧元白想了十幾日，便決定將現代倍為方便、必不可少的圖表、表格和簡單的固定模式拿出，為地方官員上書的改革做一個基礎。

政事堂中的諸位大人細細思索片刻，其中一位姓周的大人說道：「聖上，口頭說來臣等尚且還有糊塗，不若臣試著將聖上所說的『表格』、『圖表』與『範本』寫在紙上一觀？」

「何必如此麻煩？」顧元白拿起筆，「朕來。」

顧元白一邊動著筆，一邊放慢語速去講解這三樣東西的作用，表格方方正正，幾個橫豎一排，原本繁亂擠在一塊兒的內容就清晰分明。圖表就是在此基礎之上直觀表現資料，顧元白連畫了三個樣式的例圖，又寫下了阿拉伯數字，道：「上書的奏摺之中，圖表和表格涉及到數的都採用這等寫法，總計中還是尋常寫法。」

能用阿拉伯數字的自然不包括帳本子這一類容易被篡改的重要東西。

至於奏摺，還是採用漢字寫法，這點不能動。顧元白講解了半個時辰，又理論實踐相結合地動手畫了許多表格與圖表，力求讓諸位臣子明白這兩物的作用，一整潔一直觀，特別是圖表，將一些東西暴露得明顯，沒有可躲避的空間。等臣子們點了頭之後，又簡單地寫了一份上書奏摺的例子。字少，條理清晰，雖說看著有些不習慣，也有點過於冰冷和直接了點，但這些日日夜夜政務繁忙的大臣都知道這幾樣東西能有多省事。

侍聖上寫完之後，這張紙便被諸位臣子來回傳遞，顧元白問道：「諸位大人覺得如何？」

政事堂作為顧元白統治政務的一把手，各個都曉得顧元白的想法，他們連忙點點頭，「聖上放心，此法初學雖不習慣，但習慣了之後必定會節省不少時間，臣等這就將此法分派下去。」

「朕會讓新科進士們前去地方州縣時將此法帶過去，」顧元白輕輕頷首，「五月之後，若是不使用這種方式上書奏摺的府州縣，政事堂不允翻看，打回命其重改；若是奏摺內容顛倒含糊，三番兩次不改者，那就立即革職。」

政事堂眾人面色一肅，道：「是！」

顧元白滿意地讓人散了，他此時的心情尚好，唇角略微勾起，容光便愉悅萬分。侍衛長陪著他在宮內散著步，在兄弟們的催促下硬是憋出來了一句話，「聖上想看蹴鞠嗎？」

顧元白一愣，轉頭看著他，侍衛長的俊臉都漲紅了，好似是做錯了事情一般，露出忐忑又不安的神情。

後方的侍衛們低下了頭，不是耳根子紅了就是脖子紅了，各個人高馬大的健壯兒郎，在面對這他時，都像是成了一個個扭扭捏捏的小姑娘。

顧元白被逗樂了，「你們是想要踢給朕看？」

「……」侍衛長紅到了耳根，「臣等都愛踢蹴鞠，個個都是耍球的好手。聖上若是嫌悶，臣等可以踢一場給聖上解解悶。」

聖上沒說好或不好，而是四處看了看，隨即看中了一株樹花。聖上伸出手，扶住寬袖，白皙手腕探出，指尖撚住花枝，輕輕一折，紅中帶粉的樹花便被聖上折在了手中。

「那就將這花當做彩頭，」聖上撚著花笑道，「哪隊贏了就賞給哪隊。」

侍衛長往聖上的手裡瞧了一眼，臉雖是還紅著，但眼中明晃晃地寫著想贏，勝負欲激起了這一群侍衛，在往蹴鞠場走的時候，他們已經分成了兩個隊伍，彼此眼睛不是眼睛鼻子不是鼻子，誰也看不順眼誰。

田福生拿了個白帕子包住花枝，本想自己拿著，顧元白道：「朕來。」

顧元白摘花時本就染上了花汁，手都已經髒了，就沒必要再注意這些了。田福生心疼地捏著嗓子道：「聖上，小的怕您累著呀！」

顧元白輕瞥他一眼，笑罵道：「滾一邊兒去。」

田福生嘿嘿一笑，跑到顧元白身後給他捏著肩膀。

聖上喜歡蹴鞠，宮中也有一個大的蹴鞠場，侍衛們換上了薄衫，在場上追著一個蹴鞠踢得虎虎生威，讓人看著就激動不已，不少宮侍移不開眼，還得硬壓下歡呼喧雜，憋得臉都紅了。

這場蹴鞠賽足足踢了一個時辰，侍衛們滿頭大汗下場的時候，身上的熱氣都能燙得空氣微微扭曲。

侍衛長帶著屬下們過來，不敢同顧元白靠得太近，生怕自己一身的汗水冒犯了聖上，「聖上，臣這一隊贏了。」

但即使侍衛長站得這麼遠了，顧元白還是感覺到了他們身上的熱意，這種健康高大的軀體，顧元白不可避免地酸了一下。

侍衛長的神情微微有些羞澀，他低著頭不敢看聖上，只穿著薄衫的身子也僵硬得如同木頭。

顧元白暗自惆悵地歎了口氣，將手中嬌豔盛開的樹花遞給了侍衛長，打趣道：「你們有一十二個人，朕這卻只有一朵花，這該如何分配呢？」

大恒朝的蹴鞠規矩遵循舊制，漢代時的雙球門蹴鞠賽還被用於軍事練習。大恒朝也不例外，至少在顧元白看來，上位者喜歡這樣一項健康而簡單的運動對國家和臣民來說都是一件好事。

上行下效，大恒朝的學子身體也比只會讀書的純文人要健康上一些，子民們多多少少也會一些蹴鞠，而跟在聖上身邊的這些人，耍的花樣就更加讓人眼花繚亂了。

拿一朵花為這場精妙絕倫的比賽買票，顧元白都覺得太過欺負人了。

但被獎賞的人卻很是開心，正熱鬧的時候，遠處有太監帶著兩名御醫匆匆趕來過來，見到顧元白就跪在了地上，「聖上，小的帶著兩位大人回來了。」

這幾人正是被派去和親王府的人，顧元白收斂了笑，坐下後才緩聲問：「和親王身體如何？」

御醫中的一人恭敬道：「臣等留在和親王府中觀察了三日，經臣等揣測，和親王並非病重，而似乎是患上了心病。」

心病？

顧元白蹙起眉，先行揮退了閒雜人等，讓田福生給兩位御醫賜了坐，見他們坐穩了之後，才端起茶杯刮去茶葉，不動聲色道：「是什麼心病？」

御醫表情羞愧，「臣等不知。」

「和親王不願見到臣等，聽王妃所言，和親王府下門客親自規勸也未曾使和親王開顏。」

顧元白頓了一下，垂眸靜靜看著杯中一圈圈蕩起來的漣漪。

和親王是自那日風雨雷暴後才變得如此奇怪，細細一究，那日他與和親王說的話中，似乎只有關於盧風的話會刺激到他。

和親王不願被拘在京中，他想要軍權。

門客上門規勸未使親王開顏，那便是和親王願意見門客了。

願意見門客，卻敢拒見朕派過去的人。

顧元白眼底一沉。顧召……你最好別在打什麼讓朕惱火的主意。

「備駕，」顧元白當機立斷，他站起身，年輕的天子臉上滿是風雨欲來前的平靜，「擺駕和親王府，朕要親自去瞧瞧朕的這位好兄長。」

第十六章

和親王府大門緊閉，顧元白被扶著下了馬車，命人上去敲門。

王府門前有兩座石獅子，想當初這宅院還是顧元白賞賜下來的，地段大小均是萬裡挑一。周圍住的是宗親權貴，顧元白約束宗親約束得厲害，因為他不想出現什麼會被寫進故事裡被「包拯」斬的丟人皇親國戚。

而在這一條安靜、整潔的權貴街道上，和親王的身分最為尊貴。

侍衛敲響大門，過了一會，門房的聲音在門內響起：「王爺身體抱恙，近日不便見客。諸位請回吧。」

顧元白緩緩道：「撞開。」

身後的侍衛從身側衝了過去，顧元白抬頭看了看王府上頭寫著「和親王府」的牌匾，這四個字寫得龍飛鳳舞，快要衝出了牌匾外。大門內的門房發出一聲驚呼，顧元白回過神，大門已經被撞開，門房連滾帶爬地跑走了。

顧元白抬手，阻了人繼續往裡走。他給和親王保留最後一點的面子，帶著人站在王府門前等，田福生給他搬來了椅子。

不久，就有一群人匆匆忙忙地走來了，為首的是一臉疲憊之色的和親王妃，他們見到顧元白便滿臉震驚，急忙趕過來跪下行禮，唯一還站著的和親王妃行完禮後拘謹道：「聖上萬安，王爺近日病得厲害，妾私下做主，讓府中閉客了。」

和親王沒讓御醫把脈，御醫猜測的是和親王得了心病，顧元白信了一半，如今和親王妃這樣說起，他面上不露聲色，歎了口氣道：「朕派御醫前來為和親王醫治，但和親王卻諱疾忌醫的厲害。和親王抱病數日，朕心中也很是擔憂。他如今在何處？朕去瞧一瞧他。」

和親王妃欲言又止，轉身帶著聖上朝著府苑走去，她落在後方，管家在旁引路，和親王妃道：「聖上，王爺得的是風寒，您莫要離得太近，萬不能被過了病氣。」

顧元白笑了笑，「朕會的。」

田福生將和親王妃客客氣氣地請走，和親王府中唯一在這兒的主子走了之後，剩下的奴僕明顯戰戰兢兢了起來，顧元白看著一旁管家繃緊的樣子，眉眼一壓，「帶路。」

和親王上次冒著暴雨回家時，整個和親王府的人都被嚇了一跳。那日的暴雨打在人臉上都生疼，和親王狼狽極了，髮髻被打散，更嚇人的是和親王衣擺之上還沾染了點點血腥。

和親王妃嚇得眼前發暈，最後得知和親王並沒有受傷之後才鬆了一口氣，但最後，和親王妃發現自己這一口氣鬆得早了。

和親王回來之後就變得易怒、陰晴不定，王府中的奴僕總會在莫名其妙的點上惹怒王爺，而王爺發起脾氣來，比以往更加捉摸不定。臉色陰沉，猶如閻羅王般煞人的可怖。

王妃勸不了王爺，也不敢上前去勸。

但除了剛回府的那幾日，之後的幾天和親王似乎已經恢復了正常。但之後和親王在撞見兩名小廝埋頭親密說話時，又忽的大發一頓雷霆。

和親王府已經被壓抑的氛圍罩住十幾日了。

主臥門前，提前跑來通報的小廝聲音顫抖，小聲對著門縫說道：「王爺，聖上快到了。」

房內傳來沉沉回應，門倏地被打開，走出來一個文質彬彬的讀書人。

讀書人是王府中的門客，姓王，王先生說道：「我等要準備恭迎聖上。」

略過跪了一地的人，田福生上前去開了門，門甫一打開，濃重的藥味兒就飄了出來。顧元白對這些藥物已經十分熟悉了，他一聞到這個味道，就知曉了這是治癒風寒的藥物。

顧元白朝著門內叫道：「和親王？」

黑黝黝的臥房內沒有點燈，沉沉慘白的光只照亮了一處沒人的地上，顧元白的這一聲叫出去，過了一會兒才有一聲沙啞的聲音響起：「聖上莫要靠近。」

只聽這聲音，就覺得和親王這是病得很了。

顧元白教訓道：「你抱病了十幾日，連早朝都不上了。朕派御醫前來給你醫治，你卻連門都不讓御醫進。」

和親王沉默了一會，「聖上在關心臣？」

但這句話話音剛落，和親王又道：「算了，臣不想知道。」

這和親王是什麼毛病？

顧元白擰起了長眉，就要抬腳往屋中走去。屋裡的和親王應當聽到了腳步聲，又道：「臣得了風寒，聖上應當以保重龍體，離臣遠些，莫要進來了。」

「說的是，」顧元白停住了腳，順勢而為，「朕帶了御醫來，和親王是大恒肱股之臣，一個風寒就拖了十幾日之久，終究是對身子不好。如今讓他們來給和親王診治一番，朕也能放下了心。」

他話音一落，御醫就從他身後走進了臥房之中。顧元白緩步走在了最後，田福生欲言又止，想要勸聖上莫要進去，又不敢阻止聖上的決定。

臥房之中果然沒有一處點燈。

和親王躺在床上，從頭到腳罩著厚被，他只從被子之中伸出一隻手來，讓御醫進行把脈。

三位御醫挨個把了脈，過來同顧元白說：「聖上，和親王得的正是風寒之症。」

顧元白瞇起了眼。他從裡到外，哪哪都覺得不對。

聖上不說話，御醫也不敢抬頭，被子裡的和親王好像是感覺到了不對，被褥起伏了一下，顧元白忽的大步上前，抓著被褥就猛地揚起，將被子下的人完全露了出來。

和親王眼底一片青黑，唇瓣乾裂，隱隱泛著乾涸的血色。他此時被驟然之間掀開了被子，目光之中全是驚訝，正措手不及地看著顧元白。

顧元白手上一鬆，厚重的被子又落在了和親王的身上。他面色不改，看清和親王的面色後就皺眉道：「和親王何必蒙著口鼻？這於你病情無益。」

「……」和親王避開了眼，沉聲道，「臣怕過給了聖上病氣。」

顧元白沉默了一會，讓田福生往床旁搬了把椅子，他坐在一旁，歎了口氣道：「和親王，你要保重身體。」

和親王剛被把過脈的手就放在邊上，顧元白輕拍了他的手背兩下，和親王倏地一抖，手握起了拳。

田福生大著膽子小聲勸道：「聖上，和親王應當多多休息，您快出來吧，當心過了病氣。」侍衛長也在一旁勸著，顧元白終究還是起身，他親手拿起被子，為和親王蓋得嚴實。

身子微俯，背上的青絲跟著在眼前晃蕩，貴重的宮廷薰香味傳來，和親王眼中的神色深重。髒、深、黑暗。泥濘一般甩都甩不落。

他壓抑地偏過了頭，閉上了眼休息。

聖上直起身，瞧見他這模樣，便也沒說什麼，悄聲出門了。

過了不知道多久，門外的聲音總算靜了下來。房門被關上，昏昏沉沉的臥房之中罪孽四散，忽的房門被推開了一道縫，王先生走了進來，拱手道：「王爺，聖上已經離開王府了。」

和親王道：「離開得好。」

「聖上很關心您，」王先生輕聲道，「王爺何必傷了自己的身，半夜跑去澆冷水。」

和親王輕哼一聲，覺得好笑，他搖搖頭，從床上坐起身，「你懂什麼？」

顧元白這哪裡是關心他。

回宮的馬車上，顧元白閉目休神，御醫為他把著脈，又細細瞧了瞧他的面色，神情稍鬆，「聖上尚且無礙。」

「嗯，」顧元白應了一聲，似是隨口問道，「和親王的病可能看出患了幾日？」

御醫為難地搖了搖頭。

顧元白不再為難他，而是支著頭獨自想著東西。

聖上曾經規定，鬧市之上不可縱馬行兇，馬車也有速度限制，因此駕車的人行得極慢，馬蹄踢踏踢踏的響著，顛簸感被層層毛毯所吸去，馬車中穩如平地。

過了片刻，顧元白突然睜開眼，他掀起窗簾往外一看，就見一個巷子深處正有一群人對著牆角在拳打腳踢。

「……奇技淫巧……」

「木匠的破爛玩意……」

「……枉當讀書人。」

破碎的話斷斷續續的落入了顧元白耳朵裡，顧元白掃了一圈，目光定在一旁四分五裂的的木頭殘部上，看那個模樣，應當是個自製的弩弓。

顧元白當機立斷道：「停馬。張緒，將那個人給朕帶過來。」

徐甯覺得自己快死了。

他緊緊護著自己的腦袋和手，蜷縮在了一塊兒，狼狽地被人圍在角落裡打。先前做出來的弩弓已經被他們踩成了碎片，他以為他可以靠著這一手的木工技術讓他們認錯，沒想到他最愛的東西也救不了他。

徐甯已經有了秀才功名，原本不應該這麼狼狽的。

可他偏愛那些奇技淫巧，偏愛木工，家中木質的東西都被他拆了研究，愈是研究就愈是熱愛。

可別人覺得他一個秀才喜歡這個是丟人，是走歪路，那些人看不起他，不僅看不起他，還嫉妒他考中了秀才，所以要毀了他。

最熱愛的東西偏偏有讓他承受不住的壓力，他對工匠一活也變得又愛又恨，甚至還有幾分怨氣。

可要停止的話，他捨不得停止。

徐甯滿臉熱淚，他憋著呼吸，又被狠狠踹了一腳。

正當他滿心絕望的時候，背後卻突然響起幾聲慘叫，徐甯抬起頭，就見幾個長得人高馬大的人走了過來，沉聲說道：「過來。」

徐甯踉踉蹌蹌地站了起來，一臉惶恐地看著巷口那輛氣勢非凡的馬車，「你、你們是誰！」

侍衛長急著回到聖上的身邊，便言簡意賅道：「你的貴人。」

第十七章

顧元白把玩著勉強拼湊在一塊的自製弩弓，看著這個精巧輕便的手工製品，不由感歎自己這是什麼運氣。

一出門就碰見了一個研究型人才，而且這個人才還在自我摸索之中，已經有了一番的理論實踐的結論。

徐甯拘謹忐忑地坐在一旁，他身邊還端坐著一位御醫和一個小太監，他們正為他敷藥療傷，這種奢侈的待遇讓徐甯坐立不安。

這個馬車從外面看就大極了，進來之後才發覺要比外面看起來還要大。即便是他身邊坐著兩個人也並不擁擠，地上鋪著柔軟如水的毯子，顏色漂亮極了，徐甯從未碰過這樣好的東西，而這麼奢貴的東西，竟然就這麼被踩在了腳底。

徐甯低著頭，不敢朝著顧元白看上一眼，心中不安而又隱隱期待，看著這位大人擺弄他自製的弩弓，不由擔憂這位大人會不會也看不起這些東西。

把玩了一番之後，顧元白放下了已經被那群人毀壞了的弩弓，接過田福生遞來的帕子擦過了手，詢問御醫道：「如何？」

「小公子的身體本就健康，」御醫一一道來，「如今受的也只是皮肉傷，並未傷到肺腑，只是飲食上有些不規律，應當會有些許胃心痛。」

徐甯驚訝地瞪大眼，緊緊盯著自己抓著衣服的手。這大夫好生厲害，只把了一會脈就知道了這麼多。

顧元白輕輕頷首，又含笑看向了徐甯，溫聲道：「你是怎麼做出這頂弩弓的？」

「軍器三十有六，而弓為稱首；武藝一十有八，而弓為第一。」此話乃是南宋華嶽寫在《翠微北征錄》中的話，大恒朝馬源匱乏，而邊疆遊牧民族卻馬術高強，為了抵禦這幫人，弓箭就成了步兵的首要選擇。

大恒朝的開國皇帝格外注重軍事，將弩弓，特別是改良弩弓的圖紙牢牢把控在軍政層面上，軍用武器嚴禁在民間傳播，普通人見不到這種輕便又威力十足的弩弓，更別提製作出來了。

但徐甯製作的這個弩弓，雖然壞了，但仍然能看出來射擊孔並非單一，也就是說這個讀書人自製的這個弩弓反而趕上了軍部使用的武器程度。

這很厲害，非常厲害。

顧元白眼中表露出欣賞的含義，徐甯結結巴巴地說著自己是從哪裡來的靈感，又是怎麼製作出來的。說到最後，他激動地攥起拳頭，抬頭看著顧元白道：「公子！這是有用的，有很大的用處，不管是農事還是軍事，工匠的存在必不可少！這不是丟人的事情，也不是不務正業！」

徐甯一抬頭就看清了顧元白眼中的欣賞，他憑著慣性說完了這一番話，表情卻忡愣呆滯起來。

馬車、護衛、大夫、隨侍。

這位公子氣度不凡，相貌飄逸如天上之人，一舉一動養尊處優，這樣的大人物，竟然在欣賞他？

欣賞他這個做木匠活的窮酸秀才嗎？

「你說得不錯，」顧元白贊同地點了點頭，道，「昔日提出『士農工商』的管仲本就出身商戶，他用商人的方法興旺了齊國，『士農工商』在他的言論中並沒有上下高低之分，這四舉皆是並行的。讀書人，農民，工匠與商戶，管仲認為皆是國之石民，各司其職便能興旺國家。殷商之盛，離不開工商之盛。但殷商滅亡之後，周以此認為工商之道會荒廢農業致使亡國，因此在周制之中便鄙夷工商，這才是以工商為末的原因。」

徐甯張張嘴，直直看著顧元白，嘴唇翕張幾下卻不知道該說什麼。

顧元白讓田福生將損壞的弩弓送回到了徐甯的手中，徐甯無措地拿著弩弓，往窗口處看了一眼，小心翼翼問道：「大人，您要帶小生去哪？」

田福生捲起馬車窗簾，徐甯下意識往外面看去，下一刻便倏地瞪大了眼睛。

高大巍峨、雄偉壯麗的皇宮大門就在眼前，片瓦之間在陽光下閃閃發光，美輪美奐。

顧元白沒有在意他的神色，笑問道：「除了弩弓，你還會做些什麼？」

「我……小生、小子……」徐甯恍恍惚惚，手足無措地不知道該如何自稱，「小生除了對這些東西極有興趣之外，也試過改良一些農具。」

他瞧起來慌張極了，也是，皇宮是誰都能進的嗎？

馬匹每一步的踢踏聲都能把徐甯的魂兒蕩出去，等馬車停止的時候，這滿臉是傷的白面書生已經不安到誰都能看出來的地步了。

御醫同宮侍帶著徐甯下了馬車，外側的侍衛站得筆直。侍衛長伸手撩開車簾，伸出手道：「聖上慢些。」

徐甯倒吸一口涼氣，腦袋嗡嗡作響，頭暈眼花得如同下一刻就要暈了過去。

顧元白從馬車中伸出手，輕輕搭在侍衛長的手上。侍衛長低著頭小心翼翼將顧元白從車上牽了下來，聖上的身體不好，跟在聖上周邊伺候的人總是會對聖上過度地小心，生怕聖上磕著碰著，哪裡出了意外。

只牽著聖上的手，侍衛長就得萬分小心。聖上的皮膚細嫩，而侍衛長的掌心卻粗糙無比，帶著硬繭和粗糙的觸感，每次握著聖上的手時，侍衛長都覺得自己像個石頭。

腳踏在了地上，徐甯下意識往那看了一眼，這才發現地面踩的磚塊上都有精妙的雕刻。他這次總算是恢復了些聰明才智，撲通一聲重重跪在了地上。

龍靴出現在了眼前，聖上道：「隨朕來。」

宣政殿的偏殿一般是皇上召見臣子談論政事的地方，顧元白給徐甯賜了座，徐甯戰戰兢兢地挪了半個屁股坐在椅子上，腳下踩著地面，如同踩在雲端上。

顧元白很溫和地同徐甯交談了起來，徐甯逐漸從緊張的無法思考的狀態下回過神來，談起他最喜歡的木匠來，這人眼裡都冒出來了光。

徐甯有很多在這個時代堪稱是大膽的想法，更為難得的是，徐甯的想法可以在這個環境內實現，更為貼近大恒國情的發展。

顧元白當機立斷地讓田福生將大內藏書閣中有關工匠的書找出來給了徐甯，最後安排徐甯去了京城遠郊的工程部。

這是顧元白親自設立、由監察處親自管理的部門，人選都是由監察處發現並尋找的一些技術優秀熱愛此業的工匠，顧元白有言，只要他們中誰能研究出於國有利的東西，不管是什麼，都重重有賞。

不過最後出來的成果總是不痛不癢，而工程部研究時的花銷又極其巨大，監察處的人曾同顧元白抱怨許多次，覺得工程部是個沒用的存在。

但顧元白堅持，並給予工程部全力支援。現在徐甯到了他眼前，真的是一個意外之喜，顧元白相信工程部缺的只是一個帶著靈氣的思想，而現在，思想來到了。

徐甯恍恍惚惚地接下了藏書和任命。他摸著這些書，聽著聖上的鼓勵之言，不自覺紅了眼眶。這些書都被大恒列為了禁書，各朝各代工商為末，被鄙夷的這些關於工匠的書比大儒的孤本更為難得，徐甯聲音不穩：「聖上，小子不會讓您失望的！」

他的目光逐漸堅定下來。

同聖上說了這麼多，聖上不僅不鄙夷工匠，還頗有瞭解和想法。聖上說的諸如「諸葛弩的改良」、「繩索套牛，犁身縮短」、「播種和施肥相結合的耬車」還有一些「紡織」、「水輪」等東西，讓徐甯又驚訝又覺得頗有道理。

他現在就覺得自己手癢極了，激動得精神亢奮，甚至現在就像趕快去到聖上所說的工程部，同那些同樣熟悉工匠活計的同僚好好完成聖上的想法。

又能做喜愛的事，又能為天下貢獻一分力，為聖上分憂解難，哪裡還有比這更好的事呢？

徐甯覺得全身的傷都感覺不到疼了。

收了一個天賦極高的研發人才，顧元白高興極了，這股高興一直維持到了殿試當日。

考生從黎明時刻進入金鑾殿，禮部的人掌管著整個殿試的流程，等正式開考前的流程走完了，外頭的天已經大亮了。

殿試的監考可以由皇上本人來，也可以由皇上派遣臣子代替自己來。顧元白自然是由自己監考，坐下的眾位考生安安分分地落座在自己的位置上，低著頭不發一言。

整個金鑾殿中的氣氛肅穆而寂靜，還有幾分逐漸彌漫的緊張氛圍。眾位考生都注意到了兩道上站著的人高馬大板著臉的強壯侍衛，而聖上就端坐在高位之上，誰也不敢在這時犯了忌諱。

殿試時的座位是按著會試來分配的，因此離顧元白最近的人，正是會元褚衛。

顧元白放眼望去，第一二排中眼熟的人還有不少，除了褚衛、常玉言，還有戶部尚書家的公子湯勉，湯勉還未立冠，卻能在會試中考到第七名的好名次，戶部尚書頗以此為傲。

顧元白還特地看了一眼排名第三的孔奕林。孔奕林祖籍為山東青州，山東為孔子的老家，那裡鍾靈毓秀，人才輩出，可謂是讀書人競爭得相當激烈的地方。而這次的會試，孔奕林便是山東學子中排名最前的一位。

孔奕林生得高大極了，這麼一個大的人縮在一個小桌子後，讓人看著都替他難受。此人沉默無比，靜靜坐著低著頭，相貌如何無法分辨，身上有股沉穩如同穩實下地插秧的老農一樣的氣質，存在感低弱而平凡，但很穩重。

這一看之下，顧元白對孔奕林的印象更好了。

殿試開始，試卷下發，上方只有一道策論題，考生需寫滿兩千個字。殿試將考上一日，待傍晚太陽落山時就是結束之時。

一時之間，殿中只有筆從紙上劃過的聲音，顧元白坐了一會兒，就開始處理起了政務。

坐在前頭的人都聽到了聖上翻開奏摺的紙張聲，不少人一邊構思著策論文章，一邊聽著上方的動靜。

褚衛是頭名，吸引的視線最為多，他坦蕩極了，不能直視聖顏那便索性將聖上當做不在，專心致志地思索這個策論。

他想從聖上手裡拿到狀元。

等考生們全都進入了狀態之後，顧元白放下了奏摺，緩步走入了考生之間。

有人餘光一瞥到他身上的龍袍就是手腕一抖，墨點污了草稿；有人甚至腿腳抖個不停，牙齒磕碰聲顧元白都能聽見。

他緩步到哪裡，哪裡的人就緊張無比，不濟的當場丟了人，好的也是脊背繃起，僵硬得下不去筆。聖上明黃色的龍袍逐漸走向了前排，常玉言餘光瞥到後方的影子，手中一抖，又強自鎮定了下來。

心口砰砰亂跳，常玉言恍惚之間覺得聖上在他身旁待了良久，可一回神，聖上已經走到了孔奕林那裡，最終在孔奕林那站定。

顧元白低頭看著孔奕林的草稿，上面書寫整齊，如同正式卷子一樣乾淨。剛開始他也只想著粗看一眼，但逐漸地，他的神情嚴肅了下來。

等到孔奕林最後一筆落下時，顧元白才回過了神，他深深看了一眼低著頭的孔奕林，就不再在學子中走動，而是大步走上了臺階。

聖上的這一番舉動都被周圍的人看在了眼裡，許多人暗中看向了孔奕林。迎著那麼多的視線，孔奕林卻不動如山地繼續謄寫著答案。

同樣往孔奕林的方向看了一眼的褚衛淡淡收回了目光，筆尖沾墨，繼續寫了下去。

第十八章

殿試結束之後，等待讀卷官批閱的時間對考生來說是最為難熬的。

一舉成名天下知，苦讀數年就是為了如今的金榜題目，讀卷官批閱出來的成績，還有之後的排名，定下來之後就是跟隨自己一輩子的事。

皇宮之內，由翰林學士和朝中大臣選出來的八名讀卷官正在批閱貢生們的卷子，八名讀卷官每人一個桌子，試卷輪流在桌上傳閱，身旁有宮中禁軍守衛，時間緊迫，他們需要以最快的速度決出貢生的排名。

幾日後，讀卷官將批閱的前十名卷子擺在了聖上的面前，供聖上與諸位大臣排下一甲中的狀元、榜眼、探花三名。

前十名中，除了有一位會試排在二十名開外的學子如今升到了第九名外，其他的也只是上下浮動了幾名，變化並不大。

讀卷官批閱出來名次後，傳臚大殿也正式開始了。外頭一干貢生正站著等待著殿試結果，偏殿之中，顧元白與大臣們正在商議面前這十份卷子的排名。

科舉是一層遮掩官僚制度的布，前十名的學識已經不相上下，在這個情況下的排名，要考慮的就多了。

十份卷子已經除了糊名，顧元白讓臣子們來回將這些卷子看了一番，才笑著問道：「諸卿認為這屆新科進士如何？」

政事堂與樞密院是軍政兩府，最高行政官員自然也陪在聖上身旁。樞密使趙大人撫著發白的鬍子感歎道：「我大恒人才輩出，各個都是逸群之才，這十份卷子都是錦繡好文章，此乃大恒之福。」

政事堂的臣子笑著應和。

顧元白沉吟一會，挑出三份卷子放在最前頭，指了指褚衛的卷子，感歎道：「會試的頭名，即便是殿試的卷子也寫得分外出彩。」

禮部尚書忙說：「聖上，褚衛還曾是七年前的解元。」

「哦？」顧元白道，「巧了。」

其他人笑了起來，顧元白笑著又指了指孔奕林的卷子，「諸卿認為此子如何？」

樞密使思索了一番，道：「此子心有丘壑，最難得是腳踏實地，又不欠缺銳意鋒芒，是個實幹的好人才。」

顧元白點了點頭，「一甲三名就在這三人中選出來吧，但如何排列，朕卻頭疼了起來。此三人在朕心中不分高下。」

戶部尚書提議道：「聖上不若見見這三人？」

顧元白欣然：「也好。」

他中意孔奕林，而朝中出身山東的命官也未曾抱團，此人才華橫溢，出身寒門，策論寫得腳踏實地又暗藏鋒機，可堪為狀元。

褚衛作為未來的能臣，也是了不起的人才，但此時的褚衛未經歷過官海浮塵，寫的東西雖貼近民生，但頗有些偏激。不過他的父親官職低微，無政黨之爭，倒是無事一身輕，點他為榜眼最為合適。

最後探花郎，就可以挑名聲大、而又有些實才的學子了，恰好可以給他看好的輿論人才常玉言造勢。

片刻後，門旁的太監高聲道：「宣褚衛、常玉言、孔奕林覲見。」

三個人對視一眼，迎著身後學子嫉妒羨慕的目光面色不變地進入了偏殿。這三個人一個比一個年輕健康，各個都是修長筆挺的年輕人，顧元白臉上還帶著笑意，在看到孔奕林進來時笑意卻突兀地停住了。

孔奕林相貌平平，但一雙眼睛卻極為深邃，有的人只靠眼睛便能讓整張臉熠熠生輝，孔奕林就是如此。但這一雙眼睛，卻絕對不屬於大恒朝國人的眼。

散亂的記憶中猛然閃出一個點，顧元白突然想起來了這個孔奕林是誰。

《權臣》這部劇中曾借用黃巢起義的史實編寫過相差不離的劇情，黃巢就是那位因為被唐僖宗嫌棄容貌醜陋而被罷黜的進士，此事間接促進了黃巢的起義，後面甚至逼得唐僖宗逃離了長安。

在《權臣》之中，孔奕林便扮演的是這樣的角色，他不是醜陋，他被罷黜的原因是因為他有西夏血統。

若是顧元白沒穿過來，這個時候還是權臣盧風在把持朝政。盧風是一個固執霸道的保守派，他自然不會讓有西夏血統的人在大恒朝入職為官。

被罷黜後的孔奕林孑然一身，他直接捨棄了大恒人身分，轉投西夏以發展國力，以一個小小的西夏，最後逼得大恒連丟五六座城池，若是記得沒錯，最後還是薛遠帶兵上陣，打了一場立威之仗。

顧元白緩緩收斂了笑。

過了一會兒，他起身從桌後站了起來，走到三人面前。

聖上的身上攜裹著宮廷中貴重的薰香味道，這種味道清香淡雅，卻又極為綿長濃郁。說起來矛盾至極，但就是讓人聞著就知曉尊貴二字。

站在這兒的三個人長得都比聖上要高，即便是恭敬地低著頭不去直視聖顏，也能看到聖上走動時披散在背部的青絲。

孔奕林一雙眼睛盡顯西夏人的容貌特徵，他雖然面上不顯，但心中還是為自己的這一雙眼睛感到憂慮，如今瞧見聖上走近，頭低得更深，不著痕跡地減弱著自己的存在感。

可偏偏聖上就站在了他的面前。

「孔奕林，」聖上聲如珠落玉盤，「朕看了你的策論，寫的讓朕讀起來酣暢淋漓。」

孔奕林更加謙卑地彎著腰，「學生惶恐，多謝聖上賞識。」

聖上道：「抬起頭讓朕瞧瞧你。」

孔奕林謹遵禮部教導的面聖禮儀，頭部抬起，眼睛垂下，他只能看到聖上胸前龍袍的紋路，顧元白卻能清清楚楚、近距離看清他的這一雙血統偏於西夏的雙眼。

垂眼時睫毛密集而長，只看這雙眼，倒有種玩偶娃娃的感覺。

顧元白原想看清他瞳內顏色，但孔奕林應當是憂慮過重，他實在是太守禮了，眼睛半分不往上抬，可見因為這雙眼睛受過多少的磨難。

聖上一直不說話，孔奕林的心都沉了下去，他倏地撩起衣袍跪地：「學生同聖上請罪。」

顧元白長舒一口氣，俯身扶起了他，「你何罪之有？」

孔奕林怔愣地順著力道起身，神色茫然。

顧元白輕鬆笑道：「奕林有大才，朕珍惜都來不及，哪裡會怪罪？」

一旁的褚衛和常玉言就這麼看著這君臣相合的一幕，兩個人一個面色不變，一個笑得如沐春風，不約而同想起來殿試時聖上在孔奕林身邊站了良久的事情。

這個孔奕林，究竟是有多大才？勞聖上如此另眼相待？

顧元白同前三名挨個說了幾句話，就讓他們出去了。

等他們出去之後，顧元白立刻同禮部尚書道：「點褚衛為狀元，孔奕林為榜眼，常玉言可為探花。」

禮部尚書肅然應是。

大殿之中，常玉言笑得君子端方，他主動和孔奕林打著招呼，道：「奕林兄，聖上對你多有厚待，想必奕林兄的名次是低不了了。」

孔奕林謙卑道：「我實在無才，承不住如此聖上厚愛。」

常玉言心中冷呵，這個孔奕林嘴上說著自己無才，但眼中卻沉穩而不變，顯然對自己的才華很有信心。

自上次聖上在薛府中無視了常玉言之後，常玉言便心中惴惴不安，如今終於再次得見聖上，可聖上這會卻又看到了孔奕林。

聖上還是那般的風光霽月，從頭到尾無一處不顯天子尊貴，這樣尊貴的聖上，饒是常玉言如何努力，都惶惶生怕被聖上不喜。

而如今，這位孔奕林終究寫了什麼樣的策論，才能讓聖上如此看重與他呢？

褚衛偏頭看了他們二人一眼，筆直站著不語。

正當三人各有心思的時候，殿中樂章突然奏起，傳臚大殿正式開始。

眾位考生神情一肅，眾多太監手裡捧著衣服為這些新科進士更衣，待他們更完衣服之後，抬頭一看，聖上已經端坐在龍椅之上了。

傳臚大殿的舉辦地點並不是在宣政殿，而是在更為寬大的金鑾殿。金鑾殿中只有萬國朝拜或者重大節日、為將士送行等要事才會動用。此時百官排列左右，新科進士站在正中央，氣氛靜穆，不少人不由屏住了呼吸。

在這沉沉的氛圍之中，最引人注目的便是高坐其上的聖上了。

孔奕林趁著太監為他更換官服的空，不著痕跡地抬頭看了一眼聖上，目光不由一愣，皇帝竟然這般年輕。

聖上龍袍繁瑣沉重，面容卻盛光熠熠。天下當真有將權力、地位、相貌共聚一身的人嗎？

孔奕林對此向來不置可否，他過往坎坷，自認這般的人即便是有也非尋常人可見，如今一朝金榜題名，也總算讓他是長長見識了。

孔奕林屏息，更加恭敬。

等鴻臚寺官員唱名時，學子們便開始恭候唱名。

「一甲第一名褚衛。」

褚衛撩起衣袍起身上前幾步，隨著指引走到左側跪地。沉著冷靜的面上也不由唇角微勾，露出一個細微的笑來。

先前在偏殿之中聖上那般重待孔奕林，他還以為小皇帝會將狀元給了孔奕林了。

孔奕林面不改色，但心中還是突兀地升起一股失望之感。孔奕林自己都覺得好笑，他因為這雙眼睛備受其苦，能過了殿試就已是成功。但如今他卻貪心不足，還有奢望狀元之位的野心，真是世事變化無常，惹人可笑。

鴻臚寺官員接著唱名：「一甲第二名孔奕林。」

孔奕林深呼吸一口氣，走到褚衛身旁的右側安安穩穩地跪下。

「一甲第三名常玉言……」

這一場傳臚大殿足足進行了大半個時辰，等唱名結束，新科進士隨著百官朝著顧元白行三跪九叩的大禮。獨坐於高位看著眾人行禮的顧元白，呼出了一口濁氣。

當皇帝是會上癮的。

特別是看到所有的臣子對自己朝拜，那些平日裡風光威嚴的大臣們恭敬下跪時，這種感覺真的會讓人上癮。

顧元白提醒自己保持清醒，他要當的可不是獨裁者。

傳臚大殿結束之後，新科進士就要進行誇官，臣子們也散了。偌大的宮殿只剩下了宮侍和顧元白，顧元白面上終於流露出了幾分疲憊之色，田福生奉上茶，「聖上，現在時日還早，不若泡泡泉水去去乏？」

顧元白意動了，他喝了口茶，頷首道：「也好。」

溫泉池就在寢宮旁的宮殿裡，顧元白來到這時，溫泉池上已經覆上了一層朦朧的霧氣。泉中的水引的全是溫泉池水，有股天然的硫磺味道。四處染著薰香和燭光，窗外的亮堂日光照亮整個溫泉殿，奢華一如皇家風格。

田福生正為聖上褪去繁瑣龍袍，殿外忽而有人通報道：「聖上，薛將軍之子薛遠求見。」

顧元白面上露出冷笑，「終於捨得進宮了？」

自那日他同意薛遠進宮陪侍之後，直到如今薛遠也沒有進宮，足足拖了數十日的時間，眼看著再也拖不下去了，才乖乖來了？

真是不教訓就不乖，不打就不聽話。

顧元白呵了一聲，「田福生，你說怎麼才能馴服一條狗？」

「狗？」田福生疑惑，卻還是老老實實地說了，「別管是壞狗還是好狗，只要是不聽話的狗啊，小的都覺得打怕了就能聽話了。要是還不聽話，就餓它幾天，餓著餓著拿肉一饞，這不就聽話了？」

顧元白挑挑眉，笑道：「田福生，說的是個好辦法。」

外袍一層層給解開，顧元白語氣懶散地命令道：「讓他進來吧。」

外頭有腳步聲逐漸響起，薛遠高高大大的身材套著剛領到的御前侍衛服，撥過霧氣，又在偌大的宮殿中左右跨過好幾張門，終於見到了顧元白的影子。

侍走進了，薛遠才知道皇上的身上就只穿著一層明黃色的綢緞裡衣了。

本來就瘦弱的人看著更加纖細單薄，青絲披散在身後，烏黑的頭髮吸人眼球得很，薛遠本身就是易熱的體質，周圍熱氣蒸騰，還沒走上幾步，他很快就泌出了一頭的細汗。

霧氣蒸騰，薛遠停在聖上不遠處，對小皇帝問好，「聖上萬安。」

他話音剛落，小皇帝便側過了身子，朝他輕輕頷首，「起吧。」

小皇帝髮冠已經被去掉，黑髮映著面容，倒顯得以往在薛遠面前分外冷厲的面容都柔和了幾分。

薛遠還沒見過小皇帝這麼柔和的時候，一時之間倍感新奇，多看了小皇帝好幾眼。

田福生正要拿著聖上的衣物放在一旁，腳下卻突然一滑，「哎呦」一聲就重重倒了下去。

顧元白：「田福生！」

薛遠三兩步上前扶起田福生，田福生扶著腰忍下疼痛，苦笑著說：「還好薛大人來了，薛大人在這，小的也就不逞強了。」

薛遠眼皮一跳，突然升起了不好的預感。

「小的這腰應當是折了，幹不了彎腰的活計了，」田福生臉都皺在了一塊兒，「聖上不喜沐浴的時候人多，其他宮侍都在外頭。還請薛大人代替老奴，伺候聖上一番了。」

顧元白見他似乎摔得不重，面色稍緩，道：「朕能自己來。」

薛遠看他一眼，先把田福生扶了出去。再回來時，顧元白坐在一旁的寬大椅子上，整個人好像都要陷了進去。

顧元白雖要讓薛遠知道害怕，但還不想以此折辱他。他正要去掉鞋襪，面前就突地蹲下了一個陰影。

薛遠似笑非笑地單膝跪地，撥去小皇帝碰著龍靴的手，慢條斯理道：「聖上怎麼能幹這種事？臣來。」

薛遠給聖上脫去了明黃龍靴，大掌握住了小皇帝的腳踝，慢慢給他褪去了錦襪。薛遠曾說小皇帝有張秋色無比的面容，比娘們還要漂亮，薛遠沒接觸過這麼脆弱又漂亮的東西，以為顧元白的這張臉已經像個玉人了，接過鞋襪一脫，掌在手裡的腳也跟玉雕的一樣。

冰冰涼涼，瓷白淨美，透著香。

薛遠一模就覺得這腳比他慣常帶的那玉佩摸起來還要舒服，他習慣性地揉捏了一下，大掌握著，還挺有心情的琢磨著小皇帝腳的大小。

他體熱，手心也粗糙滾燙。如此一動作簡直是逾越，顧元白眉頭一皺，半點猶豫沒有，用力踹了薛遠肩頭一腳，冷聲道：「放肆！」

薛遠猝不及防下被踹的往後一倒，頭砸在地上發出沉悶的一聲響。他看著頭頂，眼神一瞬間變得晦暗無比。

摸一下腳而已，這就叫放肆了？

薛遠緩緩起身，重新單膝跪在了小皇帝的面前，他朝著聖上咧開嘴，伸手直接握住了小皇帝光著的那隻腳。手裡用了力，讓小皇帝再也不能掙開來踹他一腳。

「聖上，您腳冷，臣擔憂您受不住，」他慢條斯理，「臣給您焐焐腳，焐熱乎了，臣自然就給您放開了。」

第十九章

被一個男人握住腳，還被握得結結實實，顧元白沉了臉色，卻抵不過薛遠的勁道。

薛遠這完全就是故意來噁心他的。

顧元白抬起另一腳猛力踹上了薛遠，但薛遠已經有所防備，他老老實實地挨下了這一腳，皇帝龍靴底下都是乾乾淨淨不染灰塵，他連衣服上都沒留下什麼印子，還有閒心撩起眼皮，朝著顧元白輕鬆一笑。

「給朕……」霧水順著呼吸進入喉嚨，嗆得顧元白一個勁的咳嗽。聖上咳嗽得厲害，但薛遠卻好整以暇地將另外一隻龍靴褪下，扔下了錦襪。

田福生早就不在這裡，這裡也沒有別人。薛遠看著沒辦法掙脫他手心的皇帝，怪異的滿足心態升起。這裡沒有別人，而小皇帝一個人明顯抵不過身強體壯的薛遠。薛遠咧開笑，幾乎有種自己在做主欺負他的感覺。

咳嗽聲漸漸停了，胸口起伏，顧元白的眼神愈來愈冷靜，等他平復了呼吸之後，說的第一句話就是：「很好，薛遠。」

是那日罰了薛遠時說的一句話。

薛遠笑容不停，他故意劃過皇帝的腳心，緩聲道：「臣怕聖上受了寒，乃是一片忠心。」

「忠心。」顧元白點了點頭，唇角冷笑，下一刻就高聲道，「來人。」

殿中忽的闖進了數十名侍衛，帶頭的正是侍衛長。他快步走到顧元白跟前，沉聲道：「臣在。」

顧元白要從薛遠手裡抽出腳，但這個時候了薛遠都還敢不鬆手，顧元白都要氣笑了，「給朕放開你的手。」

薛遠這才笑迷迷地鬆開了手。

聖上赤腳走到了池邊，轉身冷眼看著面上帶笑的薛遠，「將他扔下水。」

侍衛們未曾有分毫的停頓，下一瞬就動了起來，他們將薛遠扔到了水裡，其中又有四個人跳下了池子裡，按住薛遠防止著他逃竄。

薛遠分毫不掙扎，還直直地看著顧元白，就跟在期待顧元白能做什麼一樣。

顧元白能做的事情多了。

未來攝政王被壓著頭沉在水中，直到呼吸不過來氣才被猛地扯了起來。來回數次，殿中只聽得水流激烈晃動的聲音，薛遠頭上的髮束散開，呼吸粗重，直到顧元白覺得夠了，才讓人停了下來。

顧元白走到池邊坐下，緩緩道：「薛遠，舒服嗎？」

「舒服，」薛遠呼呼喘著粗氣，他雙眼泛著紅血絲，嘴角一扯，「聖上泡過的浴湯，臣自然覺得舒服。」

顧元白臉色一沉，薛遠就是來故意噁心他的。

薛遠當然是故意噁心他的，摸了他一下腳就這麼生氣，都是男人摸一下怎麼了？他薛遠也不喜歡男人行嗎？

小皇帝不喜歡被人摸，偏偏他薛遠也忍不了氣。

侍衛們臉色怒火重重，壓著薛遠的力道加重，薛遠一聲不吭，只是偶爾看著周圍四個侍衛的眼神陰沉的嚇人。

顧元白臉色不好看地道：「放開他。」

四個侍衛不情願地放開了薛遠，薛遠在水中站直，浴池中的水也只到他的胯部，他揉著手腕，露出一個獠牙陰惻的笑容來。

「聖上，」他好聲好氣地道，「臣伺候著您泡泉？」

「滾吧，」顧元白道，「去外頭跪著，給朕的一池泉水賠罪。」

他被埋在池子裡，好幾次都喘不上來氣了，結果還要跟這個池子賠罪。

薛遠抬步走出池子，跟著侍衛們一起往外走去。這座殿是皇上泡泉用的，自然不止一個泉池，快要出了這道門時，薛遠趁著拐角的間隙餘光一瞥，就看到小皇帝起身往另一處走的畫面。

地上的水漬跟了小皇帝一路，小皇帝還是赤腳，玉一般的腳比地上的白玉料還要乾淨。薛遠也拖著一身的水，他想，小皇帝身體這麼病弱，又是薄衣又是赤腳，會不會生了病？

薛遠沒忍住笑了。人哪能這麼弱呢？

等顧元白從殿中出來之後，他已經換上了乾淨整潔的一身裡衣。

其他衣服被各位宮侍拿在手裡，等他出了殿就一一為他穿上，宮女為他拭去髮上水珠，道：「聖上，新科進士已經誇完官了，街上熱鬧得很呢。」

「今日是新科進士們的好日子，」顧元白微微一笑，「金榜題名，開心是應該的。」

朝廷每次會試後都會花很多的錢，就是為了給新科進士一個夢一般的金榜題名日，朝廷愈是弄得場面大名聲響，天下讀書人就會愈嚮往科舉。

顧元白對這種場面樂見其成，「過兩年武舉來臨時，到時候會更熱鬧。」

大恒朝的武舉是五年一次，選拔的武舉生同新科進士有著相同的待遇。武舉出來的學子並不單單只考個人軍技能力和體力，還需要熟讀兵書，熟識不同的地理形勢，還需要考沙盤推攻、安營紮寨、棧道糧食、奇襲防攻等各種問題。

朝廷現在想要有什麼大動作，還是會被國庫限制，但最好的糧草銀錢都緊著大恒的士兵，步兵粗糧加乾餅，頓頓都能飽腹，重步兵和騎兵偶爾還能吃到葷腥。但這樣還不夠，要想讓大恒的士兵各個孔武有力、高大健壯，必有的肉食和水果也要補充得上。

這個冬天，顧元白原本是打算趁著邊關遊牧民族缺糧少油的時候開放邊關互市，去打通少數民族中養牛馬的流通管道，用低價的銀錢買下好畜生，然後一部分高價販賣到大恒富庶之地，一部分留作軍餉養兵養馬，給他們加一加油葷。

但他的一個風寒卻生生將這個冬日給拖了下去，只能等待下一個機會。

顧元白看重兵，願意花錢養兵，大恒的士兵當然也知道。這個冬日還未到，秋中就有聖上發下來的冬衣。餉銀從來不曾拖欠，按月分餉，士兵主動去領，必定將餉銀分到每一個人手裡。軍中設有監管處，以防有人囊中吞私或者欺壓兵人，分發餉銀的時候，高層將領無論風雨都要親自坐鎮。

安插在軍中的監察處的人也很上道，他們早就將顧元白的洗腦教育深深刻在了腦子裡，並毫不鬆懈地同周圍的軍友安利著聖上的一片厚待士兵之心。

光發餉銀這回事，雖然顧元白不能現身在一旁，但是士兵們心裡記著的嘴裡念叨的都是「聖上仁德」，他們覺得自己是為聖上打仗，而不是為了將軍打仗。不管那些將軍都尉怎麼想，反正監察處的人都為此感到驕傲和鬥志滿滿。

就因為聖上優待他們，他們才更有幹勁。宮中的禁軍也是勤勤懇懇、半分不敢鬆懈。上次處置了幾個被李煥忽悠住的禁軍時，宮裡的兵比顧元白還要生氣。

薛遠不是第一次進宮，但還是第一次和宮中的侍衛們近距離接觸。他們一走到殿外，那些侍衛們就用沉沉的目光瞪著他，似乎恨不得就地就殺了薛遠。

比護主的狗還誇張。

張緒侍衛長冷聲道：「薛公子既然進了宮，成了聖上的守衛，那就要以聖上為主。聖上的想法就是我等的目標，聖上的命令就是我等存在的意義。」

薛遠一身濕漉，濕透的侍衛服緊貼他強健有力的身軀，他肌肉中積蓄的力量不輸這些侍衛，整個人好像蓄勢待發的野狼，尋找著暴起的機會。

「張大人說的是，」薛遠掛上溫和的笑，慢騰騰道，「臣也是在關心聖上的身子。」

張緒侍衛並不在知道在他們進殿之前發生了什麼事，但明顯不信薛遠此刻的言論，他冷哼一聲，沉聲道：「最好是這樣。」

張緒身旁的侍衛們看著薛遠的目光不善，但誰都沒有率先出言。薛遠找了一處地方跪下，將散亂的髮束重新固正，等身上的衣物都快被太陽給曬乾了之後，殿中終於傳來了響動。

薛遠回頭一看，就看到小皇帝面色微微紅潤，比起先前的蒼白，現在倒是顯得健康多了。薛遠頭一低，小皇帝腳上明黃色的龍靴已然不再，取而代之的是一雙月牙白色繡有龍紋的長靴，想必先前他碰過的那雙，以後定是見不到了。

皇帝用的東西各個都是頂好的物件，若是髮上有水，水珠不沾衣，即刻就能從衣物上跟珠子一樣的滑落。

顧元白一邊走，一邊同身邊的小太監說話，田福生被他趕去休息，現在在身邊隨侍的是田福生的小徒弟，「等朕中午睡覺時，你去將吏部尚書同參知政事召來，命他們一個時辰之後於宣政殿見朕。」

「是，」小太監細細記下，欲言又止道，「聖上，您還未用膳……」

「朕不餓，」顧元白眉頭一皺，想了想自己的胃，還是歎了一口氣妥協，「傳膳吧，讓御膳房少做幾樣，做些清淡養胃的，不用多費心思。」

「是。」

說是不用多費心思，但近日來聖上用的膳食愈來愈少，御膳房的眾多大廚已經心生忐忑，焦慮得恨不得拿出來生平武藝，根本不敢不用心。

聖上要吃清淡的東西，等最後上桌時，顧元白就看到了一道膚如凝脂的白玉豆腐。白玉豆腐溫溫熱熱，沒有半絲劃痕，真的如同玉做的一般，上面灑滿米粉和湯料，勺子一挖，入口即化。

除了白玉豆腐，御膳房還上了小巧玲瓏的餃子，一口咬下鮮汁在嘴裡迸發，皮薄的幾乎像是透明的了，醋碟放在一旁，這個餃子的大小即便是孩童也能一口一個，顧元白吃著吃著，還吃了不少。

周圍服侍他的宮侍面上都帶著欣喜的笑，薛遠畢竟是薛將軍之子，他同張緒一樣都隨侍在顧元白的兩旁，此刻他們就站在殿中，看著聖上在用著膳食。

張緒侍衛默默看了一會兒，臉上也不由有了點克制的笑意。

待用完膳後，顧元白被伺候著淨手漱了口，進入內殿小憩。

殿中門窗關禁，昏昏沉沉，身體因為泡泉而極其懶散，沒有多久，顧元白就徹底沉入了睡眠。

顧元白是被難受醒的。

他半坐起身，嗓子乾啞難耐，頭腦中的眩暈感不止沒有減少，反而更加沉重了，好像注滿了水一般，沉得抬不起頭。

「來人……」喉間發疼，胸口發悶，顧元白抓緊了床架，大口大口的呼吸。

他應當還沒有睡夠一個時辰，此刻內殿之中沒有一個人。顧元白閉了閉眼，緩了力氣之後，就拿起床旁的玉佩重重地摔在了地上。

片刻之後內殿就闖入了一批人，殿內驟然闖入了光亮，顧元白偏頭皺了皺眉。

「聖上！」

侍衛長甫一看到顧元白的臉色就是一驚，他轉頭就往外跑去叫御醫。顧元白低咳幾聲，宮侍都有些手忙腳亂，倒水的倒水，拿毛巾的拿毛巾，火盆一一端來，也為聖上更好了衣。

薛遠站在一邊，看著顧元白這個樣子，沒想到他當真生病了。

這也實在是……太過嬌貴了。

顧元白被扶著起身，雙腳探出床外，小太監正要為他穿上鞋襪，就被人趕到了一邊。

薛遠單膝跪地，相當熟練自然地握住了顧元白的腳，一握上去就是眉頭一緊，真的像個忠臣一般，憂心忡忡道：「怎麼這麼冰？」

他手心滾燙，熱氣傳來時舒服極了，至少比穿上鞋襪舒服。

顧元白披上狐裘，坐在床上還要裹著被，從被子裡露出一張燒得面無表情的臉來，他看著薛遠，目光好像就在看一個皮毛尚且有用的畜生。啞聲命令道：「那你就給朕焐熱了。」

薛遠撩起眼皮看了他一眼，他將小皇帝的一雙玉腳塞到懷裡，小腹跟前，然後雙手寬袖層層蓋上，道：「臣遵旨。」

第二十章

御醫來診斷之後，果然是得了風寒。

田福生聽完這個消息，拖著老腰都要來御前伺候。顧元白拒了他，讓他安心休息著別來添亂。得過數次風寒之後，顧元白對傷病已經很有經驗，此次的病情看似來勢洶洶，但其實比不過上次能要了他命的那道風寒，按他的經驗，養個幾天就行了。

顧元白挺淡定的，殿中燒著火爐，手裡揣著手爐，厚厚的大氅蓋在身上，照樣坐在桌前交代著奏摺改革的事。

「要確保新科進士們將這些東西吃透，」聖上咳了幾聲，聲音都有些發啞，「讓他們從下而上，教導地方學會表格、圖表和範本的方式上書奏摺，等他們開始用這種方式一層層地往上傳遞奏摺時，這事就能辦成了。」

吏部尚書和政事堂參知政事聽得心一顫一顫，「聖上，您龍體才是最為重要的事，這些事臣等會給辦得好好的，您別憂心。」

吏部尚書勸道：「臣保證讓新科進士們在走馬上任前將這三樣事物學得透透的，咱們大恒朝的人才沒有笨人，聖上就放心好了。」

顧元白面色有些異常的紅，他抬頭碰了碰額頭，呼出一口熱氣道：「也好。」

站在一旁的侍衛長同兩位大臣一同鬆了一口氣。

等兩位大臣退了之後，顧元白就回了自己的龍床，轉頭一看跟在身後的侍衛們，感歎道：「我覺得冷，你們卻覺得熱。」

侍衛長拘謹得很，不知道該說些什麼。

相比於他，薛遠倒是站得筆直，臉上的汗水浸濕面孔，坦然自若地道：「聖上還覺得冷嗎？」

顧元白道：「總歸是比你們涼快的。」

薛遠笑了起來，「臣正好覺得熱，若是能把這熱傳給聖上那就好了。」

一件事一件畢，薛遠噁心了顧元白，顧元白罰完他就代表著這件事翻了過去，不再計較。兩個人都是這樣的性子，彼此心知肚明，就像是泉池中那一幕沒有發生過一樣。

聽到他這話，顧元白挑挑眉，想起之前他讓薛遠給他暖腳的畫面。

薛遠裝得實在是太聽話了，他那般的命令竟然都能接受。想想原劇情中的未來攝政王，薛遠就是個狗脾氣。顧元白讓他做了奴僕做的事，這瘋狗面上雖能笑呵呵，但指不定在心裡記了多少仇呢。

但沒關係，他只要敢動，顧元白就敢打他。把他打怕了，瘋狗也知道疼了。

「那倒不用，」顧元白，「退下吧，朕要歇息了。」

小太監將助眠的薰香點起，嫋嫋沉煙在香爐中溢出，遮住了殿中的苦藥味道。內殿中只留了幾個貼心的宮女太監，伺候著顧元白上床之後，小太監手捧著一枚晶瑩剔透的羊脂白玉放在了枕旁。

羊脂白玉潤且細綿，養神安眠，聖上喜歡把玩著好玉入眠，因此床上常備各樣頂好的玉件。

顧元白看了一眼，才記起來之前那一塊上好的玉剛剛就被他給摔了。

「聖上可是不喜這玉？」小太監時時刻刻端詳著聖上的神色，「還有上好的和田黃玉，通透沉澱，無一絲雜質，小的若不把和田黃玉拿來？」

「就這個吧，」顧元白將玉拿在手中把玩，「床帳放下，朕安歇了。」

§

得知聖上患了風寒的消息時，和親王正同著和親王妃用著膳。

聽到通報後，和親王正在夾菜的手一抖，片刻的寂靜之後，他問道：「宮中那些伺候聖上的人呢？」

底下的人唯唯諾諾不敢胡言，和親王好似驟然被惹怒一般，他猛地站了起來，太陽穴鼓起，頭頂青筋暴起，眼睛死死瞪著通報的人，「宮中的人都死了嗎?!」

「他們都死了嗎？」怒吼，「照顧聖上竟然讓他染上風寒了嗎？」

桌子被他帶得一陣搖晃，桌上的酒杯滑落砸碎在地上，發出叮噹作響的嚇人脆裂聲。

和親王眼底陰鬱，怒火幾乎壓抑不住，神情可怖。

一旁的和親王妃驚呼一聲，連忙起身避開一地的油污碎片，她捂著嘴，眼中含淚又驚懼地看著和親王。

和親王手已握成了拳，力氣繃起，拳頭咯咯作響，被他瞪著的人撲通跪在了地上，「王、王爺……」

和親王深呼吸幾次，沉著臉道：「備車。」

和親王來到宮中時，皇上的寢宮之外已經等了幾位憂心忡忡的大臣。聖上年初發的那場風寒不光內廷中的人害怕，朝廷上也是動盪不安。如今聖上就是他們的主心骨，大臣們只要一想，就已是滿臉的愁思了。

如今見到和親王來了，眾位大臣都聚到了和親王身邊，七嘴八舌地問道：「和親王可知曉聖上怎麼又病了？」

「王爺可知道什麼消息？聖上這病來得重不重、凶不凶？聖上如今如何，御醫怎麼說？」

和親王沉著臉不說話，其他的大臣見他如此，互相對視了一眼，不再詢問。

過了一會，殿中走出一個太監，笑迷迷道：「聖上如今正在休息，諸位大臣可有急事？若是有，小的這就去叫醒聖上。若是沒有，還請諸位大人回吧。」

無召不得入宮，大恒朝也是如此。但還有一些朝廷重要官員的手裡有著能進入宮中的腰牌，這是為了讓這些大臣若有大事可主動進宮通稟聖上，以免錯過急事造成損失。這幾位大臣自然是自己拿著腰牌進宮的，全是在憂心聖上的身體，若說急事，那還真是沒有。

群臣追問：「聖上如今身體如何？御醫怎麼說？」

侍衛們帶刀守在殿前，虎視眈眈地看著這群大臣。太監和氣地道：「諸位大人無需擔憂，御醫已為聖上把了脈，聖上龍體並無大礙。」

聽到此，大臣們鬆了一口氣，終於肯隨著宮侍散去。

等大臣們都走了，和親王邁著大步就要往寢宮中走去。太監攔著和親王，勉強笑道：「王爺何苦為難小的？聖上正在休息，王爺若是想拜見聖上，不若等聖上醒來再說。」

和親王推開太監，「本王要親眼看看他此時如何。」

然而剛剛往前走了兩步，侍衛長就帶著屬下攔住了和親王。侍衛長不卑不亢道：「王爺，無聖上傳召，您不能跨過這個門。」

和親王扯唇一笑，冷面：「本王若是非要進去呢？」

和親王被顧元白擺了一道被迫困在京城，三年來小事務不斷，大事卻從不能經他手。可以說整個天下，沒人能比和親王更清楚顧元白是多麼多疑了。

他在府中閉門不出時，顧元白派御醫上門為他診脈治病，他當時就十分清楚，若是他拒了御醫進門，以顧元白的多疑，他必定親自上門看一看和親王他是否乖覺。

但即便是知道會讓顧元白懷疑他，他還是拒了御醫的把脈，到底是心中有鬼還是在期待那人上門……和親王不想去想。

御醫離府前日他在深夜澆了一夜的冷水，就是為了應付顧元白的疑心。果不其然，顧元白就是那般多疑，御醫離開不久，他就上了門。

如此瞭解顧元白的和親王又怎麼會不知道他要是敢硬闖進寢宮，有多麼招顧元白忌諱？

但他心裡有把火在燒，有隻猙獰的鬼在叫，他必須看一眼那個該死的皇帝，不看一眼和親王知道自己今天就別想安生了。

侍衛們不敢傷親王，侍衛長板著臉皺著眉，沉聲道：「和親王，這是皇令。」

和親王冷冷地道：「今個兒就算被罰，本王也要闖一闖了。」

兩方對峙，誰也不肯退上一步，氣氛劍拔弩張。和親王的目光不善地在這些侍衛中掃視，突然眼睛一定，皺眉道：「薛將軍家的公子？」

薛遠藏在陰影裡，面上的輪廓隱隱約約，他慢條斯理地道：「臣拜見和親王。」

一看到薛家的人，和親王就想起那個雨日，口中也好像泛起了鹿血腥氣，他的表情變換不斷，在怒火和厭惡、呆愣之間轉變，最後逐漸變得深沉。

「王爺要知道，這裡是皇宮，」薛遠咧出一個笑，客氣勸道，「聖上剛剛疲憊入了眠，王爺要是動作再大一點，怕是聖上都要醒過來了。」

和親王沉默了一會，緩聲道：「聖上龍體抱恙，為人兄長的，總是會為聖上的身體而憂慮。你們不攔著，我的動作也不會大。本王一片忠心，只看上聖上一眼就好。」

薛遠臉上的笑倏地收了。

都他娘說人在裡面睡覺了，你還看個屁？

殿內傳來了腳步聲，候在聖上身旁的小太監走了出來，疑惑道：「聖上醒了，問外頭是什麼聲音？」

侍衛長臉色一變，頓時慚愧地低下了頭。

和親王也不由一愣，小太監見著了他，也知曉是怎麼回事了，無奈道：「和親王請隨小的來吧。」

殿中昏沉，只有門窗有光亮透進，走到內殿門前，小太監輕聲通報：「聖上，是和親王來了。」

「和親王？」內殿中傳過來的聲音沙啞，「和親王來朕這做什麼？」

和親王抿抿唇，「臣聽聞聖上病了，特地前來探望聖上。」

「原來是來探望朕的？」聖上的語氣不鹹不淡，「不知道的，還以為和親王這是要逼宮呢。」

和親王心裡一驚，他撲通一聲跪在了地上，背上流了一身冷汗，「聖上說笑了。」

顧元白無聲冷笑了兩下，他從龍床上坐起來，被扶著出了內殿。龍靴從眼底下劃過，和親王額角的冷汗浸入了鬢角之間。

顧元白平日裡不怎麼同和親王計較，畢竟都是宗親，某方面算是一榮俱榮一毀俱毀的關係。和親王被他拘在京城也不是因為顧元白對和親王這個人有惡意，先帝子嗣稀少，膝下正好是一嫡一長，顧元白對和親王不能說很是信任，但他至少相信和親王不是一個蠢人。

但如今被他認為不是一個蠢人的和親王，竟然在他睡著時想要闖進他的寢宮？

那以後是不是要帶兵闖進他的宣政殿？

太監奉上了剛剛熬好的藥，苦澀的味道在空中蔓延，顧元白將藥喝了，喝完之後才道：「起吧。」

和親王手腳一動，起來時腿腳已經有些僵硬。

顧元白讓人給他賜座賞茶，和親王照樣是一陣牛飲，以往品不出半點甘甜的茶味如今喝起來更是覺得苦澀萬分。

顧元白瞧見他這副牛飲的樣，笑道：「這茶味道怎麼樣？」

和親王低著眼不看他，眼觀鼻鼻觀心，「挺香的。」

「和親王要是喜歡，回頭拿兩個茶餅回去，」顧元白笑了笑，「這泡茶的水還是二月的那場春雪化的水。採的是初春梅花上的落雪，細品之下還有冷冽梅香氣，和親王不妨仔細嚐嚐？」

和親王不由又端起杯子細細嘗了一口，也真是怪事，先前覺得苦澀的茶，這會兒看著聖上的笑，還真的品出了幾分梅花香甜。

顧元白向來是給一個巴掌再給一個甜棗，巴掌和甜棗都來自於皇上時，絕大多數人都會忘記了巴掌而只感動十足的記住了甜棗。他同和親王說了一會的話，和親王就識趣的帶著兩個茶餅告退了，看和親王的神色，似乎還挺滿足。

送走了和親王，聖上坐著不動，半晌，才揉揉眉心，啞聲叫道：「張緒。」

侍衛長走了過去，「臣在。」

「朕腿腳沒力氣了，」顧元白，「把朕背到內殿去。」

莫約是睡了一個小覺後又吃了藥，身體相當疲軟，顧元白想要站起身，都發覺自己的雙腿使不上勁。

侍衛長立刻蹲在地上朝著聖上露出寬闊的背部，「臣遵旨。」

侍衛長的身材高大，看著就穩穩當當。

顧元白看著侍衛長的寬背，心中複雜。但凡，但凡他身子骨強健一些，他就可以每日健身跑步練出一身漂亮流暢的肌肉線條。

在現代的時候，顧元白的身材也是瘦高型，穿衣顯瘦脫衣有肉。前世有一個健康且大心臟的身體，顧元白喜歡玩些刺激的極限運動，而到了這個世界後，危險的事不能幹，甚至赤腳踩在白玉之上也會染上風寒。

但小皇帝的身分，帶來的是另外一種精神上的刺激。顧元白也曾想過，原身的小皇帝去了哪裡，是沒承受住病而死，還是和他互換，小皇帝到他身上去了？

顧元白希望是後一種。

如果是他的身體，那麼小皇帝一定能玩個爽。

顧元白伸出手，剛搭上侍衛長的肩膀，薛遠突然冷不防地說了一句：「聖上，要不讓臣來？」

顧元白一愣，薛遠已經走了過來，脊背繃起，單膝跪在了侍衛長的旁邊。

他的背部同樣寬闊而有力，很容易讓人生出一種健康強悍的感覺，顧元白沒猶豫多久，就收回手轉而搭在了薛遠的身上。

第一，薛遠曾經抱過他，丟人丟在一個人身上就夠了。

第二，瘋狗都要主動背人了，顧元白自然不會放過讓他出苦力的機會。最好薛遠習慣了為他出力，為他獻上忠誠，虛假的忠誠也比無動於衷要好。

第三，未來的攝政王背著他，顧元白一顆統治者的心臟不可避免地升起了幾分被滿足的征服欲。

顧元白甫一上了薛遠的背，薛遠整個人都不習慣地繃了起來，他盡力放鬆，笑迷迷道，「聖上，臣要起身了。」

薛遠知道小皇帝有多金貴，上次抱著他，比捧著嫩花還要費勁。力氣不能太大也不能太小，步子不能太快也不能太慢，薛遠覺得這活比上戰場殺敵還折磨人。

這會小皇帝趴他背上，比抱在懷中好一點，薛遠輕輕鬆鬆地站起了身，雙手抱著顧元白的腿，把小皇帝往上顛了一顛。

「別動！」小皇帝立馬傳來一聲呵斥，「老實，安分，給朕走得穩當點。」

薛遠正兒八經地點了點頭，脖子上都是小皇帝鼻息間的熱氣，他步子很穩地往前走了幾步，側頭一看，就看到侍衛長站在原地沉著臉看著他。

薛遠唇角一揚，狀似友好地朝著侍衛長點了點頭，再轉過了頭來。

聖上身上的香味兒一個勁地往薛遠鼻子裡鑽去，掌心裡的皮肉也軟得從指內深陷。就是聖上應當還顧忌著天下之尊的威嚴，雙手鬆鬆搭著，半分也不願碰到薛遠的皮肉。

小皇帝不喜歡別人碰他，好像也不喜歡去碰別人？

薛遠心中惡劣，帶著皇上快要走到內殿門前，突然腳底一滑，差點連人帶著背上的顧元白一塊兒摔倒在地！

顧元白條件反射地摟緊了薛遠的脖子，臉色微微發黑。等薛遠重新站直之後，非常沒有誠意地笑道：「聖上，臣剛剛腳滑了一下。」

顧元白冷笑幾下，「既然這處滑，那薛侍衛就將這處給朕擦乾淨了。」

薛遠抓緊了手上的人，「聖上說笑了。」

顧元白輕「呵」一聲，正要放開手，餘光中卻看到有一個太監踉蹌地朝這邊跑來，見到顧元白時，還急得在地上滾了一圈。

顧元白右眼的眼皮突然跳了起來。

他直起身，看著那個小太監，面色沉了下來。

小太監滿臉髒污和熱淚地跑到了顧元白的面前，他哽咽地道：「聖上，宛太妃薨了！」

顧元白一怔，隨即就覺得一陣急火攻心，他突然捂住了胸口劇烈地咳了起來，整個身體都在顫抖，咳嗽愈來愈厲害，隨後一口熱血從口中流出。

黏濕的血液噴到了薛遠的脖子上，薛遠眼睛瞳孔緊縮，他雙手用力，側頭往後一看，聖上的唇上沾著鮮血，比胭脂還紅的顏色，而更多的鮮血，已經黏在了他的身上。

第二十一章

薛遠的雙手驟然用力。

但小皇帝卻沒有他想像之中暈過去的樣子。

這口血吐出來後，顧元白反而迅速平靜了下來，在他的眼神注視下，那個前來通報的太監已經開始瑟瑟發抖。顧元白冷下了臉，道：「張緒，將他抓起來嚴加看管。再派人快馬加鞭趕往莊子，查看他所言是否如實。」

太監渾身一軟，被人高馬大的侍衛拖著離開了大殿。

顧元白用袖口抹去自己唇邊的鮮血，拍了拍薛遠的手臂，「把朕放下來。」

薛遠僵著張臉將顧元白放了下來，顧元白大馬金刀地坐在主位上，眼睛陰沉沉地看著大門的方向。

早已有人跑著去叫了御醫，但顧元白的心情還很是不好。

他不該那麼激動的。

宛太妃身旁有監察處的人，若是宛太妃真的不好了，也不該就這麼一個太監前來通報，而顧元白一點兒消息也沒得到。

宮侍遞上巾帕，顧元白抬手擦去手上和唇角的鮮血，突然想起了什麼，抬頭往薛遠一看。

薛遠脖子上、衣角和髮絲上沾著顧元白咳出來的點點鮮血，他臉色黑沉著，盯著顧元白看。

顧元白：「……再給他一個巾帕。」

身為原書裡男主攻，薛遠的長相自然不差，峰眉入骨，薄唇高鼻，什麼樣的神情動作都有幾分讓人警惕的危險感。

這樣的相貌太過鋒利，戰場上的廝殺只會讓薛遠煞氣更重，這會臉上脖子上沾著血的模樣，讓給他遞巾帕的宮女都有些手抖。

薛遠接過巾帕就往脖子上擦去，他邊擦邊看著顧元白，突然雙手一頓，問道：「聖上沒什麼不舒服的地方？」

顧元白道：「還好。」

薛遠的表情就更是奇怪了，他被剛剛顧元白吐的那一口血有些給震住了，現在瞧著顧元白，怎麼看怎麼覺得他渾身都是病，動一下都能吐出口血來的模樣。

脖子上黏膩的血跡被糊在了巾帕上，薛遠愈擦表情愈是鐵青，他現在這個樣子，不必說，看著旁邊那些宮女都知道有多嚇人。

顧元白溫聲：「來人，帶薛侍衛前去清洗一番。」

薛遠頭一次聽他這麼溫聲和他說話，一時之間還倍感新奇。宮女走到他身前，「薛侍衛，走吧？」

薛遠回過神，把巾帕往肩上一搭，「走吧。」

等薛遠走了，顧元白才收斂了笑，他閉目敲著桌子，指尖敲出的脆響聲跟催命的鐮刀一樣可怖。

沒過多久，就見侍衛汗淋淋地跑了進來，跪在顧元白面前說：「聖上，宛太妃無事。只是思念聖上，派人想請聖上前往京郊一趟。」

說著，侍衛就將一封信遞給了顧元白，小太監將信紙檢查了一番，再小心遞給了聖上。

這正是監察處的密信，上面已闡明了整件事情的因果，故意傳導出錯誤資訊的人已經被監察處的人抓了起來，正在嚴刑逼供。

對於這個速度，顧元白還是很滿意的，他將密信燒了，紙張最後一點痕跡也泯滅之後，外頭的御醫也趕來了。

「查，」顧元白道，「往宗親裡頭查。」

侍衛長背後一寒，低頭應是：「臣遵旨。」

§

權臣盧風的殘部被顧元白嚇怕了，一路逃到了荊湖南和江南兩地。顧元白清洗了朝堂和內廷後，第二件事就是把盧風埋在軍部的棋子給連根拔了起來。

但除了這三處他可以使用雷霆手段之後，盧風埋在其他大臣和宗親權貴府中的人他卻沒辦法強制拔出了。

但有弊也有利，他抓不出這些掩藏起來的人，這些人也別想跟著大部隊逃亡京城。

這不，有人開始急了。

顧元白往大臣和宗親的府中安插監察處的人，第一就是想要挖出這些毒瘤，第二就是防止這些拎著朝廷的俸祿，結果腦子卻拎不清的人。

顧元白大腦很清醒，御醫為他診治完了之後，田福生就在一旁抹淚等著，顧元白讓他上前來，只說了一句：「該動起來了。」

大恒的重臣都不是蠢人，蠢人也做不到重臣。他們知道跟著誰、朝誰效忠才是最好的事。但總有些異想天開的宗親，覺得如今聖上身體不好、沒有子嗣，便想著如果當今聖上死了，他們，或者他們的孩子，是不是就會被扶持上了皇位？

家中有優秀子嗣的、亦或者是本身就有賢明的名聲在身的宗親，犯蠢事的可能性更大。

京城之中風平浪靜，可皇宮卻走出數十名腳步匆匆手捧聖旨的太監。

這些太監被派往前往各個宗親王府，宣讀聖上的旨意。

顧元白給他們一個坦白從寬的機會。

聖旨上的語言簡練，但太監卻宣讀得激烈而嚴厲，讓他們交出府中藏著的盧風殘部，交出慫恿他們對皇上不恭的毒瘤，只要交出，聖上可以從寬以待。

宗親王府人人戰戰兢兢，惶恐至極，但他們無論如何追問，太監只說還有半個時辰。

半個時辰之後，要是敢做的人不敢主動出來坦誠，那就要接受皇上的雷霆手段。

而在這半個時辰，太監就拱手站在宗親府門之前，冷臉看著皇親國戚或無辜或忐忑的臉。

不知是誰的心臟砰砰愈跳愈快，滿臉虛汗地躲在人群之內，冷汗從下巴一滴滴滑落在地。

害怕，恐懼，但還是不敢相信聖上能做出什麼。

時間一分一秒的過去，京城中好像就像是知道要發生什麼事情一樣，大臣們將門府禁閉，宗親王府門前的街頭沒有一個人影。

傍午的昏日逐漸西移。

做了某些事的宗親跪在地上的雙腿發軟，不知道是因為跪了半個時辰還是因為某種莫名的恐懼。在時間流逝之中，宗親王府中沒有一個人站出來主動認罰。終於，半個時辰過去了。

皇宮內傳來沉沉的腳步聲，數千身披盔甲的禁軍黑壓壓地從皇宮中跑出，隊形緊湊地直奔宗親王府。

他們腳步沉得可以使地面晃動，盾牌長刀閃著嗜血的光芒。領頭的將軍吼道：「奉聖上旨意，我等除清反派軍，閒雜人等讓道！」

街道上，戶戶房門緊閉，從窗口縫隙中瞧著這一隊長長的黑甲禁軍跑過了自家門前，那些鋒利的刀尖反射著落日餘暉的光，在地上、門前劃出道道駭人的亮光。

這些顧元白花了大錢養出來的禁軍，每日的訓練和演練讓他們有了一身強壯的身軀，而每日的好肉好米給了他們能撐起盔甲、拿起刀劍盾牌的力氣。

無數門府大敞的宗親看著這一隊禁軍過來時就兩股戰戰，直到這些禁軍從自己家門前跑了過去，這些宗親才覺得自己重新活了過來，可以呼吸了，他們軟倒在地，直到現在，他們才知道皇帝說的是真的。

真的有人犯了聖上容忍不了的過錯了。

黑甲禁軍從哪個門府前跑過，就見原本冷著臉立在那個門府前的太監突然笑如菊花，熱熱情情地把軟倒在地的府門主人扶起，歉意道：「您可別和小的計較，小的也是聽旨做事，如今禁軍沒在門府前圍堵，那就證明您清清白白！聖上稍後會降下賞賜，大人也萬萬別將這事放在心上。」

被扶起的宗親心中的慶倖和恐懼還沒消散，對皇上的脾氣又有了一個清晰的認識，哪裡敢再說什麼？

太可怕了，太可怕了。

更覺得可怕的還不是他們。

數千名禁軍最終圍住了齊王的府宅。

等在齊王門前的太監笑迷迷地走下臺階，和帶領禁軍的將軍問好：「程將軍，就是這了嗎？」

將軍點點頭，面色嚴肅道：「勞煩公公了。」

太監和他客套了幾句，隨即就躲到了一邊，讓齊王府的眾人直面虎視眈眈的禁軍。年已不惑的齊王被扶著，雙手顫抖地走到門前，「你們這是想做什麼！」

府門內的人看到這黑壓壓的一片禁軍，已經有人兩眼一翻暈了過去。恐慌蔓延，終於有人忍不住發出了低泣聲。

程將軍冷冷地揚聲道：「臣等奉旨，清除反叛軍。若有反抗，格殺勿論！」

齊王一個呼吸不上來，差點撅了過去，他瞪大眼睛狠狠看著面前的一眾甲兵，袍子下的雙腿發抖得愈來愈厲害。

他身邊還有一個年幼的孩子，那是親王的小兒子，生下來便機敏聰慧，自小便有神童良善之名。此時，這個孩子正抓著身邊奴僕的手，哭著喊著要找娘親。

就這樣還沒斷奶的屁點大的孩子，還「聰慧仁善不亞於當今聖上」？

呸！程將軍雙目放火，身後的士兵也是蠢蠢欲動。

齊王乃是先帝的兄弟，他比先帝要小上十幾歲，先帝稱帝時，齊王的威脅不大。齊王也能本本分分的當一個安樂王爺，因此倒是博了一個好名聲。

但等顧元白上位時，身體孱弱、很有可能誕不下子嗣的顧元白給了齊王野心膨脹的機會，權臣盧風在時，齊王拿著金銀財寶在盧風那裡有了名字，在其他的皇親國戚卑躬屈膝時，他已經做上了更大的夢了。

盧風不敢冒天地之大不韙稱王稱帝，他只敢等顧元白死了之後扶持上一個傀儡皇帝，齊王年齡大了，盧風不放心，但齊王有兒子。

他有很多很多的兒子。

齊王氣怒和驚懼交加，他看著門外的這些禁軍，看著他們手中的刀劍和盾牌就知道剛剛那個太監宣讀的都是真的。

但顧元白是怎麼發現的？顧元白怎麼敢？

他可是他的皇叔！

齊王抖著聲音道：「本王要面見聖上！」

擋在門前的禁軍沉默不語地盯著他看。

齊王心中猛地不妙起來，他抓著身邊小廝的手臂，猛得把小廝推了出去，「去！你去通報聖上！說我要求見聖上！」

小廝踉蹌地往皇宮的方向跑去，可卻只跑出去幾步，就被副將一刀斬下了頭顱，血淋淋的頭顱滾到了齊王府門前的臺階上。

血痕滾了一路，副將冷哼一聲，道：「我等粗人手重，聖上說了，清除反叛軍也不必留手，這小廝竟然敢在王師面前逃跑，是打算通報敵軍，好求得援兵嗎？」

齊王雙目瞪大，手抖著指著他：「你你你……」

在大內中，顧元白就親口吩咐過了程將軍及副將，聖上口吻淡淡，話語簡單，只有四個字：「朕要見血。」

不見血，總有人不覺得怕。

齊王府中的眾人愣愣看著臺階下的頭顱，半晌才驚叫聲撕破了天際。

齊王府中的大兒子強作鎮定，他扶著母親道：「他們不敢對我們動手。」

他們再怎麼樣都是皇親國戚！

程將軍讓士兵們將刀劍收起，換了粗長的棍棒，他請一旁的太監上前，太監高聲道：「齊王當真不說出實情，不交出反叛軍嗎？」

齊王高聲道：「你等敢威逼皇親國戚，敢對本王動手不成?!」

齊王府中的諸位主子都破聲大罵，「我們要見聖上！你們說要清反叛軍，圍著我們王府作甚！」

破口大罵的人多了，好像就受到了依仗一樣，愈來愈多的人慷慨激昂，反手指著禁軍罵得狗血淋頭。

直到齊王府家的不知道是哪位公子被迎頭一棒打在了頭上，血流滿頭地倒地時，這一切的聲音才猛然停了。

大片大片的禁軍衝進了齊王府，哭喊嚎叫的聲響震天，奴僕躺倒在地，齊王府中宛如地獄。

主子們挨棍棒，奴僕們也挨棍棒。但奴僕們打死可以，主子們還得留上一口氣。

齊王軟倒在一片血水之中，他看著那些黑甲禁軍摸到了書房，甚至很快就抓到了幾個盧風的人。

他們快得像是早就知道這些人是誰一樣。

齊王頭暈眼花，心中怒火早就轉成了瑟瑟發抖的驚懼。

顧元白、顧元白……他比先帝還狠，太狠了，太可怕了。

這個皇帝太可怕了。

第二十二章

事情平靜之前，整個京城中的高官權貴都閉門不出，異常老實。反倒是平民沒有被影響，畢竟宗親權貴的住處離普通百姓甚遠，顧元白又有意不多做打擾，這番的行事，最多也就嚇著了那幾條街上的宗親權貴和同宗親權貴走得近的臣子。

聰明的人都知道這是一場敲打和示威。

皇上早就知道了怎麼回事，他借此敲打，拿著禁軍溜上了一圈，以此來告訴別人：「朕有決定你們生死的能力，別試圖挑釁朕，你們唯一該做的就是乖乖地依附朕。」

這位聖上和先帝全然不同，他說了，他就做了，他還大張旗鼓地做了。看在宗親的眼裡自然一股寒意升起，但看在迷弟的眼中，聖上做的實在是太帥了！

在皇宮之中剛剛聽完程將軍彙報的顧元白，不到片刻就聽聞了常玉言和戶部尚書的兒子湯勉為他作了詩的事，讓人呈上詩作一看，不由失笑。

常玉言和湯勉都是聰明人，兩人詩詞歌賦和寫文章的著點也不相同，各有其優點。如今這兩篇詩作，一是宣揚聖上皇威，一是宣揚聖上愛民，兩篇詩賦都是佳作，讀起來朗朗上口。在這個時間點用這種方式來替他粉飾太平，穩定臣民之心，這兩人已經自發自地朝著輿論人才的方面發展了。

文人圈子就是這樣，一個帶動一個，常玉言和湯勉領頭，上面既然這樣做，下面人自然跟隨。親自拿著禁軍開了宗親血的一回事，好像都被大家共同遺忘了。

顧元白想了想，笑了將詩作放在一旁，問田福生道：「你不躺著休息去了？」

「小的倒是想休息兩天，」田福生一臉的擔憂，「可聖上，小的就不在了半日，這麼多事兒就連接發生了，這一日過得可真是漫長，長到小的老腰都不疼了。」

顧元白一想，可不是才過了半日。

但這個效率顧元白很是滿意，半日時間該解決的都解決了，所有可能的生變都被掐去了苗頭。

「宛太妃不是說思念朕、想要見朕嗎？」顧元白笑了笑，「過幾日沒有早朝的時候，讓欽天監的人看看天氣如何，朕記得京外還有一座先帝封的皇家寺廟，正好可帶太妃前去散散心。」

顧元白瞥了恭敬應是的田福生一眼，道：「你不用去，那會就在宮中歇著吧。」

田福生即為聖上的體恤而眼含熱淚，又內心擔憂生怕他不在時又出了什麼事，一時之間糾結得說不出話來。

一旁早已清理完自己的薛遠恰到好處的開口，「臣那時也陪侍在聖上身旁。」

他風度翩翩地笑著，「公公莫要擔心了，臣力氣大著、任哪都熱著，有用著呢。」

田福生客氣道：「有薛大人和張大人同在，小的還有什麼不放心的？」

薛遠全身都在興奮。

他朝著田福生微微一笑，眼底深處藏著的興奮讓笑容也顯出了幾分不尋常的意味。

其實薛遠被皇上的這一下搞得快要興奮到發瘋了。

薛遠嗜血，十一二歲就敢殺了從戰場上跑走的逃兵。他享受戰場，享受殺戮，享受別人的臣服。

天下最尊貴的人無疑就是眼前這位聖上，可這位在他眼中病弱無力的聖上，手段卻是如雷霆一般轟隆作響。足夠倡狂，足夠大張旗鼓，薛遠洗完澡出來後看到那群黑甲禁軍列隊跑出皇城時，他的呼吸陡然間就重了。

天下最尊貴之人也有天下之主的狠戾。

征服更大的圖謀，和征服皇上之間，在這一瞬間，後面這個更加讓薛遠爽了起來。

從開始到現在，除了病症，薛遠就沒見過小皇帝的臉上流露出其他的神情。顧元白好像隨時都從容而鎮定，該狠則狠，該冷臉就冷臉。明明一副病弱的身體，卻從來沒有流露出脆弱的神情。

他脆弱起來會是什麼樣呢？

薛遠不知道。

但薛遠經過今日的試探也並非一無所獲，他至少知道了，小皇帝不喜歡被別人觸碰。愈是親密的觸碰，小皇帝愈是厭惡。

這個可真是一個價值千金的發現。

顧元白突然抬頭看了看天邊顏色，「是不是到散值的時間了？」

張緒侍衛道：「聖上，確實到了散值的時間了。」

這處唯一需要散值的就是薛遠。

薛遠上前恭恭敬敬地朝著顧元白行了禮，「那臣就告退了。」

等薛遠走了後，顧元白瞧著他的背影看了一眼，田福生也跟著看去，讚歎道：「小的還記得頭一次見薛公子那次，薛公子喝得渾身都是酒味。這會不喝酒了也不是一個大好英才？又俊俏又英勇，都說薛將軍虎父無犬子，聽說薛公子上戰場殺敵也一點兒都不害怕，帶兵領將很有一手。」

顧元白道：「他有軍功了，是薛將軍壓著軍功，想讓他再沉穩沉穩。」

「是呢，」田福生笑呵呵道，「薛公子如今在聖上身邊做御前侍衛，也是一份榮光。假以時日，必定又是大恒的能將。」

顧元白心道，確實成了能將，能到威逼皇位了。

今日的薛遠看著很聽話，但細究起來卻處處皆是滑頭叛逆，若不是瞧在他是未來主角的分上，瞧在他以後能於國有用的分上，顧元白早就讓他認識一番什麼叫皇權天下了。

但瘋狗就是瘋狗，這樣馴起來才有意思，若是一嚇就乖順聽話了，反倒會讓顧元白低看他。

晚膳之後，顧元白在宣政殿偏殿重新接見了監管宮中禁軍的兩位將軍。

程將軍道：「聖上，在齊王府中所抓的盧風的人中，有幾人請求拿秘事換命。」

顧元白笑了，道：「不換。朕要的就是他們的命。」

天底下沒人能比顧元白手中的情報更多了，這些人被拋在京城之中，甚至只能出此下策來活命，顧元白不信他們手中能有什麼有意義的情報。相比於此，他需要的是他們的頭顱，將他們的頭顱在那些可能埋伏在各個大臣和宗親的府中展示，以此嚇唬和威懾那些還沒被發現的盧風的人。

經此一役，顧元白相信各個宗親王府和大臣們都會配合自己的。

等隱藏起來的毒瘤害怕了、露出馬腳了，那之後，顧元白會將這些被拋棄在京城的人親自派人送到荊湖南，送到江南，去送他們和盧風殘部匯合。

那個時候就是一齣狗咬狗的好戲了。

因此怎麼看，都是這幾個人頭的作用最大，這些人頭威懾完了各府之後，也可被顧元白當做禮物送給盧風殘部們。

承受了當今聖上如此仁慈的大禮，希望他們能掙點氣，早點感覺害怕，早點感覺恐懼。然後和這兩地的豪強對幹，去搶豪強們的財富、農戶和良田。

去踏平他們，然後等著被顧元白踏平。

§

聖上得了風寒，在此之上又咳了血。全太醫院中的御醫都忙了起來，把了許多次的脈，最後得出了結論，聖上吐出這一口血是氣急攻心，若要好好養好身子，不應再思慮過重。

他聽從醫師們的建議，給自己每日劃出一個工作時間。所有的工作盡力在工作時間之內完成，剩下的則是逛逛御花園，看看書，順帶將自己記憶中的某些現代知識記下來，免得以後需要時忘記。

這樣過了幾日之後，風寒逐漸好了。趁著欽天監算了天氣，顧元白就將陪宛太妃去皇家寺廟一事提上了日程。

第二日一早，馬車從皇宮中駛出。

薛遠就駕馬跟在窗旁。他精神飽滿、豐神俊朗，見顧元白打開車窗，緩緩一笑道：「聖上可覺得冷了？」

四月的早晨已並不寒冷，顧元白褪下了厚重的衣物，一身青衣頭戴玉冠，輕輕一笑，便有琳琅如玉之感。

一隻白色蝴蝶從馬車旁飛過，聖上的目光不自覺隨著蝴蝶而去，突然一隻大手伸來，快而準的將蝴蝶握在了手中。

薛遠笑著將攥起的拳頭放在顧元白眼前，「聖上可是對此物感興趣？」

顧元白眼中有了些興味，「是又如何？」

薛遠是準備將這隻蝴蝶獻給他？

薛遠微微一笑，徐徐展開手掌，手掌中間有個鮮血淋漓的蝴蝶，黃色的血沾染了白色蝶翼，剛剛還四處飛舞的蝴蝶已經被薛遠給捏死了。

「竟然死了，」薛遠表情可惜，請罪道，「都是臣用大了力氣，還請聖上贖罪。」

顧元白淡淡道：「扔了。」

薛遠將蝴蝶扔在了地上，又拿出巾帕擦了手，血一擦完，他就將乾淨掌心送到了聖上的面前，笑道：「聖上瞧瞧現在如何？」

顧元白輕抬眼，「不如何。」

「臣倒是覺得乾淨了，」薛遠收回了手，「血一擦就乾淨，簡單得很。之後除了聖上，誰又能知道臣不小心捏死了一個蝴蝶了呢？」

「朕對蝴蝶沒有興趣，」顧元白挑挑眉，覺得和薛遠聊天還挺有意思，「朕對你身下的馬倒是很有興趣。」

薛遠嘴角一咧，「臣也抱過聖上，穩當得很。和馬相比，是不是臣更勝一籌？」

顧元白道：「總是比畜生更通靈性的。」

薛遠嘴角一僵，他眉眼下壓的時候整張臉便顯得陰沉鋒利，但很快他又笑了起來，道：「聖上要是對臣身下的馬感興趣，不若下車騎會臣的馬？」

顧元白沒了興趣，道了聲「不了」就合上了車窗。

薛遠餘光瞥了馬車一眼，陰惻惻地笑了。

他本來也沒有邀請顧元白騎馬的想法，但現在小皇帝一拒絕，薛遠卻覺得必須得讓他下了馬車騎馬了。

顧元白正翻開了本書，身旁的小太監問道：「聖上今日想喝哪種茶？」

「來壺雙井綠，」顧元白道，「泡得淡些。」

小太監小心拿出茶葉，「是。」

雙井綠是聖上近日愛喝的茶，茶芽葉肥厚，行如鳳爪。泡在水中時色澤清澈透亮，滋味醇香，唇齒香氣久彌而不散。小太監小心翼翼地正泡著茶，身旁的聖上剛剛翻過一頁書，馬車就突的一個不穩，整個車廂都晃動了起來。

顧元白扶住了車壁，厲聲：「怎麼回事！」

馬車內中的茶水灑了一地，將層層軟毛毯濕了個遍，坐的地方沒法坐，站也站不直，整個馬車都沒法乘人了！

外頭一陣嘈雜，顧元白提袍逕自出了馬車，眉目沉沉往下一看，原來是一個前頭引車的馬腿上紮入了一個深深的尖利石頭，整匹馬都跪伏在地哀嚎。

顧元白眼皮一跳，轉頭往周圍看去。

路邊確實有不少細碎的石子，有幾個也是尖頭鋒利。但偏偏就是這麼巧，巧的馬腿上的那石頭都能角度刁鑽的紮進去，巧的整個馬車都灑滿了茶水。

顧元白冷冷一笑，「張緒。」

侍衛長大步走過來道：「聖上，受傷的馬匹會派人前來運走。馬車現在無法坐人了，聖上不若騎臣的馬，臣在前頭牽著您走。」

「不必，」顧元白道，「如此太慢，宛太妃還在等著朕。」

薛遠正在這個時候牽馬而來，他摸了摸自己坐騎的鬃毛，悠悠道：「聖上，何不試試臣的馬？」

侍衛長眉頭一皺，正要反駁，就聽薛遠慢條斯理道：「馬的主人比畜生略通些靈氣，想必馬也是要比一些人要聰明一些。」

「臣會抱牢聖上，」薛遠扯開笑，諷刺，「臣的馬也會托牢聖上。」

顧元白和他對視一眼，睇了睇眼道：「薛遠與朕同乘一匹，張緒，你帶上朕的太監。」

薛遠恭恭敬敬側身道：「聖上請。」

顧元白意味深長地看了他一眼，踩著腳蹬翻身上了馬。他身體雖然不好，但並不意味著他沾不得騎射，耐久力雖然差，但基本盤可不丟人！

這上馬的一下行雲流水，薛遠牽住了韁繩，正想翻身上馬，誰知道顧元白突然雙腿一夾，馬鞭一揚，「駕！」

馬匹陡然跑了起來，薛遠被硬生生在地上拖行了十幾米，才靠著雙臂的力量硬生生翻上了馬背，坐在了小皇帝的身後。

他一身的塵土，手上甚至勒出了血痕，半個身子火辣辣的疼，整個人狼狽至極。薛遠眼中泛著煞氣，口中含著血腥味地問道：「聖上，你跑什麼？」

「薛遠，」顧元白低聲道，「朕看上去很好騙？」

薛遠伸手從小皇帝的腰側穿過，勒住了小皇帝手裡的韁繩，他的手因為被拖行和韁繩的纏繞變得滿是血痕和擦傷，卻還是十分的有勁，沒有一絲顫抖。

「老子毀你一匹馬，」薛遠在顧元白耳邊帶著血腥氣的道，「你就讓老子死？」

「聖上，你怎麼這麼狠心啊？」

第二十三章

薛遠在耳邊說話的感覺，活像一頭餓狼、瘋狗。

危險和腥味往頭腦裡沖，顧元白低頭一看，就瞧見薛遠手上的數個傷口。

普通人被拖這麼一下早就死了，薛遠力氣大，身體好，現在握住韁繩的力氣都大得嚇人，除了血腥味和傷口，他和其他人沒什麼兩樣。

顧元白面無表情。

他剛剛真的有種想要殺了薛遠的衝動，想要殺了這個不斷冒犯自己、未來會取代自己政權的男人。在拖行薛遠的時候，顧元白還感到了幾分暢快。

薛遠死了多好，這樣就能殺了未來的攝政王。

但理智回籠，就知道這會不能殺，普通的手法也殺不死。

薛遠全身都緊繃著，他將小皇帝攏在懷裡，戾氣深重，腥味和疼痛激怒了他，隱藏在深處的瘋氣浮現，表情駭人，還繃著沒做什麼傷害小皇帝的事。

陰沉沉地冷笑：「老子說對了嗎？」

「老子？」顧元白神情鎮定自若，他側頭看了一眼薛遠，微微一笑，「原來那匹馬竟然是薛侍衛弄傷的。」

他不急不緩地倒打一耙：「毀了朕的一匹好馬，又壞了朕的幾條好毯子，雖無濟於事，但朕還是要罰薛侍衛三個月俸祿，以儆效尤。」

薛遠冷笑出聲，抬手一揚馬鞭，整匹馬如離弦的箭一般飛了出去。

「聖上！」

身後的侍衛們發起驚呼，怒喊道：「薛遠停下！」

景色飛速後退，馬匹顛簸眩暈，顧元白伸手去拽韁繩，但韁繩死死地被薛遠握在手裡，顧元白奪不過去。

該死的。

顧元白五臟六腑都顛得難受，他怒喝：「薛遠！」

薛遠大聲道：「聖上，臣這是看著您剛剛跑得那麼快，以為聖上是要策馬奔騰，難道不是嗎？」

顧元白：「——給朕停下！」

薛遠狠狠拉了一下韁繩，駿馬揚起前蹄，整個身子後仰，顧元白連人帶背的栽倒在薛遠的懷裡，薛遠的胸腹硬梆梆，這一下之後背部都在發疼。

比後背更疼的是腿根，顧元白緩了一會，突的冷笑一聲。

很好，很好。瘋狗果然不是那麼容易知道疼的。

憤怒和另外一種的征服欲強烈升起。顧元白有冒險精神，但這個身體無法提供可以冒險的條件。

但馴服薛遠的過程，好像本身就是另外一種冒險。

殺了不夠刺激，不算冒險成功。讓他聽話，讓他乖乖的匍匐在皇帝腳下才算是成功。

薛遠見他怒容，反而笑了，他單手環著小皇帝調整好了位置，讓他舒舒服服地待在自己的懷裡，自己給皇上當著靠背。馬匹速度慢了下來，都有些像是在散步。

「聖上，」薛遠有商有量，「今日您還要陪著宛太妃逛寺廟，實在不宜策馬奔騰，您身子軟，磨破了皮就不好了。」

顧元白：「呵。」

「臣自然要為聖上考慮，」薛遠拉起衣袖，讓顧元白看他袖子底下被拖拉數十米之後的擦傷，這道擦傷遍佈了整個手臂，皮肉滲著鮮血，看著就能覺得是有多疼，「瞧，臣身上都是這樣的傷口，背後的血還黏上了衣服，包紮時又得疼死一番。聖上那樣對臣，臣也只帶著聖上策馬了不過幾息功夫，臣這還不夠為聖上考慮嗎？」

聖上勾唇，緩聲道：「朕罰了你一回，你就記著要報復回來，可真是朕的好侍衛。」

「聖上又說笑了，」薛遠慢慢道，「就像是剛剛臣以為聖上要殺了臣一樣，如今什麼報復不報復，都是聖上想岔了。聖上貴為天子，乃是大恒之主，臣怎麼敢？」

旁邊的草地之中飛舞著許許多多的白蝶和小蟲，春日時最先出現最常見的就是白蝶，顧元白瞥見這白蝶，心道，你捏死了蝴蝶，因為沒人看到，你自然想怎麼說怎麼說。

你報復了我，因為沒人看到，現在說得一嘴的忠義廉恥簡直惹人發笑。

顧元白對自己想殺薛遠沒什麼後悔，他怒的是因為薛遠的脾氣。對著皇帝他都敢這麼大膽，逼急了知道跳牆，光明正大之下就敢這麼做，還有什麼是他不敢做的？

後方的侍衛追了上來，瞧著顧元白沒事才鬆了一口氣，侍衛長怒瞪薛遠幾眼，硬生生道：「薛侍衛不會騎馬就不要逞強。」

薛遠心情正不好，聞言唇角一勾，似笑非笑道：「關你屁事？」

侍衛長氣得紅了臉，「你──」

「夠了，」顧元白，「都給朕閉嘴。」

誰都不敢說話了，顧元白面無表情挺直背，氣氛壓抑又古怪，就這樣一路行到了京郊莊子外。

宛太妃老早就盼著今天，今個兒天氣好，老人家也很有精神。

顧元白扶著宛太妃，慢慢悠悠地往寺廟中走去。

皇家寺廟名為成寶寺，占地面積極大，更是有一座高達數十米的寶塔。來往道路曲徑通幽，寺廟隱於草木之中，別有一番禪意。

「皇上，」宛太妃走了一會兒就走不動了，她被扶著坐在了一旁的亭子中，笑看著顧元白，「我也走不動了，皇上先行上去吧，順帶著也替我多燒上一炷香。」

顧元白笑道：「那我就先行上去了？」

宛太妃欣慰地點了點頭，她看著聖上的背影消失在叢林之中後，才含笑擦了擦頭上的汗水。

成寶寺建在半山腰上，山上的住持和眾多僧侶已經提前得知了聖上和宛太妃駕到的消息。等顧元白終於到了寺廟之中時，見到的就是滿滿一個寺廟的光頭和尚。

這些和尚身穿統一的僧侶服，由住持帶頭朝著顧元白行了禮，顧元白溫聲讓他們起來，掃了一遍寺廟中的僧人。

估計得有兩千人往上。

顧元白瞇了瞇眼，什麼都沒說，被住持帶著在寺廟之中閒逛。

住持感歎道：「先帝在時，也曾帶著聖上前來禮佛。只不過那時聖上尚小，應當記不得了。」

顧元白笑了笑，好脾氣地道：「住持常年居於山水美景之間，野山叢林遠離世間嘈雜，在住持看來，怕是當年時光就在眼前。」

住持笑呵呵道：「聖上所言極是。如今再見聖上，聖上身有真龍護體，即便是老衲少出寺廟，也知曉天下必定在聖上的治理下更加繁華。」

話語間，一行人已經走到了高聳立於山邊的涼亭處，山中的野風吹得聖上衣服鼓鼓作響，住持還在講著一些妙事，件件趣意盎然，還含著佛理。

只是他一直在說，聖上只含笑在聽。說了一會兒住持就口乾舌燥，忍不住順著聖上的目光往山下看去，問道：「聖上在瞧什麼？」

「朕在瞧著這大寶寺。」聖上道。

住持笑了，「聖上若是想觀景，前方自有觀景台，那裡的景色更為優美，使人流連忘返。」

「朕不是在看風景。」

此話一出，不止是住持覺出了奇怪，身後跟著的侍衛們也不禁覺得疑惑。

落在人群最後的薛遠將衣袍上的最後一點泥土撣掉，聞言抬頭一看，就看到了聖上的半張側臉。青絲隨風流動，偶爾幾根飄到側臉上，薛遠看了一會兒，收回眼。過了一會兒又移了過去，這會不想收了，就光明正大的看。

說話時還帶著笑，唇角微微上揚，看著是讓人放下戒心的好皮囊。唇色也淡，瞧著模樣，應當是還沒吃過女人的胭脂吧？

乾乾淨淨的，人那麼狠，皮囊卻很脆弱。

不用說，薛遠直覺小皇帝又要做一些能嚇得人屁滾尿流的事了。

顧元白主動問道：「住持是想知道朕在看些什麼？」

住持恭敬道：「還請聖上賜教。」

「與住持不同，朕就是一個俗人，」顧元白道，「朕眼中看到的不是風景，而是山腳下密密麻麻的田地。」

住持恍然大悟：「如今正是春播時節，我們寺廟之中也要忙起來了。」

「山腳下開墾的土地，都是成寶寺的範圍，」顧元白笑道，「站在高處一看，莫約得有千百畝地吧。」

住持笑而不語，神色隱隱有自豪之意。

顧元白就不多說，在成寶寺禮完了佛之後，又用了一頓素齋，之後帶著人悠悠下了山。

住持恭送聖上離開，等聖上一行人的身影不見了，他轉過身正要遣散眾位僧侶，腦海中突然閃過什麼，整個人僵在了原地，隨即就是臉色大變！

聖上見到眾多僧侶的神情，聖上在山邊說的那一番話接連在腦海中閃現。

『朕看的不是風景，是山腳下密密麻麻的田地。』

『莫約得有千百畝地。』

豆大的汗水從住持額角滑落，住持呼吸急促，驚呼一聲：「不好！」

寺廟之中的田地沒有田稅，寺廟中的僧人也是免除徭役，聖上說那一番話的意思，分明就是暗指冗僧之意！

住持頭頂的冷汗層層冒出，瞬息之間想到了三武滅佛的事蹟！

寺廟之中有這麼多無所事事的僧人，這麼多不用交賦稅的田地，先帝對此視而不見，因為先帝崇佛。但如今的聖上可不是先帝，可恨聖上都說得那麼明顯了，他卻現在才反應過來！

不行，成寶寺不能成為殺雞儆猴的那隻雞！

「快，」住持拉住人，顫抖著聲音急促道，「快將山腳下的那些田地查清數目，然後捐給官府！快去！」

一定要快點，快點讓聖上看到他們的誠意。聖上的一個拳頭下來，他們沒一個人能夠扛得住。

住持打了個冷顫，如果真是他想的那樣，那這必定又是僧侶的一個慘案。聖上如今暗示，說不定都是看在成寶寺皇家寺廟的面子上。

皇家寺廟之中就有兩千多個僧侶，大恒上上下下數百個大大小小的寺廟，加在一塊，又會有多少僧侶呢？

正在下山的顧元白也在想這個問題。

但他還沒想上多久，就聽到不遠處有瀑布聲音傳來。

「走，去看看，」顧元白把工作放在一邊，笑道，「難得來一次山中，不看看山水怎麼行？」

一行人往水邊走去，剛靠近水源，顧元白就聽到了幾分隱隱約約的聲響，他心頭好奇，往前走了幾步，面前豁然開朗。

水流潺潺，而在水流對面的岸上叢中，響起了一陣讓人耳熱的纏綿之聲。侍衛們臉色先是一紅，接著就是鐵青，聖上就在此處，怎麼能讓聖上聽到這種污穢之言？

侍衛長黑著臉上前一步道：「聖上，此處乃皇家寺廟所在，竟然有人在這行如此苟且之事！臣這就前去捉拿他們！」

河流對面的人也似乎聽到了這邊的響動，一個光著上身的男子探起頭，大咧咧地往這邊看來。他的手腕上還纏著一個紅色的肚兜，顧元白沒眼看，退後一步側過了身。

腰間的玉佩被一旁的枝葉掛住，顧元白未曾注意，這後退的一步，就將這枚玉佩給扯斷了下來。站在一旁的薛遠及時彎腰接住，溫潤細綿的玉佩落在手裡，比上好的綢緞摸著還要舒服。

薛遠拋一拋玉佩，揉捏把玩了兩下，一邊想著這玉佩還沒有小皇帝的腳摸著滑，一邊道：「聖上，您玉佩掉了。」

顧元白側頭一看，朝著薛遠伸出了手。

意思很明確，但薛遠卻不懂似的握住了小皇帝伸出來的手，跟把玩玉一樣習慣性的揉捏了兩下，道：「聖上手冷，要臣來為聖上焐手？」

左手握著小皇帝的玉佩，右手握著小皇帝的冰手。薛遠心道，這玉佩竟然還沒有手好摸。冰冰涼涼的，奇了怪了。

就因為薛遠揉捏這兩下的功夫，顧元白手上的皮膚又紅了一半，他無語地抽回手，「朕要的是玉佩。」

這薛九遙是個什麼品種的智障？

第二十四章

薛將軍家三代忠良。

三代忠良是個什麼概念？意味著他們家族的延續比皇位還要有保障，意味這他們家中每一代都有將領式的人才。還意味著百姓熟悉他們，兵馬熟悉他們。

好名聲愈演愈烈，忠良之名遍冠軍中，對外來說是何其高的榮耀，對內來說就是一把鐮刀。

薛遠瘋，是瘋在三代忠良的基礎上。是瘋在他爹的卑躬屈膝上，是瘋在他的帶兵領將上，是瘋在手上無數的鮮血人命上。

一個三代忠良家的將軍對皇帝怎麼尊重，皇帝也不會因此而對他放鬆警惕。三代，開國就有的將軍，真是鐵打的薛家。薛遠狂，狂得將軍的尊重、狂得將軍的卑躬屈膝都有了意義了。

因為你生怕朕罰了你的兒子，因為你生怕你的兒子連累你的全家。

三代忠良，好名聲，不能隨便殺，殺了就是寒了心，還得遺臭萬年。薛遠，好才能，傲就傲了，瘋起來總比城府深沉的好。

自古以來的明君，大多有容人的肚量。

顧元白自然知道薛府在想什麼，他也沒有逼著忠良去死的想法。而恰好，薛遠的瘋，每次都點在了那個底線之上。

顧元白原本就想讓書中的主角接替他的遺志打造出一個海晏河清的大恒。他還可以反向利用薛遠對他的不恭，打一棒子給一個甜棗，來制約薛將軍和以後的薛遠，甚至可以讓全天下的將士看一看如今的聖上是多麼的大度。

但是，顧元白還真挺煩薛遠的。

他從薛遠手裡接過玉佩，而對面光天化日下行苟且之事的男女見著自己被發現之後就想逃走，顧元白：「將那小子捉住，送到住持那裡。」

侍衛們聽令而動，一陣風似地跳過溪流往對面而去。探出頭的男人嚇了一跳，起身就想逃，結果動作慢了一步，直接被趕過來的侍衛們生擒住了。

「你們幹什麼！」男人掙扎之間，手頭的紅肚兜都掉了，「這裡是成寶寺！我是成寶寺的俗家弟子，你們怎麼還亂抓人？」

侍衛們唇緊抿，眉頭皺緊，拽著人就走。至於那個女子，給她留下一件衣服蔽體，已經再仁義不過了。

顧元白在河對面就聽到了這人的叫喊，等人拖過來一看，發現這淫僧還有著一副清清朗朗的長相，他開口問道：「你是成寶寺的俗家弟子？」

男子被壓著跪下，知曉能進出成寶寺的都不是普通人，他乖乖不掙扎了，只是苦著臉道：「小人修行還未到要受戒的份上，即便是男歡女愛也沒犯了律法。大人明鑒，小人在寺廟之中苦苦過了兩月有餘，如今實在忍不住了，就忍不住……大家都是男人，成天對著喪著臉的和尚實在是看不下去。」

都是男人，顧元白當然知道他的感覺。本來還沒生氣的，現在都有些嫉妒了。

看看啊看看啊，一個俗家弟子，半個和尚，都比他還要爽！

顧元白不怎麼爽地問道：「即便你是俗家弟子，也應該知道這是成寶寺，如此玷污佛家聖地，你也算是俗家弟子？」

男人神情一正，「大人，如果成寶寺真的是佛家聖地，那麼小的自然不敢這麼做。」

顧元白雙眼一瞇，緩聲道：「何意？」

男人嘿嘿一笑道：「大人不必多想，小人的意思是成寶寺中和尚多多，吃的素齋油水也多多，諸多和尚吃的那叫一個肚飽溜圓。他們都能沾渾油了，小人這個俗家弟子就更大膽了。」

說著，男人搖頭晃腦地道：「這就叫上樑不正下樑歪。」

「看樣子成寶寺已經富得流油了，」顧元白喃喃，沒忍住笑了起來，「好，挺好。」

男人奇怪地看著他，又打量了顧元白身後的一群侍衛，最後又將視線重新放在了顧元白身上，他打量的小心，最後露出一個稍顯緊張的神情。

顧元白問：「你是誰家的孩子？」

男子小心翼翼地低頭回答：「小人家父京西張氏。」

江南俞氏，淮南呂氏，河南楊氏，京西張氏。

這四家均是天下大商，大到能同皇室做生意的商戶。其中淮南就靠近荊湖南地區，江南俞氏和淮南呂氏，正是顧元白打算利用敵人的手打算踏平的豪強之一。

顧元白可以容忍商戶，他甚至期待更多守本分的商戶出現，好帶動社會經濟的發展。但他不能容忍商戶和地方官勾結，什麼叫豪強？有著威脅到政府統治力量的人就是豪強，秦漢以來的豪強士族在科舉制之後才有所減弱，但在秦漢時期，土地兼併、人口蔭附，士族豪強甚至將一切對自己有利的東西規劃到自己的範圍之內，然後得以世襲成為家族。

他們做商就做商，但偏偏想要有權力，想要勾結官，官商勾結之後，官商都成了豪強。

河南楊氏謹小細微，京西張氏離皇城不遠，在皇帝眼皮底下做事也是規規矩矩，這樣的商戶，才是顧元白喜歡的商戶。

只是沒想到這麼巧，在這就會遇見一個張氏的人。

「那你怎麼到成寶寺成為俗家弟子了？」顧元白問道。

此時太陽當空，薛遠瞧著顧元白臉都曬紅了，特別體貼地道：「不如找處涼亭慢慢談？」

他一說話，跪地的男子就朝他看去，神色一愣，脫口而出道：「薛大公子?!」

薛遠挑眉，似笑非笑地朝他看去。

跪地的男子瞬息之間就想通了，他的呼吸陡然間粗重了起來，又忐忑又激動地偷偷抬眼看著顧元白，猛得咽了咽口水，張張嘴，想說什麼又不敢說。

他上半身還光著，身上還有抓痕和枝葉劃出的紅痕，這副表情看著小皇帝時，很難讓人不升起某種誤會。

侍衛長喝道：「放肆！」

男子猛得一抖，連忙行了一個大禮，深深一叩在地，「草民張好拜見聖上！」

顧元白還沒說話，一旁的薛遠就嗤笑一聲，道：「不穿衣服拜見聖上？」

張好臉上一紅，訥訥說不出話來。

正好此時去前方探路的侍衛回來了，「聖上，前方就有一處涼亭。臣還見到了宛太妃派過來的人，他通稟宛太妃有了倦色，已經提前下山回莊了。」

顧元白點頭頷首，跟著侍衛往涼亭處走去，薛遠跟在最後，他的手搭在張好的脖子上，張好戰戰兢兢，顯得很怕他的模樣。

薛遠道：「你喜歡女人？」

張好拘謹道：「薛大公子，小人只喜歡女人。」

所以您別搭我肩了，我害怕。

薛遠微微一笑，「你上過的女人多嗎？」

張好也笑了，是男人都懂得略帶得意的笑，「小人就是因為太過好色，才被家父趕到成寶寺修行的。」

「哦，」薛遠恍然大悟，他突的伸手拉近了張好，低聲問道，「你瞧瞧小皇帝那唇色，是不是像沒有吃過女人胭脂的模樣？」

張好頭頂冷汗瞬間冒了出來，「小人不知道，小人沒看見。」

薛遠笑迷迷地放開了他，也不說什麼，上前兩步追到了小皇帝身邊。

張好鬆了一口氣，撫著被嚇得砰砰跳的心臟緩緩氣。

他不敢說聖上，但是薛大公子的面相卻很容易就能看出來，濃眉高鼻，人長得又高又大，精力必定十分強盛！關鍵是他也從未聽聞薛大公子有什麼紅顏知己，春閨美人。一直沉迷於練兵打仗，這樣精力旺盛的長相竟然還沒有女人，這要是有了女人之後得有多可怕啊？

涼亭裡還算乾淨，隨侍的人在座上鋪上了毛毯，待顧元白坐下後，又拿巾帕沾了些涼水，來為聖上擦去臉上微微的汗意。

待得了些涼意之後，顧元白才覺得舒服多了。他正要接著問張好話，餘光一瞥，卻瞥到了薛遠身上。

薛遠這一身衣服都被拖行得裂開了幾個口子，上面的泥沙雖然被他收拾了，但從這衣服就能猜出他會受多少傷。

心情一下子愉悅了起來，顧元白挑起唇角，清風吹拂，整個人瞬間覺出了遊山的暢快，和張好說話時也帶上了笑：「你父親如今的商路到了哪裡？」

張好聞言一震，心中萬千想法湧上心頭。聖上神色正常，還問上這種話，張好心中一陣激動，隱隱有大膽的想法冒上了心頭。

他老老實實、詳之又詳地將父親的各處商路都一一說了出來，北到河南，下到江南，東至利州，西達山東。

顧元白聽得仔細，有時沉吟思索一番，又角度刁鑽犀利地問了幾個問題。

一番談話下來，張好臉上的汗已經密密麻麻，有侍衛回到小溪旁將他的衣衫給拿了回來，他匆匆披上，再用衣袖擦著頭上的汗。

被嚇的。皇上的思路明確又清晰，好幾次戳到了張好驚嚇的點上，要不是張氏當真沒有那種想法，怕是怎麼也會被皇上給套出來話來。

京西張氏好幾代人都是做生意的人才，但士農工商，商人做大後被剝削也大，張氏被各種有權有勢的人剝去的錢財數目大得嚇人，這個來剝一層，那個也來剝一層，偏偏都認為他們京西張氏富得流油，讓京西張氏有苦也說不出來。

像是江南俞氏，淮南呂氏，人家背後有靠山，孝敬也只要孝敬一個人就夠了。張氏受夠了這些苦，他們也想找靠山，但看來看去，就得到了聖上要建商路的消息。

冬日時聖上也放出過要開放邊關互市的消息，但那次最終還是不了了之，此番得到聖上的這則消息，張好的父親便從外省回到了京城。

張好隱隱約約聽說過家族的打算，好像是想要借著某位官員的手朝著聖上送禮表上誠意。但沒想到到了最後，反而是他在成寶寺見到聖上了。

顧元白一一把想問的東西問完之後，心裡有了大概的想法，他面上不動聲色，點了點頭之後就讓張好退了下去。

宮侍輕聲問道：「聖上是否想用些茶點？」

聖上出行，自然是無比講究的。顧元白點了點頭，宮侍就掏出了一個精巧的小木盒，從中拿出軟糯精緻的糕點，再溫水煮茶。

其他不論，單說顧元白坐的這小小毛毯，就是宮廷貴族毛毯，毛髮均是羊崽身上最茸的毛髮再輔以軟絲織成，之後再用植物擠壓出來的汁水進行染色，來回幾次使顏色平均染到每一根毛髮之上，最後成了成品後，毛毯上就會永久留下花草綿長清香。

宮中鋪在地上踩著的毛毯也是這樣製成，皇家的奢華總是在低調細節之間，這是皇上的臉面，也是天下人所追求的極致享受。

光這樣一方小小的毛毯，要是重新建起絲綢之路，絕對能賣出一個讓顧元白滿意的價格。

國庫中存放著全國財政收入，顧元白也存了不少這樣奢華精細的東西，就等著日後去坑外頭的真金白銀。

顧元白吃著宮中的茶點，想著怎麼用京西張氏來同邊關遊牧民族組成一條固定的商路，思緒飄飛之時，就聽侍衛長無奈地道：「聖上——」

顧元白才想起御醫對他說過的不可思慮過重，他抿唇笑了笑，「好了，朕不想了。」難得放鬆出來玩，就不想這些事了。

「你們也休息片刻，」顧元白道，「待休息好了之後，咱們就下山。成寶寺的齋飯雖然好吃，但缺了點葷腥。」

侍衛們各自找了地方坐了下來，山中清風吹拂而過，顧元白閉目倚在靠背上休息。沒過一會兒，他突然聽到了近處傳來了幾聲鳥叫聲，睜開眼一看，原來是幾隻鳥雀飛到了亭中石桌上，正在低頭啄著沒用過的茶點。

顧元白伸手拿起一塊點心掰碎，放在掌心處餵食這些鳥雀，不過他高估自己了，幾隻鳥雀低頭啄了幾下之後，顧元白就感覺自己掌心疼得應該都紅了。

他將手中的碎食放下，環視了一圈，叫道：「薛遠。」

正依著柱子站著的薛遠抬頭往他看了一眼，邁步走了過來，「聖上？」

顧元白示意他伸開手來，薛遠瞥了桌上那群鳥雀，頓時森然一笑。

他乖乖伸出了手，乖乖讓聖上把碎食放在了他的手裡，在那些鳥雀警惕又想上前時，也乖乖的一動不動。

最終，他這個人形餵鳥機得到了信任，鳥雀一撲而上，埋頭在他掌心啄著食。

薛遠手心都是先前被拖行摩擦出來的傷口，這些鳥雀的輕啄卻沒讓薛遠覺得有什麼痛感，反而有些癢意。

「聖上，」薛遠話裡有話，「臣還不夠聽話嗎？」

顧元白道：「聽話就不會傷了朕的馬了。」

「臣也被聖上罰回來了。」

「你也敢帶著朕疾馳了。」

薛遠笑了，他手倏地握緊，鳥雀群飛，還有一隻來不及飛走的鳥雀直接被他握在了手裡。他另外一隻手摸著不斷啼叫的鳥雀，從掌心中露出一個鳥頭來，「鳥雀羽毛柔軟，聖上不妨摸上試試？」

顧元白懶洋洋抬起了手，在鳥雀的頭頂擼了幾把，「尚可。」

鳥雀羽毛是灰色，玉般指尖摸上去的時候更顯精緻，薛遠低頭看了一眼，心中陰鬱的煞氣突然尋出了一個出路。

小皇帝好像不喜歡被人摸？

第二十五章

上山容易下山難，下山的時候，薛遠特別恭敬且積極的護著顧元白下山，偶爾地面凹凸不平時，更是直接牽著顧元白的手，將他穩穩當當地帶了下來。

薛遠雖然受了傷，但力氣還是很大，在山野叢林之中也很是熟悉。侍衛長雖然看他不順眼，但瞧他如此妥當，也就落在聖上身後以防不備。

其實薛遠的心情正在急速變好之中。

他不喜歡男人，但並不是不懂得享受。小皇帝的手又軟又白，在這種四月天氣，薛遠頭上身上都冒著熱氣，叢林之間的陰涼地沒讓他感覺到舒服，但小皇帝的手卻如冷玉一般，握著就消暑。

他牽著小皇帝手的時候，皮肉軟到可以從指縫間陷入，真的會有手癮。

先前心底壓著的煞氣和戾氣消散了一大半，果然小皇帝讓他不舒服了，最後還得在小皇帝身上舒服回來。

顧元白一個鋼鐵直男，全然沒有注意到這個問題。下了山後，他就坐上了馬車，這時才發現自己的手已經被握紅了。

顧元白歎了口氣，被扶一下就這樣了，真是一點兒大男子氣概都沒有。

宮侍為他淨了手，馬車已經換了一輛，層層軟墊鋪在身下，顧元白隨著晃蕩的感覺有些昏昏欲睡。

等醒來時，馬車已經進了皇宮。

顧元白閉著眼緩了緩，馬車外傳來田福生的問話：「聖上睡了？」

回話的人也壓低著聲音道：「睡了，聖上今日累著了。」

外頭稀稀嗦嗦片刻就沒了聲響，顧元白撐著頭，還是覺得睏，鼻頭的薰香濃郁而沉，這香味勾得人慵懶疲倦。他的呼吸綿長，正準備再睡一會，前頭的車簾忽的被人掀了起來。

顧元白懶洋洋道：「誰？」

田福生小心翼翼地道：「聖上，工程部的人送上了新研製的改良弩弓和農具。」

顧元白倏地睜開了眼，笑顏逐開，朗聲道：「帶朕去看看！」

聖上步步生風地朝著宮殿而去，身後跟著成群的人。走到宮殿之外時，顧元白第一眼就看到了恭候在一旁的褚衛和史官，顧元白此時才恍然大悟，想起來新科進士的假期已經結束，是應該上值了。

褚衛為新科狀元，賜官為翰林院修撰。翰林院修撰，是從六品的官職，主要職責為掌修國史，掌修實錄，記載皇帝言行，進講經史，以及草擬有關典禮的文稿。

褚衛在這不奇怪，只是他甫一上任就能來到顧元白的面前，這倒是稀奇。

顧元白匆匆瞥了一眼就不再去想，而是朝著工程部的兩位臣子看去，徐甯就在其中，他們見到聖上走進，連忙迎上去躬身行禮。

顧元白扶起兩人，笑著道：「朕聽聞工程部拿出新東西來了。」

徐甯笑道：「聖上，是軍用武器和農具。」

只是短短十幾日的功夫，徐甯看起來卻改變很大。他瞧起來胖了一些，工程部的飯菜很是養人。

除了臉上有了肉之外，徐甯變化最大的就是臉上神采洋溢的神色，他看起來很有精神、很有動力，一種滿足而幹勁十足的精神氣頭，這種改變讓顧元白這個皇帝看著極其滿意和欣慰。

「好，」顧元白笑道，「快讓朕看看是什麼東西。」

臣子遞上來了弩弓，顧元白放在手中仔仔細細看了一番。弓箭是人力發射，弩卻是機械發力，人只要負責瞄準，射程多遠端看怎麼製作。弩的好處就是射程遠、力氣大，且不會對人的體力造成負擔，只不過小件的上弦麻煩又費時間，所以在戰場上的實用性並不大。

威力較大的弩，也就是南北朝時期出現的強弩之王——床弩。床弩是個大東西，也叫做「連弩」，威力大，射程遠，可以同時發射大規模的箭矢。顧元白記得，床弩是個攻城的好東西，在宋朝時技術登峰造極，似乎射程已經超過了一．五公里。

但床弩雖好，在有的時候卻比不上手中這小小的弩弓。

工程部改良的這個弩弓，同之前徐甯手中被踩壞的那個還不一樣。應當是換了材料並加以改良，上方裝有了三發短小而粗的箭矢，顧元白粗粗比了一番，發現這箭矢也不過六到八公釐的長度。

箭矢雖小，但並不意味著這東西殺傷力低，在近距離範圍之內，這東西反而要比長箭來得厲害。

弩弓底部還裝了一個看不出是什麼的東西，徐甯上前，將這東西一掰，原來裡頭是擺放得整整齊齊的短小箭矢。

徐甯羞愧笑道：「臣等揣摩了許多樣式，只有這樣最為方便，但也只能裝入五十枚箭矢。」

「五十枚？」一旁的文官有人倒吸一口冷氣，「五十枚箭矢若是箭箭命中，那豈不是五十條人命？」

「哪裡能這麼準，」工程部的另一位大臣回道，「五十枚中若有五枚能命中敵人，那就是好用的小弩弓。」

顧元白看了一會兒，愈看愈是喜歡，他偏頭朝著宮侍吩咐：「去衙門請兵部尚書和兵部侍郎過來。」

宮人應聲而去，不過片刻，腳步匆匆的兵部尚書和兵部侍郎還有工部尚書腳不沾地地趕了過來。

顧元白瞧著工部尚書就笑了，「你怎麼也跟過來了？」

工部尚書腆著一張老臉湊上前行了禮，「臣聽說是工程部又弄出了好東西，特意前來瞧瞧。」

在這工程部初建的時候，工部尚書其實最為難受，工程部不就是工部嗎？皇上這意思是不是打算弄出來兩個工部？

那段時間工部尚書吃不香睡不好，之後聖上帶著工部尚書在工程部轉了一圈，工部尚書就懂了。

工部和工程部大不一樣，一個範圍廣而雜，朝著特定的東西去研究，一個是集思廣益，想做什麼就做什麼，也不需要處理公務和人際關係，是一個純研究的部門。工程部並沒有分走工部的職權，這之後工部尚書就不糾結了，每次看戲還興致勃勃。

瞧人都來了，顧元白就將弩弓遞給了一旁的侍衛。侍衛上前一步，朝著遠處空曠的地方拉動弩弓，只聽「嗖」的一聲破空之音，三枚箭矢朝著遠處飛射而出。

三個孔洞既可齊射，也可逐一發射，待箭矢落地，顧元白忍不住上前一步，旁邊的兵部尚書已經大震，「這已有兩百步以上！」

只以顧元白的眼睛丈量，就覺得足足有一百公尺左右了。

兵部尚書望眼欲穿地看著前去丈量距離的人，喃喃道：「昔日諸葛弩可連發十箭，火力強盛。只可惜重量偏大，只能用來防守。我朝有床弩之器，唯一缺的就像是這樣人手可拿起的弩弓。」

兵部侍郎道：「這弩弓的射程還是如此之遠，三發連射，勁頭看樣子大得很！」

人人都欣喜無比，特別是兵部的人，已經開始詢問工程部的人這弩弓是否可以大量的生產了。

顧元白臉上的笑遮掩不住，他平日裡不笑已經容光大燦，如今笑意就沒停下來過。褚衛記錄著聖上的言行，需要時時盯著聖上在看，看著看著，他手中的筆就不由停了下來。

身旁的史官也在記著弩弓的模樣，搭話道：「竟然能研究出如此利器，研究出此物的人必定史上留名了。」

褚衛回過神，低低「嗯」了一聲，他嫌惡自己的這個反應，明明最不喜別人看他，他如今看著聖上卻出了神。

他又不喜歡男人，沒有龍陽之好，聖上即使長得再好看，那也只是一具皮囊。若是因為聖上的容顏便移不開目光，那褚衛自己也是一副好皮囊，也未曾對著銅鏡看出神啊。

褚衛百思不得其解，卻又不能一直不看著聖上。但等他重新抬頭時，卻見到會試放榜那日坐在常玉言身邊那位眉目不善的人。

褚衛眉頭輕皺。

薛遠原本是在看弩弓，剛開始漫不經心的心態逐漸變得認真，等餘光一瞥時，就看到那邊廂的小皇帝已經握上了兩位工程部臣子的手，在不斷誇讚了。

薛遠的笑容一頓，眼神一冷。

他能打仗能帶兵，不怕殺戮和血腥，真要看軍功，軍功高得能讓人瞠目結舌。正是因為他風頭太過、軍功太高，薛將軍才要壓他，生怕他如此年輕就軍功累累，會引起聖上顧忌。

說一句天生奇才也不為過，可這樣的他，小皇帝可從來沒對他好言相待過，反倒是對著這兩個手無縛雞之力的書生這麼好言好氣。

他被罰得那麼慘，想摸下小皇帝的手舒服下都得自己想辦法。但這兩個人，還讓小皇帝自己主動送上手了。呵呵。

等看過農具之後，顧元白更是愉悅地賜下了賞賜。工程部竟然將秧馬給琢磨出來了，今日春播怕是無法大規模生產，但等水稻成熟時，應當就能用上了。

顧元白將農具給了工部尚書，讓他帶人同工程部的聯繫。兩位兵部的大人直接同徐甯二人一起退了下去，他們還想再問些事情。

一回宮就遇到如此大禮，顧元白覺得這比爬山吹風還要暢快，他含著笑回了宣政殿，處理起政務來也是筆下生風，褚衛站在一旁，不經意中往奏摺上一看，就瞧見聖上朱筆一揮，洋洋灑灑的「滿口胡言」四個大字就出現在了奏摺之上。

褚衛微微一怔，隨後就覺得有些好笑。

估計被聖上批了「滿口胡言」字樣的臣子領了奏摺一看，要被嚇得軟倒在地了。

褚衛盡忠盡責地記錄聖上的言行，這活計也有規矩，臣子要清楚什麼能記什麼不能記。聖上好的方面要誇讚，其餘自由心證。

心情舒暢之下顧元白批閱奏摺的速度也快極了，等一口氣批閱完了政務的時候，還未到晚膳的時間。

顧元白便朝褚衛問道：「褚卿，你父可有往家中寄信？」

褚衛一愣，合上手中紙筆，恭恭敬敬地朝著顧元白行禮道：「家父未曾寄過隻言片語。」

顧元白歎了一口氣，道：「看樣子黃河一帶的事務應當很是繁忙了。」

褚衛張張嘴，最後只硬梆梆地說了一句：「能為聖上分憂，是家父之幸。」

顧元白微微一笑，打趣道：「褚卿不嫌朕讓你們一家人兩個月未曾相見就是好事了。」

褚衛聞言，唇角一勾，俊美無雙的臉上就露出一個細微的笑來。

他的容貌可當男子之盛，不笑時便是日月之光，笑了更是如潘安衛玠。顧元白瞧見他這模樣，便朝著薛遠看上一眼，薛遠容貌同樣鋒利俊氣，一個邪字溢於言表，這兩人站在一塊，若是不論性別，也算是一對天作之合。

薛遠瞧見聖上看了他一眼，正要揚唇，可是虛假的笑還沒笑出來，聖上就移開了目光。

他雙眼一瞇，突然冷冷一笑。

這是不想看他？

外頭有人忽而道：「啟稟聖上，和親王派人送來了一匹汗血寶馬。」

「哦？」顧元白感興趣的站起了身，往殿外走去，「在哪？朕去瞧瞧。」

在古代這個娛樂活動很少的大環境中，寶馬就如同現代的豪車一般備受權貴豪強所追逐。宮中也養了許多好馬，但因為顧元白從未表現過對好馬的追求，所以傳說中的汗血寶馬，宮中還真的沒有。

殿外，正有幾個人正費勁地牽著一匹英俊神武的高頭大馬，這馬體型優美，四肢修長，頭高頸細，瞧著就分外讓人心喜。

顧元白還未走近，就被其他人給攔了下來，焦急道：「聖上，這馬野性不馴，誰靠近它都掙扎得厲害，您先別靠近！」

顧元白停住了腳，遠遠看著那匹好馬，神情遺憾。

聽聞之所以有汗血寶馬一詞，就是因為汗血寶馬的皮很薄，在奔跑時能看到皮下流動的鮮血。又因為汗腺很多，所以奔跑時流出的汗水會浸透棕紅色的皮毛，形成宛若鮮血一般的顏色。

這等寶馬，饞得顧元白真的想上馬騎一騎。他本身就是愛冒險的性子，要是身體還健康，就算被摔也要試著征服一下。奈何小皇帝的身體太弱，他只能保持在安全距離眼巴巴地看著寶馬。

也才剛剛立冠的聖上，此時的表情才有一些年輕人的鮮活。

身邊突然有一個人繞過了顧元白，朝著被圍住的汗血寶馬走了過去。

顧元白定睛一看，原來是薛遠。

薛遠拉開阻攔他不要靠近的人，大步邁了幾步就走到了汗血寶馬身旁，汗血寶馬好似察覺到了危險，朝著薛遠嘶叫了好幾聲。

薛遠慢騰騰地把袖子捲起，他的手臂上還有上午被皇帝拖行的傷口，然而繃起的強勁肌肉，卻讓這些傷口看上去也不過小菜一碟。

等準備好了，薛遠將身上的佩刀扔到一旁，後退幾步朝著汗血寶馬吹了聲響亮的口哨，汗血寶馬的目光定在了他的身上，牢牢被薛遠吸引住了視線。

薛遠咧開嘴一笑，隨後猛地跑了起來，幾步到了汗血寶馬的身旁，然後突的翻身上了馬！

顧元白牢牢盯著伏低身體趴在不斷掙扎的汗血寶馬身上的薛遠。

高大的男人雙臂有力得很，環抱著駿馬的脖子，緊繃的雙腿併合得死緊。野性難馴的馬和野性難馴的人，誰都不服誰，一個比一個狠。

力道與力道的較勁，駿馬掙扎得讓人心驚膽跳，不斷後仰到一個可怕的角度，周圍沒有人敢靠近，但薛遠就是敢。

他給駿馬套上了轡繩，駿馬不斷掙脫，突的朝前奔去，薛遠狠狠摔落在地，硬生生被拖一段路，他陰惻惻一笑，又拽著轡繩翻回了汗血寶馬的背上。

「老子今天不把你弄服氣了，」薛遠拽住轡繩，猛得一個用力，馬匹的頭都被他拽得揚起了前蹄，「老子以後就別想著上戰場了。」

第二十六章

薛遠在顧元白眼裡，就像是個不聽話，還很會咬人的畜生。

這樣瘋的畜生，反而恰恰能激起顧元白那喜歡冒險、喜歡危險的神經。汗血寶馬，顧元白沒有身體條件去馴服，但薛遠卻不一樣了。

他起了興趣，甚至征服欲望強烈，他看著薛遠馴馬，這三年來愈加強盛的征服欲也在讓他想著怎麼能馴了薛遠。

最好是薛遠乖了，認輸了，瘋氣在顧元白面前磨平了，顧元白才覺得這是征服成功了。

薛遠花了兩刻鐘的時間，將這匹羈傲不遜的汗血寶馬死死壓在了身下。

寶馬累得折騰不起來了，由著他攥著韁繩控制住了自己，乖順地在薛遠的掌控下邁著步子朝小皇帝走去。

顧元白看著這匹剛烈的汗血寶馬離自己愈來愈近。薛遠坐在馬上，居高臨下地笑了：「聖上，臣把馬給馴服了。」

因為剛剛掙扎的厲害，馬匹脖頸已經流下了汗，汗浸濕皮毛如同鮮血那般靡麗，顧元白心喜極了，他撫著寶馬的脖頸，皮下的血脈流動都隱隱約約可見。

「好馬，」聖上贊道，「不愧有千里馬的名聲。」

汗血寶馬嘶叫了一聲，搖了搖尾巴。

薛遠咧嘴一笑，從馬匹上彎下腰朝著顧元白伸出手，畢恭畢敬道：「聖上，不如臣帶您上馬一遊？」

侍衛長嚴肅著面容道：「薛侍衛，你確定馬匹已經被你馴服了嗎？」

薛遠微微一笑，懶得理他。

一旁的褚衛眉頭一皺，心中不喜這人倡狂的態度。

顧元白倒是見獵心喜，朗聲一笑，「好馬在前，朕怎能不試？」

只是這是新馬，身上還未有馬具，沒有腳蹬，顧元白索性直接握住了薛遠的手，薛遠握住了他，臂力一使，將他整個人就拉上了馬背上。

顧元白穩穩當當地坐著，他帶笑撫了撫汗血寶馬的鬃毛，不容拒絕地從薛遠手中拿過了韁繩。小皇帝如此霸道，薛遠沒有辦法，只好從小皇帝腰側伸出手，共同攥著那一條韁繩。

「聖上，」他笑聲不爽，「您用完就把臣給扔了？」

沒了韁繩，馬上也沒有馬具，這寶馬一跑起來薛遠能立馬從馬上滾下去。

顧元白唇角一勾，不答這話，而是雙腿夾緊馬腹，揚起韁繩道：「駕！」

有千里馬之稱的汗血寶馬揚蹄嘶吼一聲，飛快的跑了起來。

宮侍慌慌張張地跑到兩旁，看著聖上同薛侍衛駕著馬往地方寬廣的馬場奔去。

坐在小皇帝身後的薛遠勾著顧元白的腰，小皇帝的一頭青絲都打在了他的臉上，薛遠側過臉，卻沒有躲過。

黑髮襲來，但薛遠竟然覺得並不難受，大概是小皇帝太乾淨了，連髮上都是香的。

薛遠聞了一會這個香味，覺得還有清心靜氣的作用，先前的那些鬱氣消失不見了。

他無意識地多嗅了幾下，褚衛眼神好，他將薛遠的這些舉動看得一清二楚，厭惡猛得升了起來。冷冷地看著薛遠，手用力地攥著筆。

褚衛因為容貌俊美的緣故，總是會被許多男子示好，那樣的目光在褚衛看來噁心無比，像是稠黏的蟲子在身上爬行一般。褚衛最厭惡有龍陽之好的人，最厭惡眼中只有皮相的人。

他雖沒有龍陽之好，但因為被示好的多了，所以懂的也多了。聖上卻不像他一樣，聖上有權力有地位有身分，大恒的天下之主，皇宮的唯一主人，誰敢用那樣的眼神去看聖上？

這個薛遠，分明就是仗著聖上不懂，所以才如此膽大妄為。

他分明是對聖上暗藏禍心！

褚衛目光沉沉。

侍衛長還是不放心，派人牽了幾匹馬來，他還未靠近馬匹，就見新上任的翰林院修撰忽的將紙筆一放，上前來搶過一匹馬然後翻身上去，動作行雲流水，官袍飛揚。褚衛上了馬後對侍衛長致歉道：「某先行一步。」

策馬奔騰，侍衛長茫然一會兒，也連忙上馬朝著聖上追去。

宮中的馬也是良馬，只是被養得溫順了，身上掛著沉沉馬具，跑起來自然是比不上千里馬。

顧元白迎著風，暢快得好像在同風一樣奔跑。春日中的陽光傾瀉，傍午的暖黃日光將皇城顯得一片金光芒芒。汗血寶馬奔在高牆之間，但卻給了顧元白一種正在草原上奔騰的感覺。

高空低雲，千里青草，草原上的馬匹強健有力，顧元白去過草原，也在草原上騎過馬，只是那樣的時日太過久遠，久遠到他如今從內心深處升起了一股想去草原看看的渴望。

邊關遊牧民族，那塊地方，早晚要變成大恒的地盤，由著大恒的駿馬在其上奔跑。

等馬匹停了之後，薛遠拉住了韁繩，「聖上？」

顧元白回過神，這才發覺雙腿之間被磨得隱隱發疼，顧元白琢磨了下，估計是磨破皮了。

「派御醫來吧，」顧元白坦然承認了自己的弱，「朕應當是磨破皮了。」

薛遠眉頭一皺，當即下了馬，他伸手將顧元白也抱了下來，等聖上站穩之後，薛遠單膝跪下，手指在他大腿處試探拂過，「這處？」

大腿內側兩旁是最容易磨破的地方。

薛遠的指骨粗大，手指修長而粗糙，顧元白試著感受一下，搖了搖頭，「不是。」

這樣摸起來不怎麼方便，薛遠正要撩起聖上的袍子，顧元白就按住了他的頭，「薛侍衛這是要做什麼？」

薛遠笑笑，「臣給聖上檢查檢查傷處。」

「檢查傷處後呢？」顧元白覺得薛遠這殷勤獻得有些蠢，「難不成你還能空手給朕治傷？」

頭被別人按著，這個姿勢讓薛遠不怎麼舒服，「您要是不想讓臣看，臣這就乖乖起身。」

顧元白道：「答非所問。」

小皇帝實在嬌貴，力氣也沒有多少，他掌著薛遠頭的力度，其實還不如一隻狼崽子往薛遠身上撲的力度，但薛遠還挺喜歡看小皇帝這副表面弱氣，實則強勢的樣子。這讓他覺得有趣，覺得好玩。

因此即便有些難受，薛遠也配合的十足十了，「臣自然沒辦法給聖上包紮，但臣看了傷處，至少能心裡有底，不至於太過愧疚。」

顧元白被「愧疚」兩個字逗笑了，「朕自己上的馬，自己受得傷，薛侍衛不必為此愧疚，朕也不是那等隨意冤枉他人之人。」

「聖上說的是，」薛遠道，「聖上可還能走路？」

顧元白放開了薛遠，他試著走了兩步路，步伐穩當，樣子與平時無礙，淡淡道：「尚可。」

皇帝樣貌神情會騙人，頭上的細汗卻不會，薛遠陡然覺得有些無奈，他站起身擼起袖子，兩步走向顧元白，然後突的彎腰，猝不及防下將顧元白整個人打橫抱在了懷裡。

顧元白嚇了一跳，隨即就是臉色鐵青，「薛九遙，放朕下來！」

「聖上，」薛遠語氣無奈，「臣會走得慢些、穩些，會一步路掰成十步的走，臣都給您當過騾子和馬了，現成的畜生擺在這不用，您不是自討苦吃嗎？」

顧元白不說話了，臉上陰晴不定。

他讓薛遠當畜生的時候，薛遠就是畜生。但他還沒開口說的時候，薛遠就不能擅作主張。

但薛遠說得沒錯，他走起來確實疼，馬騎不了，走路走不了，只剩一個薛遠還能讓他少受些疼。

聖上體重輕極，哪怕薛遠今日被烈馬拖行了兩次抱著他也極其不費力。

薛遠還不忘將汗血寶馬的韁繩纏在手腕上，既抱著個人又牽了一匹馬，顧元白都覺得他精神充沛、力氣多到已非普通人的地步。普通人被摔一下都得在床上躺上半月，更別說薛遠的兩次，可薛遠別說躺了，他現在還生龍活虎著。

這樣人的上戰場，怕是熬也能熬死對手。

薛遠抱著聖上走了沒有多久，就聽到了有策馬聲逐漸湊近。顧元白眉頭一皺，「扶朕上馬。」

同為男人，薛遠自然知道他在想什麼。他也沒有落了小皇帝的面子，將小皇帝放上了馬背上之後，他也翻身上了馬。

低頭瞥過顧元白坐著的姿勢和緊繃的脊背，薛遠嫌麻煩地皺皺眉，但還是單手摟住小皇帝的腰，把他抱離了馬背一瞬，袍子一團，給放在了下頭。

小皇帝坐下來的太快，薛遠的手還未伸出來，他已經連袍子帶手的坐在了身下。

顧元白一怔，「什麼東西？」

薛遠若無其事地抽出了手，用左手握緊了韁繩，身前的袍子被聖上壓得結結實實，讓他整個人也沒法動彈。他這會竟然很有耐心地道：「聖上，臣這是為了您著想。」

顧元白雷霆手段，氣勢駭人。然而再滔天的權勢也遮掩不了他的體弱，不是薛遠瞧不起小皇帝，而是事實就是如此，小皇帝這麼嬌，再顛都能顛壞了，再怎麼樣，團上幾層的袍子坐起來也要比馬背來的舒服。

還好小皇帝的體重很輕，駕馬回去時注意一些，應該就不怕了。

顧元白語氣淡淡，「不用，拿開吧。」

「聖上，莫要逞強，」薛遠道，「現在臣護著，您還能少受些苦。」

道理清楚是清楚，但男子漢大丈夫，哪有騎馬還在屁股下墊衣服的？顧元白不說話了。

薛遠瞥了眼他，主動道：「聖上，有人來了。」

他揚起韁繩猛得踢了一下馬，顧元白慣性朝後落在了他的懷裡，薛遠護著他，駕馬朝著不遠處的策馬聲而去。

馬匹比來時慢了很多，小皇帝脊背挺得直直，薛遠瞧他晃悠的身形，心道怎麼這麼倔。他伸手將顧元白往懷裡一摟，讓他靠在自己的身上：「聖上，臣這胸膛也是能靠的。」

被一個男人這樣護著，顧元白覺得丟人，他讓薛遠鬆開手，薛遠當沒聽見，不止不聽，還摟得更結實，生怕他摔下去。

前方，褚衛同侍衛長趕到，他們停馬翻身下去，「聖上可還好？」

薛遠道：「受了些輕傷。」

顧元白沒出聲，冷臉下了馬，薛遠跟在他的身後，正要再說些什麼，就聽聖上語氣冷厲道：「跪下。」

撲通一聲，在場的三個人全都跪了下去。

眼睛盯著地面，跪得規規矩矩，腦袋低下，乖乖順順地臣服。

到現在，顧元白馴了薛遠多少次了，讓他知道多少次的疼了，但他就是不怕。

「薛九遙，你膽子怎麼這麼大，」顧元白聽不出喜怒，「這麼大的膽子，連朕都不怕？」

顧元白沒讓他抱他，他就敢逕自抱他。讓他放手，他當做沒聽見。

哪條狗會這麼不聽話？

薛遠神情一凝，他眉目壓著，深深俯拜：「臣不敢，臣請罪。」

整個氣氛凝滯，猶如結冰，誰都不敢大聲喘上一氣。

薛遠又是一個請罪。

「薛侍衛，」良久，聖上才淡淡道，「這條路上的馬蹄印子礙了朕的眼，你既然騎馬奔了一程，那這處就交給你了。先跪個一會，再將這裡擦乾淨。什麼時候一點兒印子都沒有了，什麼時候再散值回府。」

「是，」薛遠埋著頭，看不清楚表情，「臣遵旨。」

說完這話的薛遠，一刻鐘之後就知道自己說得輕鬆了。

等他跪完之後，聖上已派宮侍牽著宮中的馬來回在這條路上踏來踏去，馬蹄上還踩著不知是泥水還是馬糞的東西，薛遠面無表情地站在一旁，看著滿地的泥濘不出聲。

這裡活活成了一個馬糞池，皇帝的舉動明晃晃，一點兒也不怕薛遠看出來，他就是在和薛遠說：朕不高興，朕一點兒也不高興。

既然你不怕疼，那你就去泥裡馬糞裡滾上一圈吧。

頭髮那麼軟，脾氣卻那麼硬。

薛遠擼起袖子，剛想放下手臂，卻從手上聞到了一點清淡的香氣，不得了，和之前那枚手帕、那件皇帝穿過的衣衫上一樣的香氣，既高貴又奢靡的宮廷薰香味兒，只有貴族才能用的好香，這香染上衣衫後就會彌留不散。

就抱著顧元白那一會兒，被坐了那一下，手就染上了香味，這宮裡頭的香都這樣厲害？

那天天穿著這衣裳的小皇帝，豈不是自己身上各處的肉都是香的？

薛遠一邊漫不經心的想，一邊遲疑了片刻，湊上前嗅了嗅。

能掩住馬糞的香味。

寢宮內的顧元白還不知道他是在想什麼，御醫給送來了藥，他自己給自己上了藥。上完藥後，顧元白披上衣服起身，藥膏的味道在宮殿之中四散。守在一旁的田福生擔憂問道：「聖上，傷得怎麼樣？」

「蹭破了些皮而已，朕什麼時候少受了這些傷了？」顧元白隨意坐下，問道，「齊王可有說些什麼？」

田福生道：「齊王殿下一直求著見您。」

顧元白微微一笑，「還有臉見朕？」

§

自嚇完了宗親之後，還真有不少人在府中徹底查探了一遍，有監察處的人暗中相助，真讓這些宗親找出了些盧風的人。這件事可把宗親們嚇得頭冒冷汗，接受顧元白的賞賜的時候都哭得淚流滿面。

齊王和他的一大家子就被無情關在監獄之中，對待沒有實權沒有能力還心比天高的人，顧元白一向不給他們留面子。

但也不能太過分，因此齊王一家都是單間監獄，每日好吃好喝的供著，還有表演節目在眼前上演。

就是這表演節目，有點血腥和可怖了。

養尊處優的一家人，親眼看著犯人在自己眼前受刑，各種各樣的殘忍手段和血腥氣息在周圍飄散。如此過了幾天，齊王一家肚子空空，餓得睡不著覺，但一點兒胃口都沒有，看見那些大魚大肉就想吐。幾天下來，人人憔悴不已，都瘦了一大圈。

齊王剛開始還仗著自己是顧元白的皇叔，在監獄中要讓那些獄卒將他放出去，可幾天之後，老人家已經失去了生氣，哭著嚎著要求見顧元白，要顧元白看在他們是宗親的份上網開一面。

網開個屁！

顧元白留他一命就是因為他還有用，都培養起下一任皇位候選人了，還講究什麼宗親情分？

齊王敢插手，敢肖想皇位，還蠢得同盧風的手下商量著肖想皇位，這樣的皇親國戚看在顧元白的眼裡，蠢得簡直比薛家二公子還要蠢。

不給他一點教訓，他下次還敢。

顧元白認為齊王背後一定還有朝堂之中的人，官職還一定不低，不然就齊王那個慫貨，只盧風手下的慫恿，他還不敢。

顧元白吐的那一口血可不能白吐，他不好對齊王一家用刑，那就只好採用精神折磨了。

說起齊王，顧元白就想起了齊王的那個小兒子，「他口中所說的聰慧堪比朕兒時，天生仁善的么子，似乎叫做顧聞？」

田福生道：「聖上記得是，因著聖上說無需將顧聞小公子也抓起，因此顧聞小公子還在齊王府內，被奴僕照顧著呢。」

顧元白歎了口氣，搖了搖頭道：「先帝在時，齊王還算是乖覺。他如今敢如此大膽，都是想著朕身體不好，想冒一冒險。」

就是這樣才可恨！田福生知曉聖上為大恒朝做了多少打算，知道聖上每日有多麼勤政，哪有皇上這麼好做的？他們這樣的人就算坐上了皇位，怕是早就被盧風給弄成了傀儡！

但齊王一事，也給了顧元白提醒，下一任的接任者，也必定會在宗親內選擇。

顧元白沉吟了一會兒，道：「朕可不想……」

可不想養一個宋英宗趙曙那般的接任者。宋英宗養在宋仁宗名下，在宋仁宗死了之後還想尊自己的親生父親為皇考而尊宋仁宗為皇伯，其他不論，但論這點，若是顧元白是宋仁宗，怕是都要被氣吐血了。

先帝在時的處境就如同宋仁宗趙禎一般，生的子嗣早夭，膝下沒有兒女，直到四十歲之後才收養了當時年紀尚輕的和親王，並對和親王說，他一直都是先帝親子，只是宮內夭折皇子太多，才把他養在了宗親處。

而當顧元白出生後，先帝大喜，但也沒有如宋仁宗一般將和親王遣了回去，而是兩子都在膝下養著，只是一個當未來皇帝養，一個往武人的方向養。後來見和親王有幾分帶兵的天賦，先帝才讓其有了些輔帝的作用。

在這一點來看，先帝做的要比宋仁宗好。

不過若是顧元白真的死了，怕是後繼者是誰他都無法決定。監察處的人私下中還在探尋著各處神醫，只是監察處的人還是太少、建立得太年輕了，而大恒又太過大了，直到現在，也沒有什麼好的收穫。

聖上同田福生說話時，褚衛眼觀鼻鼻觀心，半分不為所動，也不將這些話往心中去。

等到顧元白思索回來，餘光瞥到褚衛時，眼睛忽的一頓。

未來的能臣，有宰相之能，而監察處什麼都不缺，就缺有一個能使其鋪滿整個大恒土地上的領導者。這個領導者要有極強的耐心、有極深的城府可以讓其眼觀六路耳聽八方，還要有足夠深的忠誠度。

顧元白在心中過了不到幾秒鐘的時間，就否定了褚衛進監察處的想法。

褚衛有才，未來或許會成為飽受官海沉浮後不動聲色的能臣，但現在不行，而且忠誠度？算了吧，他不信任褚衛。

褚衛注意到了聖上的目光，他合上書，上前一步躬身道：「聖上有何吩咐？」

「褚卿上值之後，可有與榜眼郎和探花郎接觸過？」顧元白端起茶輕抿一口，「你們三人均有大才，同在翰林，應當很聊得來才是。」

褚衛沉默一會，道：「如聖上所言，臣等三人姑且算是聊得來。」

孔奕林還好，低調不說話埋頭幹事。但排在第三名的常玉言，未曾接觸前的名聲很好，接觸了之後才知道此人是一個假文人，詩寫得憂國憂民，但人卻不是如詩作那般。

而孔奕林……褚衛眉頭一皺，孔奕林平日裡那麼低調，今日翰林院派遣人到聖上身邊時，孔奕林卻主動站了出來，想要到聖上身邊侍講。

雖然最後即便被拒，但孔奕林仍然風度翩翩，毫無異議地坐了下來，平靜無波的臉上也看不出絲毫遺憾的表情。

即便孔奕林再如何低調，但褚衛仍本能一般直覺他不簡單。

顧元白笑道，閒聊一般地道：「褚卿如何看榜眼郎？」

果然，聖上對孔奕林很是另眼相看。

褚衛垂著眼，冷靜道：「榜眼郎大才。」

五個字，沒了。

顧元白等了一會兒，沒等到下一句，不由啞然失笑。

褚衛這性格，和薛遠在一起時，兩個人不得互相噎死？

想到薛遠，顧元白就想到他現在應該正在掃著馬糞，抱著不足為外人道也的惡劣因數，顧元白起身，促狹道：「走，陪朕出去走一走。」

朕帶你去看看你未來基情的物件，讓你看看你未來的兄弟是怎麼掃馬糞的。

這等畫面，怎能錯過？

第二十七章

薛遠清掃馬糞馬蹄印的時候，不是沒想過讓宮侍給他掃了。只是顧元白在宮內的威嚴說一不二，這些宮侍見到薛遠就躲得遠遠的，一邊躲，還要一邊牽著馬走走過過。

堂堂的大將軍之子，在皇上說罰就罰的威嚴之下，還不是得乖乖掃馬糞。

除了臭了點，麻煩了點，薛遠並沒有什麼感覺。

屍山人海裡爬出來的人，薛遠還泡過發臭了的血水，他神情漠然，應當是在想著其他的事，瞧著有些漫不經心。

顧元白帶著褚衛過來時，褚衛才知道聖上出來散步就是為了來見薛遠。

薛遠對聖上心懷不軌，褚衛不想讓聖上同他有過多接觸。但口說無憑，他只能盡力去阻止薛遠靠近聖上。

顧元白看未來攝政王掃馬糞看得還挺愉悅的，他唇角一直含著笑。褚衛餘光瞥見他的笑意，不著痕跡地抿了抿唇，道：「聖上，此處髒污，不宜久留。」

褚衛風朗月清，如皎皎明月般乾淨不染，顧元白只以為他聞不慣此處的味道，就道：「既然如此，朕同狀元郎再往鳥語花香處走走。」

先前上藥的地方已經用柔軟的棉布包了起來，顧元白走得慢些，就覺不出疼了。

聖上轉身離開，褚衛跟在他身後，腳步聲在空曠的宮道上響起，薛遠聞聲抬頭看去。

褚衛似有所覺，他回過頭淡漠地看了薛遠一眼，便輕輕抬起了手，從遠處來看，聖上的腰好像就被他環在腰間一樣。

「聖上，」褚衛低聲道，「臣是不是打攪了聖上的興致？」

顧元白聞言就笑了，他側頭看著褚衛，笑道：「難不成看薛侍衛掃馬糞，還能給朕看出興致不成？」

褚衛唇角一勾，也輕輕笑了起來。

兩人均是一副好皮囊，好得都快要入了畫。但看在薛遠眼裡，就是褚衛的手放在了聖上的腰上，聖上還轉頭對著褚衛露出了笑顏。

薛遠的眼冷了下來。

這是個什麼東西。

薛遠散值回府後，彎月已經高掛枝頭。

他徑直走到書房，派人讓府裡的門客過來見他。這會的時間該躺床上的都已經躺在了床上，但薛遠叫人，他們不敢不來。

薛府的門客不多，但都有真才實學，他們有的是奔著薛將軍的名頭來的，來了之後卻又自動滾到了薛遠的門下，薛遠這人狠，門客沒幾個不怕他，此時聽著薛遠在叫，麻溜地滾到了薛遠的面前。

薛大公子在昏暗燭光的光下笑得猶如厲鬼回魂般陰森森，「你們去探聽一番那個新科狀元郎。」

門客小心道：「公子想知道新科狀元郎的什麼事？」

「所有不好的事，」薛遠聲音也沉，「他是不是喜歡男人，做過什麼不好的事，老子通通要知道。」

門客應道：「是。」

薛遠繼續道：「還有，你們明日去找些能送禮的好東西。」

門客面面相覷，有人大著膽子問：「公子，您要送誰東西？」

薛遠咧開嘴，「當然要給皇帝送禮。」

門客只當他是想討聖上歡喜，「公子放心，我等明日必給您備上好禮。」

「若是送給聖上，那一定不能送些俗物，」另一人道，「最好撿些清貴或者稀奇的東西送，至少不會出錯。」

「正是，」門客道，「公子可有什麼想法？」

薛遠摸著下巴，瞇起了眼。

他的想法？

薛遠右手指頭一動，突然道：「送些皮肉軟的，摸著舒服的。」

門客：「嗯？」

§

大內，顧元白正看著禁軍在齊王府掘地三尺翻出來的所有可疑東西。

齊王背後還有一起搞事的人，但他們沒想到顧元白能這麼乾脆俐落做事這麼絕，沒用宛太妃的事情試探出顧元白的身體情況，反而讓顧元白抓住了他們露出來的尾巴，這一抓就連泥拔了出來。

他們明確知道那日顧元白得了風寒，但還是不敢做什麼，最後只讓人傳了一條假消息進行試探，真是一群庸才、慫貨。

既低估了顧元白，又高看了他們自己。

禁軍連著在齊王府中翻找了幾日，終於發現了一些掩藏極深的情報。

「聖上，」程將軍道，「此信是臣統領的兩隊之中的一個禁兵發現的，藏在一塊空心玉之間。這個兵心細膽大，當時拿著玉佩往地上摔時，都把臣給嚇了一跳。」

程將軍知曉聖上準備在禁軍之中挑出一批精英隊伍時，就已經心癢癢地想推薦他看重的兵了，他麾下的這個士兵真的是有膽有謀，雖不識字不懂兵書，但天生就在這一塊上敏銳無比，極有天賦！

蜀漢大將王平手不能書，生平所識不過十字，但也天生就是對軍事對打仗極其敏銳，就算不讀兵書也能屢屢大勝，程將軍不敢拿麾下士兵同王平相比，但同樣也不願意埋沒人才。

顧元白果然對人才比對密信還要感興趣，他問道：「此人現在在何處？」

程將軍嘿嘿笑了兩聲，同顧元白告罪一聲，親自出了殿門帶了一個人走了進來。在後方這人一進來的時候，顧元白就將目光放在了他的身上，此人一身的腱子肉，個子極高，修長而有力的四肢規規矩矩的放著，既有衝勁又相當收斂，給人一種儒將的感覺。

「卑職秦生見過聖上。」不卑不亢，聲音亮堂。

顧元白問道：「你是如何發現這封密信的？」

秦生彎了彎腰，口齒清晰、思路分明的給顧元白講了一番事情經過，顧元白在心中緩緩點了點頭，開口道：「退下吧。」

秦生沉默不語地退了下去，程將軍有心想探聽秦生在聖上心中的感覺，卻不敢擅自詢問，只得閉嘴。

顧元白惡劣極了，看出了程將軍臉上的著急，卻假裝沒看見。玉佩中的密信被一旁的太監檢查過無害之後，才放到了顧元白的手裡。

只是顧元白打開一看時，上方卻沒有一個字。

程將軍皺眉沉聲道：「這怎麼可能！」

顧元白正面反面檢查了一遍，又確定了沒有刮痕和夾層，他沉吟一會，突然道：「拿水來。」

宮侍端了水來，顧元白將密信浸泡在水中，水中的信件逐漸顯出了字跡。

程將軍失聲：「——這?!」

明礬水寫字，乾了之後就沒有字跡。顧元白記得不錯的話，宋朝那會就開始使用明礬了，大恒朝的年歲正好接上，明礬不稀奇，稀奇的是和齊王通信的人竟然懂得這樣的辦法。

是個聰明人，但聰明人不會看不清時事，齊王蠢笨如豬，他為何要去幫齊王?

大家都是成年人，官場上講究的是既得利益，顧元白拿著信從水中抽出手，淡定地接過巾帕將手上的水珠擦去，問田福生道：「齊王么子的母親是誰？」

田福生想了一番，道：「似乎是禦史中丞的女兒。」

大恒朝的禦史台便是中央監察機構，自上而下的監察中央和地方官員是否有做出不符合國家法律、以及是否遵守職責的事情來，同時也監察著大理寺和刑部。

禦史中丞就是禦史台的老二，上頭就是禦史大夫，如今的禦史大夫已經快要到了致仕的年紀，顧元白正在考察誰是下一任的接任者。

按理來說，中丞該上位了。

顧元白拿著絹布，將密信展平，上方的字跡細小，全都是在勸齊王切莫衝動的話。

「瞧瞧，」顧元白道，「齊王怎麼也聽不進去勸。」

密信下方還有一行小字，讓齊王閱完即毀此書，但齊王應當是不相信還有別人知道讓這「無字書」顯字的辦法，所以直接得意洋洋、大大方方的展示了起來。

皇家大多人的資質，其實都如齊王一般資質平庸，還各個都沉溺在了繁華富貴之中。

但還有一些人很聽話、很懂事，在見識到顧元白出兵圍了齊王府後，他們乖順得像頭拔了皮毛的羊。

但即便是如此的乖順，顧元白也決定以後要實行降爵承襲的制度。

可以世襲的爵位，隔一代就降一爵，這樣一來，如果後代沒有出息，那麼一個家族很快就會銷聲匿跡。

桌上的密信逐漸乾了，字跡重新消失，程將軍道：「聖上，現在該當如何？」

顧元白笑笑：「剩下的事，程將軍就不用擔憂了，朕自有打算。接下來朕還有一事拜託於你，同樞密院一起，在禁軍之中給朕挑出兩千名精兵。」

程將軍面色一肅，「是！」

政事商討完了之後，田福生伺候著聖上更衣梳洗，自從上次擅自將褚衛綁到聖上龍床被罰之後，他就不敢過多揣測聖意。即使不明白為何聖上要就此停手，也不敢多問。老老實實伺候好了聖上，這比什麼都要重要。

自從前些時日吐了那一口血、得了那一次風寒之後，顧元白這些日子倒沒出現什麼生病的症狀。春日漸深，應當和暖回來了的天氣也有關。

「聖上，」田福生的小徒弟伏在一旁給顧元白按摩著辛勞一日批閱奏摺的手臂，「這力度如何？」

顧元白閉目，微微點點頭。

在聖上身邊伺候的人，早就練就了瞧人眼色的能力，小徒弟看見聖上容顏舒展，似乎心情不錯的樣子，便討巧的說了一些趣話。

說著說著，就說到了新科狀元郎的身上。

「新科狀元郎還未有婚配，殿試放榜那日，狀元郎差點被人綁下捉婿給捉走了，」小太監道，「聽說那日各家的家僕見著了狀元郎就撲了上去，最後他們自個兒反而打起來了。」

顧元白唇角一揚，心想這些人就不用想了，褚衛可是薛遠未來的兄弟。

過了一會兒，聖上有了倦意，田福生帶著人滅了燭光，悄然褪下。

第二日，薛遠揣著厚禮上了值，厚禮被揣在懷裡，今早被薛遠逗得怕了，一動不動的裝死。

這一身的侍衛服嶄新筆直，乾乾淨淨。既沒有被拖行的裂口和灰塵，也沒有馬糞髒污。然而一到皇宮，侍衛長就對他說：「聖上讓你去照顧那匹汗血寶馬。」

汗血寶馬被拖進了馬廄裡，可是牠太烈，餵食和洗馬的宮侍根本不敢靠近，今早報上來的時候，顧元白直接就吩咐到了將馬馴服的薛遠身上。

真是用完就扔。

薛遠懶散地轉過身跟著宮侍往馬廄走去，走了幾步突然腳步一停，側身問道：「那馬叫什麼？」

侍衛長一愣，「聖上還沒有為牠命名。」

薛遠唇角一挑，嗤笑地轉過頭，「那我就給牠起一個小名了，賤名好養活，就叫做小沒良心的得了。」

侍衛長沒聽清這句話，他將此事記了下來，待到聖上下了朝用完了早膳之後，他才提起這件事：「聖上，您還未給那匹汗血寶馬起名。」

顧元白想了想，庸俗地道：「叫它紅雲吧。」

「好名字，」田福生吹著彩虹屁道，「雅中帶俗，俗中帶雅，大雅大俗之間又將汗血寶馬的毛色和速度都給言簡意賅地點了出來，聖上英明。」

顧元白揉揉眉心，「閉嘴。」

聖上今日要去政事堂、樞密院一觀，再轉去翰林院看一看，特別是那位擁有西夏血統的榜眼郎，有能力讓西夏對著大恒發動戰爭並且連下五六座城池的人才，顧元白不能不將其放在心上。

可是等用完早膳之後，顧元白還沒起身，就聽著有人前來通報，說是齊王開始絕食了。

顧元白眉頭一皺：「何時開始絕食的？」

通報的人尷尬低頭：「回稟聖上，是今早齊王沒用膳，一直在獄中喊著要絕食。」

「那就讓他絕，」顧元白冷笑，腦子悶悶的疼，「從今日起，三日不給齊王送飯，他不是不想吃？不想吃就別浪費朕的飯菜。」

膽子大了，覺得自己受過的罪多了，就夠贖罪了，就夠讓顧元白發洩怒火的了？

顧元白悟了。

精神折磨，還是比不過肉體上的折磨來得有用的。

第二十八章

在前往兩府的路上，顧元白的腦子還在嗡嗡作響。

皇帝在宮中的代步工具既有馬車也有人力步輦，顧元白乘坐的是馬車。政事堂和樞密院各有辦事處，聖上時不時都會親自視察一番，因此此番聖上親臨，諸位大臣也沒有慌亂，顧元白讓他們繼續忙著自己的事物，只有樞密使陪同在聖上身旁。

顧元白走得慢，樞密使一邊同聖上彙報著近日來的事情，一邊讓人泡上了好茶。

「不必麻煩了，」顧元白道，「趙卿，朕打算從禁軍之內建一支東翎衛。」

樞密院雖管的是軍機大事，但如今大事的執行命令都掌握在皇帝一人的手中。聖上說要建一支東翎衛，實在沒有必要同樞密院說。

樞密使不解求問：「聖上的意思是？」

「朕吩咐了程將軍，」顧元白笑了笑，「禁軍南、北兩部，統共二十餘萬人，朕要從中挑選出兩千人，這不是件簡單的事。更何況朕要的也不是簡單的人，樞密院主管軍事機密事務、邊地防務、並兼禁軍，爾等要協助程將軍辦完此事。」

樞密使躬身行禮：「臣遵旨。」

說完了此時，樞密使又同顧元白說了一番兵防、邊備、戎馬之事。大恒朝馬源匱乏，騎兵少，精通騎術又耍得一手好刀好槍的更少，而且重騎兵必不可少，重騎兵可是開路的一把尖刀。

顧元白聞言，卻勾唇一笑，高深莫測道：「趙卿，馬匹的事，朕覺得快能解決了。」

顧元白說完，含笑看著樞密使抓耳撓腮的樣子。

等欣賞了一番趙大人的急態之後，聖上才悠悠從樞密院離開。樞密使看著聖上的背影，哭笑不得地同周圍人道：「聖上心中早就有了章程，卻怎麼也不肯告知於我等，真是讓老夫心裡跟貓撓似的難受。」

周圍人笑道：「聖上胸有丘壑。」

可不是，聖上不論是養兵還是訓兵，均有打天下的趨勢……步兵，騎兵，樞密院比先帝在時愈來愈忙，但這種忙碌，卻恰恰給人一種不可或缺的重要感。

樞密使心道，若是大恒吞併了西夏、蒙古，征服了草原上的那些遊牧民族之後……那可真是不得了了。

而顧元白，已經來到了政事堂。

政事堂中的事務繁多而匆忙，這些大臣下值了之後有時還要帶上公務回家中處理，但各個都十分滿足，忙得充實而高興。

整個大恒各個機構之內，只有政事堂和樞密院的臣子們享受的待遇最高，細節之處可見章程，他們所食用的飯菜頓頓豐盛，還有新鮮當季的瓜果蔬菜，當季有當季的特色，偶然還有聖上賞下來的茶點。光在這一個食堂上，就讓其他人嫉妒的質壁分離。

朝廷中的人都知道，政事堂和樞密院是聖上所倚重或是看好的臣子才能進入的地方，只要能進這兩處，以後必定飛黃騰達，如同以前的宰輔大人，都是聖上看重的大恒肱股之臣。

翰林院中貢輸的人才、六部中的人才，都想削尖了腦袋的往這兩府擠。

顧元白在政事堂視察了一番之後，還是覺得人有些少。政務太繁忙，這些人處理不過來。政事堂的這些臣子們都弓伏在自己的桌上埋頭處理著政務，這些都是給顧元白處理政務的人才，顧元白自然愛惜他們，這一看，都怕他們一天到晚頭趴在桌上會得頸椎病。

光從他進來到現在，除了行禮時抬過那一下頭，剩下的時間就沒從公務裡抬起腦袋。

顧元白憂心地想，這樣下去，不是脊椎壞了就是眼睛壞了，這怎麼能行？

「政事堂還缺多少人？」顧元白問。

參知政事苦笑道：「回稟聖上，自然是愈多愈好。」

顧元白輕輕頷首，「新科進士中有才能的不少，翰林院中想往政事堂來的人更多，還有六部的人才。稍後你與各位大臣商量出一個章程，再交由朕看。」

參知政事喜笑顏開，「人才都先給我們？」

顧元白笑道：「那也得看各位大人願不願意放人。」

臨走前，顧元白又說了一遍政事堂的休息問題，該什麼時候工作就什麼時候工作，吃飯只吃飯，睡覺只睡覺。養足了精神才能更好地處理事務，午休必不可少，即便是趴在桌上休憩兩刻鐘，也比這樣的好。

「各位都是我朝肱股之臣，」顧元白道，「身體要比政務更為重要。」

聽到這一番話的人感動得恨不得寢食不用也要為聖上效勞，他們精神氣頭足得嚇人。顧元白瞧著自己的一番勸解反而讓這些人變得跟打了雞血一樣，不由失笑，無奈地搖頭離開了政事堂。

實在不行，太醫院的定時身體檢查也可以開始了。他們不願意動起來，顧元白大不了再辦一個大恆朝官員運動會。

政事堂門前有一片池塘，塘中綠萍遍佈了半個池子，水色烏黑，如今這個月分，荷葉還未曾長出來。

顧元白揉了揉眉心，偏頭道：「馬車呢？」

問過之後，就有人將馬車牽了過來，侍衛長扶著聖上上了馬車，田福生在外頭候著，將車簾車門一放，烈日也照不到聖上了。

顧元白脫了褲子上了藥，摸著手心處滑嫩嫩的皮膚，又歎了一口氣。等他整理好行裝的時候，恰好已經到了翰林院的門前。

翰林院中，褚衛正在同孔奕林下著棋。

這兩人一人是新科狀元，一個是新科榜眼。此時圍在一旁看熱鬧的人有許多，既有剛進翰林院的庶吉士，也有年紀大的正在端著茶慢慢品的官員。

下棋的兩個人全神貫注，常玉言站在一旁，雙手背在身後，神態嚴肅地看著棋面。

顧元白站在一旁觀棋時，一旁站著的幾個年輕學士隨意朝他看了一眼。這一眼就倏地頓住，然後連忙移開視線，再也不敢去看。

這位公子是哪裡來的人？怎麼比他們翰林院中的褚大人還要好看。

裡頭圍著的人還在看棋，外頭圍著的人已經神思不屬了。顧元白一身貴氣，一舉一動之間不凡，即便他此時氣息平和，但卻沒人敢有膽子去瞧。

能隨意進出翰林院的，能有幾個普通人？

侍衛一部分守在門前，一部分跟在聖上之後。侍衛長怕這些人衝撞聖上，不著痕跡地護在一旁，顧元白察覺到了，不由側過頭對著這忠心耿耿的侍衛長微微一笑以作讚賞。

侍衛長英武不凡的臉上騰的一下燒紅了，身子站得更是筆直，不敢有絲毫懈怠。

外頭安安靜靜，正端著茶水往這邊走來的湯勉一眼就見到了聖上。他雙目瞪大，手中的杯子陡然落地，發出一聲響亮的脆響。

「聖上?!」

一聲叫聲讓整個翰林院都喧嘩了起來，坐著下棋的褚衛和孔奕林抬頭就瞧見了笑意盈盈的聖上，連忙扔下棋子，同諸位同僚一同朝著聖上行了禮。

孔奕林頭埋得低，行禮也是恭恭敬敬。待聽到聖上溫聲道：「都起來吧。」才隨著眾人起身。

但他雖低著頭，但個頭卻很顯眼。顧元白掃視了一遍眾人，往棋盤處走去，落座在孔奕林的位置上，笑道：「棋下得不錯。」

褚衛道：「雕蟲小技而已。」

「雕蟲小技？」顧元白失笑，「行了，朕的狀元郎和榜眼郎一同下的棋又怎麼會是雕蟲小技？」

褚衛一愣。

顧元白指著對面的位置，道：「坐下吧，朕同狀元郎也下一回棋。」

褚衛應言坐下，顧元白朝著周圍看了一圈，道：「除榜眼郎之外，其餘都散了吧。」

眾人拱手應了聲「是」，連忙從此處散開。等沒人了，孔奕林才低聲道：「聖上有何吩咐？」

顧元白挑眉，悠悠道：「這棋已下了半局，剩下半局由朕來走，但也不少了榜眼郎做個軍師。」

田福生給孔奕林搬過來了個椅子，孔奕林又是拜謝，才坐在了皇帝的身側。

都說下棋能看出一個人的性格。在桌上這半局棋中，反倒是看起來沉穩的孔奕林下的路數劍走偏鋒，好幾處危機與機遇並重，這樣的棋走錯一步就會滿盤皆輸。他長相老實性格沉默，但由這棋就能知道，孔奕林絕對不是一個和長相一樣低調的性格，他充滿鋒機而且有膽，做事甚至有幾分「賭」的成分。

這並非說他不穩重，恰恰相反，孔奕林清醒理智極了，他就是在穩重的進行一步步的豪賭。與孔奕林相比，褚衛的棋風也是變化多端，所有的路表面上似乎都被堵住，但一把尖刀已經露出了鋒芒。顧元白見到這樣針鋒相對的棋面就忍不住手癢，如今執著黑子，乾脆俐落地落下一子。

褚衛緊執白子跟隨。

顧元白下棋的時候不會猶豫，他從來都是走一步看十步，次次落下棋子時都快速而狠。這讓他看上去很是胸有成竹、自信非常，而這樣乾淨俐落的下棋方式，多半會逼著對手自亂陣腳。

褚衛唇角抿得愈來愈直，下棋時猶豫的時間也愈來愈久。正當他捉摸不定的時候，一旁的孔奕林突然道：「在這。」

他伸手指向了棋面上顧元白所執黑子中的一處缺角。

微蹙的眉頭舒展開來，褚衛慎重地同孔奕林道：「多謝。」

他指尖捏著圓潤的白棋，輕巧放在了那處缺角上。

棋子一落，顧元白陡然笑了開來，過了一會兒，孔奕林唇角微揚，也沒忍住露出些許笑意。

「褚卿，榜眼郎可是朕的軍師，」聖上蔥白的指尖執起了一顆黑子，笑吟吟道，「這就叫自投羅網，羊入虎口了。」

話音剛落，聖上手中的棋已經落下，原本平分秋色的局勢瞬間投向了顧元白，接著不必下了，輸贏已經定了下來。

「……原來剛剛那一處是聖上故意給臣留出來的位置，」褚衛了然，歎了口氣道，「聖上所言極是，孔編修乃是聖上的軍師，我竟輕而易舉信了。」

孔奕林道：「是聖上棋藝了得。」

顧元白聞言，抬頭一看，卻正好瞧清了孔奕林的這雙眼睛的顏色。混合了西夏的血統，孔奕林的眼睛瞧著就不是大恒朝國人，但瞳孔顏色卻還好，淺淡如褐，雖然與常人相比是淡了些，但至少不會引起別人詫異。

旁的不說，顧元白單從棋面上看，就看出孔奕林這性子無論是在官場還是在戰場都不合適，他太過劍走偏鋒，這不可行。

但孔奕林的實才卻不能放著不用……顧元白忽的想起來了監察處。

相比起褚衛來，孔奕林真的是太適合監察處不過了，而監察處，本來就是在刀鋒上行走的暗中監督機構。

只是孔奕林的忠誠度，和對大恒朝的態度，這些還有待商榷。

顧元白放下棋子起身，褚衛和孔奕林候在他身後，等將聖上送出去了之後，兩人還站在不遠處看著聖上的背影。

聖上上了馬車，車簾快要落下，孔奕林忽而動了起來。他撩起袍腳，大步朝著聖上的馬車跑去，侍衛伸出刀劍將他攔在不遠處，孔奕林大聲道：「聖上！臣有事上奏！」

顧元白眉頭一皺，掀開車簾道：「讓他過來。」

孔奕林大步跑了過來，他呼吸粗重，跟一座山一樣在顧元白面前擋下了層層陰影。

他很激動，甚至敢抬起這雙眼睛來了，這樣的激動，讓平日裡的低調和沉穩徹底滾到了一邊：「聖上……」

孔奕林看起來很緊張，喉結都上下動了動。顧元白以為他會緊張得說不出來話時，他卻堅定地道：「不瞞聖上，臣身上流有西夏人的鮮血。」

顧元白一愣，隨即面色從容道：「朕知道。」

孔奕林抿了抿唇，低聲道：「聖上放心臣待在朝中嗎？」

顧元白不悅地反問：「朕難道還沒有唐朝時候的容人肚量嗎？」

唐長安城，那時堪稱全世界第一國際性的大都市，開放而包容，許多外國人都在唐朝留學、做官，入唐朝為官的，光五品以上就有百餘人。

顧元白把孔奕林放在榜眼，除了成全褚衛的三元好名聲外，還考慮了許多。

一是為了堵住朝中某些迂腐保守的官員和讀書人的嘴，二是他不清楚原著當中孔奕林造反的原因是因為殿試被罷黜還是還夾雜著對大恒的恨，嚇一嚇孔奕林，再給他一個希望，這個希望還要留有讓他知道自己該努力，努力就會上前的一步距離，三是孔奕林身負西夏血統，在此情況下策論仍然鋒利，反而容易成為眾矢之的。

顧元白自然不舒服一個會造反的人，但他是帝王，哪怕是劉邦站在他的面前，顧元白也不會對其高看或者低看一眼，在他眼中，即便大恒朝並不存在歷史當中，但以往的千古名君站在顧元白的面前，也不過是一個平起平坐。

一切還沒發生前，只要在他的朝代，在大恒的國土上，都是他的子民。

於是顧元白克服了心中的疙瘩，將孔奕林點到了第二。

壓一壓，需要壓一壓。

孔奕林聽到顧元白的這句話，胸腔之內竟然湧出一股難以言說的酸澀，他沉聲道：「聖上，臣在兩年前曾去過西夏一趟，在西夏的邊陲地方，發現了一種奇怪的花。」

顧元白左眼跳了一下，「什麼花？」

「白棉花，」孔奕林低聲道，「那邊的人們叫這花為白棉花，臣途經那處時曾蓋過白棉花填絮的被子，比填充植物枯草保暖得多，也輕便得多。更重要的是……」

他頓了頓，道：「這白棉花應當很好養殖，臣途經的那處邊陲，白棉花就占了一片廣地。一畝似乎就能達到許多產量。」

顧元白心道，怎麼什麼好事都被我給遇見了。

他倏地笑開了，高興地重重拍了拍孔奕林的肩膀，哈哈大笑了幾聲，欣慰極了道：「孔卿，既然如此，那種子何在？」

在沒有棉花以前，富人取暖的方式百種不一，而窮人卻只能拿柳絮和蘆花和植物枯草填充衣物，拿著絲麻往身上套。棉花在宋朝開始種植，但並沒有得到廣泛推廣。直到泥腿子皇帝朱元璋登上了皇位，他是窮人，他知道冷是什麼滋味，才大力廣推棉花種植，解決了百姓的寒冷問題。

如今，這個白棉花，就是那時的棉花嗎？

孔奕林沒想到聖上這麼輕易就相信他所說的話了，一時有些反應不及，愣愣道：「種子還放在臣家中。」

顧元白點了點頭，朗聲笑道：「若是孔卿所言如實，這白棉花就能解決天下人的寒冷問題，朕會大力支持，也會記下孔卿的功勞。若是真有那日，孔卿，你便救了許多人的命。」

孔奕林提袍的手抖了下，低著頭道：「臣當不得聖上所言。」

「朕說你當得就當得，」顧元白不容反駁地道，「孔卿何必如此自謙？」

孔奕林沉默良久，然後退後一步，撩袍跪地，朝著顧元白行了一個大禮。

這一禮，是備受欺辱後被壓塌的脊樑重新挺起的禮，是對聖上的禮。

孔奕林曾被逼著出了大恒，前往西夏。可西夏人也不認他，他在西夏舉目無親，也不適應西夏的語言、文化，在邊陲看到這白棉花時，就意識到這是一個機會。

所以他來考了會試，如果他考上了，那麼他想向大恒的皇帝獻上這樣的東西。如果他沒考上，那麼就是天不盡人願。

他有才，他真的考上了，還是一甲第二，一個絕好的位置。

孔奕林應該滿足了，但聖上如此開明，反而讓他升起了更為貪婪的野心。

白棉花的種子，就是能讓聖上記住他的手段，是他向上的階梯。

但皇上比他所想的還要好上許多倍、開明上許多倍。

因此孔奕林這一禮，還摻雜著愧疚的感情。

吩咐孔奕林第二日將棉花帶過來後，顧元白就回了宮。寢宮之內，等他用完膳後似乎才想起了什麼，「薛遠還沒回來？」

田福生一愣，也轉頭看身邊的小太監。

有一個宮女站出來道：「聖上，薛侍衛在您回來之前已經回來了，只是周身髒亂，免得他御前失儀，就被一個小公公帶下去整理了。」

顧元白笑出聲了來，「一個大將軍之子，好好的御前侍衛，結果到了現在，盡做些髒活累活了。」

可不是？

田福生擦去頭頂的汗，心道這位薛公子到底是怎麼招惹聖上了，一天天的都沒過過什麼好日子。

正說著話，薛遠就過來了。他周圍濕氣重重，黑髮連著水珠在背後披散。若說顧元白放下髮來就是柔和了面容，但薛遠偏偏就顯得更加逼人了。

劍眉入鬢，不笑起來顯得駭人，薛遠進殿就瞧見了顧元白，他唇角敷衍一勾，露出一個虛假的笑來。

假得很。果然是因為髒活累活而生了怒氣？

薛遠走到顧元白面前行了禮，然後在殿內看了一圈，道：「聖上，昨日那個修撰呢？」

昨晚看到那個狀元摟著小皇帝的腰、小皇帝還對著他笑的時候，薛遠真的是冷笑連連。他摸顧元白的腳一下就得被踹到水裡，摸顧元白的手一ト都得偷偷摸摸，那個什麼屁狀元，手都搭在皇帝腰上了顧元白還衝著他笑？

但一會兒薛遠就冷靜下來了。

因為小皇帝不喜歡和別人過於親密的接觸。

細想之下，那個狀元只是在小皇帝身後抬了抬手，裝出一副他碰到了皇帝的樣子。

想通了之後，薛遠就道，很好。

很明顯這個狀元就是在故意做給他看，是在故意挑釁他。雖然不知道這個狀元此舉是何意思，但成功激怒薛遠了。

挑釁薛遠的人，除了小皇帝，其他都死了。

小皇帝就算了，天下之主，內藏雄獅，他覺得有趣。

可這個褚衛是個什麼東西？

顧元白沒對他笑過幾次，卻對這個東西笑得那麼好看？

顧元白聞言，卻突然一笑，意味深長地看了薛遠一眼，淡淡道：「褚修撰自然是在翰林院了。」

原來這個時候起，薛遠已經注意起褚衛了。

顧元白應當是要親眼見證他們是如何搞基情，要親眼見證他們掉入沒有子嗣的大坑了。

他還可順水推風，儘早地讓他們二人彼此情定。

現在總算是看到了苗頭，顧元白心情大好，他讓田福生拿來了兩個好硯臺，讓其遞給了薛遠，道：「將這兩個硯臺送去給翰林院中的褚修撰和孔編修，就說是朕因著他們下了盤好棋而賞。」

兄弟，我給你製造出機會了，接下來就該你自己上了！

快上，快同褚衛談起棊情，別在朕眼前晃了，朕看見你就煩。

拿著硯臺的薛遠眼睛一瞇，聽完顧元白的話後就咧嘴冷冷一笑：「臣遵旨。」

硯臺能砸死人的。

第二十九章

薛遠倒是直接想拿著硯臺砸死那個挑釁他的褚衛，但是如果砸死了，恐怕小皇帝真的就生氣了。小皇帝生氣沒什麼可怕，薛遠只要不死，只要留著一口氣，他就什麼都敢做。小皇帝罰他的手段，受刑還是折磨，薛遠都能忍。

他唯一不能忍的就是受氣。

但就是什麼都不怕的薛遠，還真不想看到小皇帝對著他一臉怒容的模樣。小皇帝就沒有幾次是好臉對他的，本來沒覺得什麼，但現在薛遠就想，怎麼連那個狗東西都能有好臉色，他就沒有呢？

他一路走到翰林院，也想了一路，小皇帝為什麼就不能對著他笑。

對他笑一笑，別說去洗馬了，再掃一次馬糞都不礙事。臉色稍微好點，讓薛遠埋在水裡一天也不是不行。

愈是得不到就越想要，薛遠賤得很，見不得自己被區別對待。小皇帝愈是對他冷臉，愈是罰他罰得狠，如今他還就越想看他好臉色對他。

賤到骨頭裡了。

等薛遠揣著兩個硯臺到了翰林院時，得知聖上賜下賞賜的褚衛和孔奕林急匆匆走出，第一眼看到的就是他。

孔奕林不認識薛遠，但褚衛一看到薛遠就臉色一冷，神情之間的嫌惡甚至懶得掩飾。

「這位是？」孔奕林上前一步，拱手問道。
薛遠勾起一個親切的笑，「這位就是聖上所說的孔編修了？」
孔奕林點了點頭，目光一低，就落到了薛遠手中拿著的精雕木盒之上。
褚衛面無表情地上前，同樣拱手道：「勞煩薛侍衛走這一趟了。」
「為聖上分憂，算什麼勞煩？」薛遠假笑道，「都是臣應該為聖上做的。」
孔奕林好似沒有看出他們之間的不對，「薛侍衛，不知聖上賞給我等的是什麼？」
薛遠將兩個木盒扔到了他懷裡，「硯臺。」
孔奕林露出一個笑，「多謝聖上賞賜。」
褚衛看了一眼孔奕林手中的木盒，也露出了個笑模樣。
這個笑落在薛遠眼裡，就是褚衛對皇上肖想的證據。薛遠收了笑，他冷冰冰看了褚衛一眼，壓著殺意轉身離開。褚衛同樣厭惡地看了一眼他的背影，兩個人簡直兩看相厭。
薛遠往皇帝寢宮走的時候，臉色還難看著。
一路沉著臉走到寢宮處，薛遠懷裡裝著的「厚禮」突然從他身上跳了出去，腳步飛快地逃竄著跑走了。
薛遠猝不及防，眉頭一緊，兇神惡煞地跟著往厚禮的方向追去。

§

殿內候著的宮女感覺腳面茸茸，低頭一看，面色驟然一變，驚叫出聲。腳邊的小東西被尖叫聲驚嚇到了，驚惶無措地四處亂晃，殿中的宮女一個接一個被嚇得臉色發白，渾身發抖，站著的位置都亂成了樣。

田福生大喝道：「都叫什麼呢？」

有宮女帶著哭意道：「總管，這兒有老鼠。」

在宮裡伺候的人，特別是在皇上身邊伺候的人，哪裡見過這種東西？

顧元白仍舊淡定地用著膳，吩咐侍衛們將老鼠給抓起來。女孩子們大多會怕這樣的東西，再不抓住老鼠，有幾個都要哭出來了。

侍衛們忙得到處亂跑，殿中亂成了一鍋粥。顧元白突然聽到了一聲小小的「吱吱」聲，他頓了一下，放下筷子，低頭往桌下一看。就對上了一雙黑不溜秋的豆子眼睛。

「小東西，」顧元白伸出手，笑道，「你倒是會躲。」

滿殿的人都沒人敢往皇帝身邊來。

小老鼠有一身灰色的毛髮，嗅了嗅顧元白手上的味道，莫約因為手上有食物香氣，它嗅著嗅著就爬到了顧元白的手上。

顧元白抬起手，輕撫小東西身上的皮毛，皮毛光亮又順滑，肥嘟嘟的被養得皮肉綿軟，一看就是家養的寵物。

田福生餘光瞥到聖上手裡的東西，整個人頓時一跳，「聖上！」

抓著老鼠的侍衛們一抬頭，也跟著嚇了一跳。侍衛長忙上前兩步，著急道：「聖上！臣這就將這東西抓住！」

「不用，」顧元白將小老鼠放在了桌上，用筷子夾了個肉片放到老鼠面前，看著小老鼠啃了肉片之後，悠閒用指尖順著小老鼠的皮毛滑動，「只是個小東西罷了，摸著還挺舒服。」

田福生瞧著這老鼠不像是會咬人的樣子，才板著臉整頓了殿中的宮侍。宮女們擦去臉上的淚，收了驚嚇，規規矩矩地站回自己的位置。

正用著膳，薛遠走了進來。

他一進來就瞧見了桌上的那隻正啃著肉的老鼠，眼皮一跳，原來在這。

顧元白瞧見他進來，「東西送過去了？」

薛遠道：「是。」

顧元白原還想問他有沒有同褚衛看上眼，一想，還是算了，懶得問。於是懶散點了點頭，讓他去一旁待著。

薛遠卻沒先動，而是道：「聖上，這小寵是臣養的東西。」

顧元白聞言一頓，抬頭看他一眼，「薛侍衛養的？」

薛遠頷首，「臣心想著宮內的小沒良心會寂寞，便帶著小寵來陪陪小沒良心。」

小沒良心？顧元白奇怪：「小沒良心又是誰？」

「是聖上的那匹汗血寶馬，」薛遠真真假假道，「那馬很是沒有良心，臣給它餵食洗澡，它最後非但不領情，還要撅起蹄子踹臣一下。」

顧元白被他說的這個畫面逗樂了，「那馬叫紅雲。」

薛遠恍然大悟，「臣記住了。」

顧元白摸著小老鼠，又道：「這東西叫什麼？」

薛遠道：「臣還未給它起名。」

顧元白見小老鼠吃完了肉，捏著它的脖子給提了起來，然後朝著薛遠一扔，「既然是給紅雲玩的，那就給紅雲送去吧。」

薛遠穩穩將小老鼠給接住了，問：「聖上不喜歡？」

聖上正拿著帕子擦著手，帕子上精妙的繡圖也沒有他的手好看，聞言瞥了薛遠一眼，道：「相比於這個小東西，朕更喜歡薛侍衛府中養的狼。」

薛遠道：「聖上，狼可是會咬人的。」

聖上不怕，輕描淡寫道：「揍幾頓，餓幾頓不就聽話了？」

薛遠咧嘴一笑：「聖上說的是。」

膳食被宮人收走，顧元白帶著人出去散步消消食。他走在前頭，今日穿了一身顏色深些的常服，走動間的暗紋若隱若現。深衣襯膚色，手腕脖頸越瞧越嫩。

薛遠跟在後頭，看一眼他的背影，再看一眼懷中的小老鼠。

「沒用的東西，」嘴唇翕張間是壓低的嫌棄，「連個人都勾不到手。」

小老鼠眨著黑不溜秋的豆豆眼，一點兒也沒聽懂薛遠的話。

如今的御花園姹紫嫣紅，各種的花兒草兒開得讓人眼花繚亂。顧元白慢悠悠散了一會步，最終走到了一顆枝葉繁盛的樹下。

田福生四處看看，突然指著樹頂笑道：「聖上，您瞧。」

顧元白抬頭一看，就見樹頂上在樹葉遮掩之間，有一方小小的風箏露出了一個黃色的小角，田福生笑道：「這風箏瞧著也老舊了，應當是先帝那會的宮妃弄到樹上的。」

顧元白只是多瞧著幾眼，薛遠已經走上前來，「聖上，臣給拿下來？」

他如今瞧顧元白眼色瞧得分外仔細，就像是被馴服了一般。顧元白心知哪裡有這麼好馴，但實際上，他還挺滿意薛遠的態度的。

很給人征服欲上的滿足。

顧元白點了頭，薛遠抬頭朝著樹上看了一眼，將小老鼠扔地上，腳上一用力，就倏地竄上了樹。

他人高，手長腳長，力氣大得不尋常，三兩下就攀到樹上枝丫搆到了風箏，整個動作看起來輕輕鬆鬆，半分難度也沒有。

周圍的人看他如此，已經認定薛遠會無事。但偏偏上樹這麼簡單的薛遠，下樹的時候卻非常不巧地跳到了皇帝的身旁，身邊驟然出現一個人，顧元白下意識往後退了一步，平衡失效，薛遠也跟著朝顧元白倒了過去。

背部碰上了樹，顧元白被薛遠壓到了樹幹上，薛遠兩手勉強撐著樹以免壓著聖上，穩住平衡之後歉意道：「聖上，臣好像踩到了一個小石子，腳步不穩了。」

熱氣吐在顧元白身上，一身嬌貴皮肉的聖上被薛遠身上的熱氣給熏得白裡透紅。聖上實在太過精細，這麼近的距離，臉上白生生的肉像是雲朵一樣，瞧著好像就能入口即化一般。

顧元白仰頭，脖頸繃起，皺眉不耐道：「退後。」

薛遠正要退開，就見一旁突然有一堆馬蜂衝了過來，他面色一變，當機立斷地將聖上的腦袋按在了自己懷裡，自己也立刻低下頭，把臉埋在小皇帝一頭青絲之中。

「哪裡來的這麼多的馬蜂?!」田福生驚恐問道。

「不好，護駕！」侍衛長臉色變了，「公公，後面有人不小心碰到了馬蜂窩！」

人都朝著顧元白圍來，顧元白眉心一跳，沉著臉埋在薛遠的懷中。

騰騰的熱氣從薛遠胸前傳過來，顧元白心道這人是吃什麼長大的？怎麼熱得跟個火爐似的。

「外頭如何？」顧元白的聲音沉沉悶悶，「是何人這麼莽撞？」

薛遠眉眼一壓，按緊了小皇帝，「別說話。」

顧元白頭頂青筋繃著，薛遠像知道他生了氣似的，抬眼往周圍一看，看準了一個草叢後，就抱著顧元白就地一滾，從那處缺口中躲過了這一片的馬蜂。

顧元白回過神來的時候，周圍已經沒有馬蜂的聲音了。

他起身一看，草叢之外的那片地方已經到處都是被馬蜂螫得四處亂跑的人。古代的馬蜂比現在的要更野，碰一下就拚命地螫，見人就螫，毒性還大，說不定只是哪個宮侍不小心磕碰了一下蜂窩，就造成了如今這番局面。

薛遠站在了小皇帝身旁，隨口問道：「聖上，您是用了什麼薰香，怎麼連頭髮絲都這麼香？」

顧元白專心看著不遠處的情況，全神貫注，沒有聽清：「嗯？」

薛遠沒再重說，餘光瞥到一旁草葉上停了一個馬蜂，他倏地摟住了小皇帝的腰，將他整個人帶到了自己的懷裡，然後腳步快速地退後了數步。

顧元白一陣頭暈眼花，剛剛緩過神來，薛遠已經在他身後說起了胡話。

「聖上，您上次罵臣放肆，臣覺得那不叫放肆，還有些委屈，」薛遠手一動不動，還放在小皇帝的腰間，緩緩接著道，「聖上，現在這樣才叫放肆。」

懂了嗎？

如果以後有男人敢這樣對你，那都是在對你放肆。

——比如那個褚衛，就可以拖出去斬了。

但是被他碰就不一樣了。

薛遠又不喜歡男人，所以這樣的動作，他做了就沒什麼。

第三十章

顧元白太陽穴一起一伏，差點現在就罵出「放肆」兩個字了。

更不可思議的是，他竟然在薛遠的語氣中聽出了教育的意思？

什麼狗屁玩意！

顧元白冷聲道：「給朕放開你的手。」

小皇帝的軟肉深陷掌內，隔著衣服摸著也舒服無比。薛遠聽話地鬆開了手，不忘證明自己的清白，指了指不遠處的馬蜂道：「聖上，臣唯恐那馬蜂螫著您。」

顧元白面色稍緩，「下不為例。」

半個時辰之後，這荒唐又熱鬧的情況才平靜下來。被馬蜂螫到的人都去了太醫院，侍衛中，顧元白原本以為他們個個人高馬壯，因此被螫了也沒有什麼事，但偏偏反應最大的就是他忠心耿耿的侍衛長。

顧元白直接給侍衛長放了假，讓他安心休息。等什麼時候好了，再什麼時候上值。這樣一來，貼身陪侍在顧元白身邊的，竟然只有薛遠這個走後門來的人了。

但只要薛遠聽話，他就是無比好用的。

而現在，薛遠還真的很樂意聽顧元白的話。

顧元白說要餓齊王三天，那就真的餓了齊王三天。這幾天上朝的日子，已經有臣子在暗示顧元白，含蓄詢問齊王如今如何了。

其中最著急的、偏偏要最耐得住性子不去詢問的，自然就是禦史台中丞。

禦史台，一個蘿蔔一個坑，想要進去的人出身經歷也要有大講究，進去了之後講究熬。在裡面待的愈久，參雜的人愈多，你就愈是清流。禦史台就像是一池深不見底的渾水，表面上風平浪靜，實則裡頭混得都攪起了泥。

偏偏這還是國家中央的監督機構，但顧元白插不去手腳的監督機構，要著還有什麼用？

禦史大夫年紀大了，該致仕了，顧元白本來打算借此做些什麼，但是現在，顧元白有更好的選擇了。

朝堂上，還有一些宗親為皇上的心狠手辣感到憂慮和驚恐，他們花了許多錢財，想托一些官員問一問齊王如何。

這是一筆很賺的生意，只是問一問而已，又不犯什麼忌諱，為什麼不接受這筆錢呢？

因此，在朝堂上的時候，這些敢問關於齊王一事的官員出口了才發現，整個朝堂上的人除了和他們一樣收了錢財的中等官員外，其他人沒有一個人出聲。

各個眼觀鼻鼻觀心，好像沒有聽到他們的話一般。

到了這時，這些官職不高不低，智商也不高不低的官員才意識到不對了。

為什麼沒有一個大官站出來？以那些宗親的手段，應該很輕易就能籠絡到大官的吧？

很不對勁。

他們問出關於齊王的話時，聖上還在笑著，甚至溫聲說了幾句話。但等下了朝後，平日裡與他們相處親密的同僚卻對他們避而不及。

只剩他們茫然無措，不懂這是怎麼回事。

有的時候，笨一點不怕，貪財一點不怕，怕的就是政治風向不敏銳。不敏銳就罷了，不敏銳你別說話啊！

齊王府家的么子從小就有良善名聲，包圍齊王府打的名號就是「清除反叛軍」，結果你傻乎乎的在朝堂上問聖上這些被清除的反叛軍還好嗎？什麼時候放出來？吃得怎麼樣睡得怎麼樣？好多人都在關心這個反叛軍，還請聖上仁德早點放過反叛軍？

滾你他娘的，走走走，別連累我們！

而宣政殿，顧元白迎來了程將軍及其副將二人。

禁軍同各宗親大臣府配合，發現了不少過去盧風埋下去的探子。這些探子有男有女，有的本來就是這些人家府中的家僕，只是因為受了盧風的賄賂，就此變成了盧風的人。

這些人一個接著一個被挖掘了出來，而現在，「禮物」有了，禦史台中丞有了，只剩下褚衛父親褚尋回來了。

褚尋一日不回來，顧元白就得心平氣和地等待。

彙報完了之後，程將軍忍不住問道：「聖上，既然齊王一事有可能和禦史台中丞有關，您為何不下令將其抓獲呢？」

顧元白道：「朕還有其他謀畫。」

程將軍摸不到頭腦，但也不再問了，選擇全權相信聖上。

顧元白不急，禁軍也跟著皇上不急。只是聽從聖上命令，將那些在宗親王府和大臣府中抓到的探子壓進了牢獄，這些人有的憤恨，有的絕望，更多的人則是哭著喊著，跪地求著聖上繞他們一命。

但怎樣的求饒，顧元白都不會心軟。

他們不會現在就被運走，還有一段活命的機會。總而言之，聖上說了，一切等褚尋回來再議。

但齊王又不能不吃著飯熬到褚尋回來。實際上，在餓著肚子的第二天，年已不惑、從未遭遇如此磋磨的齊王已經餓得沒有力氣了。

而他那頓豐盛的、葷素交加的美味飯菜，就被顧元白賞給了獄卒，獄卒吃得狼吞虎嚥，香得滿嘴流油，齊王看著他吃的時候，就更難受了。

第三天，齊王屈服在了饑餓的痛苦之下，他板著臉，聲音虛弱的命令獄卒：「把飯給本王拿來。」

何必拿著自己的身體難為顧元白？

顧元白是狠，齊王現在也有點怯顧元白，但堂堂齊王，難道兩個獄卒都比不上嗎？

顧元白把他們關起了這麼長的時間，應該也消了氣了吧？

齊王不知道，但他害怕歸害怕，等那個害怕的情緒少了之後，四十多年養尊處優養出來的高高在上的心理又站了出來。

但聽了齊王話的獄卒卻根本沒有理他，繼續大嘴流油的吃著肉。

而齊王已經決定絕食，齊王的兒子們又能如何，還不得陪著？

齊王上上小小十幾口男丁看著獄卒吃得津津有味，只覺得饑腸轆轆，等到第三天晚上的時候，終於有人受不住了。他們接過屬於自己的那頓飯菜，背著齊王，躲在角落中狼吞虎嚥的用著自己的那頓飯，即便旁邊有人正在受刑，也擋不住他們大口大口的扒飯。

那樣毫無儀態宛若一頭豬的樣子，幾個年齡比聖上還要大的齊王兒子一邊吃著飯，一邊從眼裡流出來淚。

他們大多都是被野心沖昏了頭腦的父親所連累，此時不敢去埋怨聖上，就不可控制地想，為什麼呢？

齊王為什麼就不能乖乖當一個安樂王爺呢？

他們沒有大志向，只想過一輩子的富貴生活。而現在，齊王最寵愛、想要推上皇位的么子留在王府中好吃好喝的供著，而他們卻要遭受牢獄之災，憑什麼呢？

飯菜香味在牢獄之中傳出，齊王虛弱的雙眼瞪大，用最後的力氣挪到牢門前，怒喝：「你們都在吃什麼?!」

可他的兒子卻沒人回他。

怨懟在心中埋下了根，餓了整整兩天半的胃就是鳴起的鼓，因為見識到了父親的蠢笨，這些齊王的後代就會更加清醒地明白什麼事不能做。

要是做了，就吃不上飯了。

§

顧元白處理完政務後，京城府尹遞上來了消息，說京郊的成寶寺歸還了許多寺田給了朝廷，與此同時，還有一千零五百名和尚還俗，正在衙門登記著資訊。

這等小事平時不需要遞交給聖上，只是成寶寺是皇家寺廟，府尹有些拿不定注意。

得知這個消息的時候，顧元白就揚唇一笑，非常輕鬆愉快的將奏摺往桌上一扔，嘴裡哼著不成調的小曲，道：「成寶寺的住持還挺懂得看人眼色。」

薛遠在一旁看著他的笑顏，心道老子都他娘開始看你眼色了，別說是一個和尚了。誰讓你好看呢。

聖上從桌上拿著羊脂白玉把玩，臉上染著點點紅潤，他高興的樣子感染力極強，周邊的人已經忍不住跟著彎起了嘴角。

顧元白站起身，從桌後走了出來，在殿中鬆鬆筋骨和手腕，道：「還俗的人那就讓他們還俗吧，朕馬上就有地方使用這些人了。至於寺田，讓府尹還回去。」

隨即就有人下去辦了事，顧元白伸著手，寬袖從小臂緩落，露出裡面的一小截白皙腕骨和明黃色裡衣。他揉著手腕，心道褚大人啊，現在就只差你這個由頭了。

你來了，剩下的一切都可以開始了。

成寶寺剛將寺田歸了朝廷，還沒鬆上一口氣，就聽聞朝廷拒收了這些寺田。

成寶寺的住持兩眼發暈，勉強維持著高僧的氣度，「府尹大人，為何不收下這些寺田？」

府尹自己也想不通，於是含笑不語，客客氣氣地將成寶寺的住持請出了門。

這含笑不語就把成寶寺的住持給嚇到了。

成寶寺身為皇家寺廟，整座山頭都是成寶寺的寺田，這些田地不需賦稅，寺廟中的和尚也不用給朝廷交各樣的錢，這樣的生活太富足了。但就是因為這樣的富足，住持一想起三武滅佛的事，就覺得渾身打顫。

來往成寶寺的都是宗親權貴，那些宗親因為被顧元白嚇到了，更是頻繁地來到了成寶寺拜佛求個心安。

從這些宗親權貴的嘴裡，住持也知道了一些事情。

皇上對宗親都能出手，又何況他們這些和尚？如今朝廷不要他的寺田，住持細思極恐，當天回了成寶寺之後，再統計了一遍寺廟中的寺田，發了發狠，只留下夠寺中僧人吃飯用的畝數，其餘的九成全給了朝廷！

而然第二次的敬獻，也被皇帝拒絕了。

再次從衙門走出來的成寶寺住持雙目從呆滯到凝重，一路回到寺廟時，沉聲吩咐道：「拿來紙筆。」

小沙彌送來了紙筆，住持深吸一口氣，穩住發抖的手，寫下了一篇文章。

開頭讚頌聖上仁德，並在佛祖指引之下，成寶寺請求聖上接受成寶寺獻上的九成寺田，讓這些寺田也為天下蒼生盡一分力，好全了我佛慈悲。寫完這些話後，住持手抖得更加厲害，他狠狠心，繼續寫了最後的一段話。

成寶寺號召天下慈悲為懷的寺廟，共同捐贈寺廟之中的寺田。

住持幾乎是含淚將這篇文章讓人送下山的。

他幾乎可以想像到，等這篇文章被天下寺廟看到之後，有多少人會咬牙詛咒他去死了。

天下人多麼誇讚他，被動了利益、處於輿論壓迫之下的寺廟就有多麼恨他。

唯一得了利益還不招人眼的，大概就是朝廷了。

等第三次成寶寺將寺田送來時，顧元白看著一同送過來的書信，打開一看，啞然失笑。

前來通報的人問道：「聖上，此番還拒？」

「自古以來都是三辭三讓，」顧元白搖搖頭，失笑，「朕沒打算做什麼呢，這成寶寺的住持自己就自亂陣腳了。」

許多朝代都用佛教來統治百姓思想，寺廟和佛教的存在有許多的好處，顧元白就算冗僧，也不會太過，更何況成寶寺是先帝封的皇家寺廟，顧元白又怎會對其無理？

只能說這都是成寶寺住持自己嚇自己的。

繼續再讓人家胡思亂想，這都有些不好了。顧元白道：「私下和住持說上一番，就說朕對他寫的文章很滿意。」

有了這句話，即便這次寺田再被退回去，想必成寶寺也能安定下來心了。

相比於百千畝的寺田，顧元白現在更關注的是白棉花一事。

前幾日，孔奕林就獻上了棉花的種子，顧元白沒種過這東西，就將孔奕林從翰林院調出，同工部的官員一起去研究這小小的種子。

依稀記得棉花好像是三四月分種植，具體的顧元白就不瞭解了，如今雖然晚了些，但也有可能趕得上。

要是棉花真的在今年就能種出來，民生、軍事，有了此物能救多少人命。

顧元白一時之間想出了神，田福生給杯中添了茶，道：「聖上，剛剛馬廄的人來了消息，說是紅雲又踹傷了一個人。」

顧元白回神，聽到這話苦笑：「這東西進宮就是來耗朕的。」

「走，去瞧瞧牠。」

一行人往馬廄而去。馬廄之中，顧元白瞧見了抱著果子在一旁啃的小老鼠，他心中好笑，沒想到薛遠還真是將這小老鼠帶給紅雲玩的。

只是紅雲好像對老鼠沒什麼興趣。

汗血寶馬被照顧得很好，只是牠不願意被套上馬具，身上只有一個韁繩，顧元白甫一走進，略通人性的馬匹就對著他嘶吼了一聲。

紅毛燦燦，顧元白被迷住了，當機立斷轉身朝著薛遠看去：「帶著朕騎一騎馬。」

薛遠挑眉道：「聖上，您傷好了嗎？」

顧元白：「只管聽朕的就是。」

薛遠就聽他的了。他牽出馬來，沒有腳蹬，顧元白不好翻身上去。身邊的宮侍要去搬凳子，薛遠嫌麻煩，直接抱上了小皇帝的腰，將他托上了馬。

等顧元白上了馬後，薛遠翻身坐在了他的身後，手掌握著韁繩，「聖上，臣駕馬了？」

顧元白後背一靠，舒舒服服地道：「走吧。」

馬鞭一揚，千里馬就風似地跑了出去。

顧元白的衣袍和髮絲飛舞，薛遠低頭看了他一眼，唇角一勾，鋒利的眉眼在疾風之中暴露，他帶著小皇帝策馬了一段時間後，就貼心的放緩了速度。

「聖上覺得如何？」

顧元白「嘶」了一聲，道：「爽。」

就是身體太過於虛弱，大腿內側仍然有些火辣辣的感覺。

薛遠聽到了他的這道「嘶」聲，揚手勒緊了馬。雖然想到了小皇帝有可能會受傷，但等真的見識到之後，還是有些心情微妙。

怎麼能這麼嫩？

薛遠找了處沒人的綠蔭地，請顧元白下了馬。先前上馬之前，田福生就遞給了薛遠一瓶藥膏，就是唯恐聖上受傷。

「聖上，」薛遠單膝跪在了坐著的顧元白面前，分開了顧元白的雙腿，「臣得給您上個藥。」

顧元白有趣地看著他：「薛侍衛，你這是要親手給朕上藥？」

薛遠慢條斯理道：「聖上，臣帶您出來奔馬，您傷了，臣心中自然覺得惶恐。」

顧元白嗤笑一聲，不信他真的會如此乖覺，於是袍子一撩，道：「上藥吧。」

第三十一章

還好大恒的褲子不是開襠褲，褲子裡頭顧元白也命人縫製了四角褲，縱然撩起袍子，褲子也嚴嚴實實。

這次的行馬，薛遠把握好了尺度，磨倒是磨紅了，應當還沒磨破皮。

顧元白也不喜歡自己如此嬌嫩，但這一身皮肉，確實是精細養出來的嫩。愈是養尊處優，就愈是一點痛也難受，身邊的宮侍和太醫院總是常備各種以防意外的藥物。

薛遠拿著藥，還當真伸出了手掌。

田福生給薛遠的藥，抹上去的感覺清涼得過了頭。

薛遠在陰影處對著小皇帝嫩得跟豆腐似的白嫩肌膚，他生平第二次幹這種伺候人的活，下手沒輕沒重。重了一下後，聖上就踹了他一腳，倒吸一口冷氣道：「輕點。」

被踹了一腳，薛遠現在沒心思跟他計較。他撣了撣衣服上的灰，額頭上也冒出了細汗，不知是感歎還是不耐，「還重？」

顧元白嘲笑道：「薛侍衛的手太粗了，摸在朕的身上都像是石頭刮的一樣。」

薛遠的手心中許多粗繭和細小的傷口，這是一雙屬於兵人的手，自然說不上什麼精細。薛遠心道，他全身都這麼糙，唯一柔軟的地方，應該就是一個舌頭了？

——可是用舌頭來沾藥給顧元白上藥？算了吧，薛遠還沒有這個癖好。

薛遠用最柔和的小指、最輕的力道來給聖上揉開藥物，顧元白眉頭蹙著，都有些後悔讓他來了。

等好不容易上完了藥，兩個人都鬆了一口氣。顧元白大腿內的肌膚又熱又燙，藥物又涼，冰火兩重天之下，他連點力都使不上來。顧元白道：「還不給朕收拾衣物？」

薛遠皮笑肉不笑，見不得他如今還是這副不好的臉色，「聖上，您能對著臣笑一笑嗎？」

顧元白噗嗤一聲，沒忍住樂了，「大膽。」

他總算是笑了，眉眼彎彎，手握重權並秋色無邊的人笑起來，有著平日裡不會有的柔和面容。這不是平日裡的淡笑、客氣的笑，而就是一個簡簡單單因為薛遠而露出來的笑。

薛遠看了一會兒他的笑，覺得心裡挺癢。他低著頭繼續默不作聲地給顧元白整理著衣物，提著衣服的手到了一半，發現藥還沒乾，就俯身撐起，探頭到小皇帝的腿間，吹著剛上的還未乾的藥膏。

從他口中吹來的熱氣到清涼的藥物上，燙得顧元白大腿一抖。顧元白不喜歡這樣被人掌錮在身下的姿勢，他一隻手撐在地上支起自己，另外一隻手攥著薛遠的髮絲，把他壓制得牢牢實實，懶洋洋道：「快點。」

薛遠頭皮被拽得生疼，都要氣笑了，「剛抹上的藥，臣就一張嘴一個口，吹完左邊還要吹右邊，快不了。」

這處四處沒人，安安靜靜，樹影一遮，花草一擋，沒人能看得見。顧元白坐起身，低頭一看，「原來已經紅了。」

原本就被磨得紅了，然後薛遠的糙手一上，紅意還加重了。

薛遠摸了摸細嫩的肌膚，滑溜溜的舒服，絲毫沒有一點這紅意也跟他的糙手有關的想法，心安理得地問道：「還疼？」

顧元白眉目皺著，「回去再說。」

等差不多乾了的時候，薛遠給顧元白整理好了衣物。然後忽的低身圈住了顧元白，雙臂一個用力，直接把人抱在懷裡穩穩當當地起了身。

顧元白臉色一黑，正要掙脫，薛遠騰出一隻手輕拍了他一下，不巧就拍在了屁股上，「聖上，您如今不能走不能騎馬，要是不想要疼，就得乖乖讓臣抱著。」

顧元白冷笑：「你敢再來一下？」

薛遠若無其事地抬手又拍了一下，笑得獠牙陰惻，「聖上原來還喜歡被別人拍。」

「等回宮殿，聖上想讓臣拍幾下臣就拍幾下，」薛遠耐心地慢條斯理，「現在別急，臣兩隻手還得抱著您。」

顧元白氣狠了。

現在周圍沒什麼人，薛遠的兩隻手跟鐵掌似的箍住了他，單論身體和力氣，顧元白怎麼也弄不了薛遠。估計薛遠就是這樣想的，現在才這麼大膽。

是以為他現在沒辦法懲罰他嗎？

顧元白伸出手，揪住了薛遠的領子，硬生生地拽著衣服將薛遠的脖子給拉了下來，薛遠低頭，居高臨下地看著小皇帝。

手掌沒有力氣，掐不住薛遠的脖子，顧元白將薛遠拉得更近，抬起身子，掌著薛遠的脖子，狠狠一口咬了上去。

牙齒咬在脖頸上，轉瞬之間就咬出了血，疼得薛遠眉頭扭曲，青筋暴起，手下不由用力。

真他娘的疼。

掌心抓著聖上的皮肉，聖上覺得疼了，於是嘴裡更下了狠勁，鮮血從嘴角流到了侍衛服的衣領，把白色的一圈給染成了紅色。

滿嘴腥氣，顧元白爽了，他鬆開了嘴，舔去唇上還熱著的血，唇角冷冷一勾：「再敢？」

聖上唇上沾的都是薛遠的血，舌尖舔走的還是薛遠的血，薛遠疼得脖子上的經脈都蹦了出來，他眼皮直跳，聞言直接又是一掌，假笑道：「聖上，舒服嗎？」

顧元白又是一口咬了上去。

薛遠：「嘶——」

顧元白接手了整整一個國家，平日裡對著那些蠢人蠢事，心裡不是沒有不爽和戾氣。顧元白有時候看著薛遠都挺羨慕，憑什麼這個人比他健康、還敢比他還瘋？

他咬這一口用了全身的勁兒，把心底的戾氣狠氣都一鼓作氣地咬了出來。血蔓延到了嘴裡，滿嘴都是腥氣，顧元白卻覺得心底壓著的東西陡然輕鬆了不少。

高壓，也就能發洩在薛遠身上了。

因為薛遠能受得住。

顧元白擦擦嘴，捏了捏薛遠的下巴，把他的臉轉向前頭，「給朕乖乖的走，別強。朕讓你聽話的時候不聽，這個時候反倒是比狗還聽話了。」

薛遠呵呵笑了，頂著脖子還流著血的兩個牙印，「臣本來只想抱著聖上回宮殿。」

顧元白眉毛一挑，伸手戳了戳薛遠脖子上的傷口，「知道疼嗎？」

薛遠老老實實道：「知道。」

「知道疼就給朕乖點，」顧元白道，「機靈一點。」

薛遠不說話了，過了一會兒，他才道：「老子還不夠乖？」

顧元白又按了按他的傷處，薛遠改口道：「臣已經很乖了，聖上。」

「再乖一點，」顧元白笑了，「朕喜歡乖的人。」

薛遠眉眼壓著，顯得很陰翳。

所以喜歡褚衛那樣的？所以才一見他就衝他笑？知不知道他對你沒安好心？

薛遠心裡憋著，硬著手臂把顧元白給抱回了寢宮。還等候在這的宮侍們被薛遠一脖子的血跡給嚇得雙腿發軟，田福生正要著急忙慌的找太醫，就被顧元白攔了下來，「朕沒事。」

田福生轉而看向脖子上都是鮮血的薛遠，薛遠臉色還是很不好看，硬梆梆回道：「不用。」

侍衛們見薛遠受傷了，原想上前從薛遠手中接過顧元白。但薛遠直接繞過了他們，抱著顧元白給放在了床上。

明黃色的龍紋床單上放著一個白生生的美人，薛遠看了一眼顧元白，退開撩起袍子去擦脖子上的血。

他愈擦愈多，袍子上都是斑斕的血跡，薛遠心道，牙還挺利。

聖上被伺候好了之後，有人想要給薛遠上個藥，薛遠大手一揮拒絕了，高高大大的影子走到龍床邊站著，整個人跟從血泥裡跑出來的一樣。

顧元白撩起眼皮看他一眼，也被嚇了一跳，「怎麼還在流血？」

薛遠不在乎，他就想說：「你就不能給我一點好臉色？」

周圍的人忙忙碌碌，龍床這處倒是安安靜靜、沒人打擾。顧元白漸漸皺起了眉頭。

剛剛薛遠說過的那句讓他笑的話，還有現在這句，這都是什麼意思？

他平日裡還真的對薛遠臉色很不好？

薛遠見他不說話，轉過頭看看外面的天色，快要到散值時間了。

裝一裝乖而已，要是真能讓小皇帝對他也能有好臉色，裝一裝讓小皇帝開心也無妨。

他一扭頭，脖子上的傷處又重新流出了血，顧元白提醒道：「先把你脖子上的血止住。」

薛遠隨手一抹，然後看了一眼宮殿之中的人，見沒人在意此處，突的屈膝壓在了床邊，臉湊近小皇帝，裹著血腥氣地低勸，「聖上，再笑一個，嗯？」

顧元白沒忍住，朝他翻了一個白眼，「薛侍衛，你逾矩了。」

「臣自小就是在軍營裡長大的，」薛遠慢條斯理道，「粗，不懂事，沒規矩，不會那些君子六藝。連伺候皇上都沒輕沒重，但臣對聖上的一片忠心，是天地可鑒的。」

薛遠說著，握著小皇帝的手摸上了他的脖子，高挺的喉結在小皇帝手底下，命脈都能被對方掐住，「聖上，對臣好點臉色，如何？」

瘋狗主動抬起脖子讓顧元白去握著，顧元白陡然之間真的有種戰慄的征服欲望被滿足的感覺，他瞇著眼，手指摩挲著薛遠的喉結。

良久，顧元白才放下手，他淡淡道：「薛侍衛今日累著了，回去吧。」

薛遠沉沉應了一聲，餘光一瞥，見到了顧元白手背上蹭到他脖子上的血，他上手將顧元白手背上的血給擦了乾淨，才站直身，恭恭敬敬道：「臣退下了。」

顧元白看著他大步離開的背影，長舒一口氣，心道，差點被蠱惑了。

瘋狗都學會裝乖了？

薛遠回到府中後，一脖子的鮮血嚇得薛夫人都要暈了過去。

下人們遞上巾帕，又連忙去叫了大夫。薛遠默不作聲地坐在位置上，雙目之間沉沉浮浮。

血被擦乾淨了之後，兩個深深的牙印咬痕就露了出來，薛將軍見著之後就臉色一板，語氣不怎麼好的道：「這是怎麼回事?!」

薛遠撩起眼皮看他一眼，像是在看蠢貨，「被咬的。」

薛將軍勃然大怒：「老夫豈能不知道是被咬的?!老夫是問你是怎麼被咬的！」

薛遠懶得說話，又把薛將軍氣得臉紅脖子粗。

薛夫人不理他們父子間的交鋒，心疼地上前查看薛遠的傷處，歎了口氣道：「瞧你這樣子，之後怎麼在聖上身邊上值？」

「聖上不會怪罪，」薛遠唇角似笑非笑，「他沒准還高興著呢。」

薛夫人未曾聽見他的這句低語，「什麼？」

薛遠不說了，而是捂著脖子起身，大大咧咧道：「讓大夫去我房中找我。」就大步離開了。

成寶寺和朝廷三辭三讓，等第四次將寺田送到府尹那時，這些成千上百的畝地才被朝廷接收，又立刻安排人手接著成寶寺還未完成的地方進行春播和棉花試驗田。

成寶寺的住持總算是鬆了一口氣，再也不必擔驚受怕。與此同時，是那些看到了成寶寺住持寫的文章的其他寺廟，都在破口大罵成寶寺的不要臉。

§

你要捐你捐就是了，還拖累我們幹什麼?!

不少人都在盯著朝廷的動作，朝廷每一次退回寺田，大批大批的寺廟方丈住持都在無能狂怒，都退回來了，你拿著就走不行嗎?還送!還送!

等現在終於塵埃落地，他們再怎麼無能狂怒也改變不了事實。這時，在面對成寶寺時彬彬有禮的朝廷，又幹了一件狠事。

他們大肆讚揚成寶寺的這番舉動，並且將成寶寺住持寫的文章給拿出來大肆宣揚了。

輿論組啟動，顧元白看中的常玉言又自覺地在公眾場合大力讚揚成寶寺住持，說這才是佛家子弟的慈悲為懷，才代表了出家人心懷天下又不在乎身外之財。

常玉言的嘴一向毒，當年都敢出十三首詩得罪權貴和權臣聖上，這會也敢為了表現給聖上看而動用一身的才華，反正聽到他這些話的其他寺廟中的人都快要氣死了。

捐了才算佛家子弟，不捐就不算?

大恒朝也不是沒有真正愛佛、敬佛的存在，每個朝代有每個朝代的規矩，先帝崇佛那是先帝的事，到了如今，要遵守顧元白的規矩。

多大的寺廟要有多少和尚，能有多少寺田，各樣的章程一個接著一個，不對著這個章程來的早晚等著出事。

對於像是這種本身就佔據著道德高位的對手，最好能用輿論去逼其認輸。

皇宮內，褚衛在一旁陪侍，孔奕林正在同工部侍郎稟告著播種白棉花的消息。

孔奕林有備而來，將這些種子當做進階之梯，自然不會無知無覺的而來。他在西夏邊陲第一次見到白棉花、得知白棉花的用處時，就將白棉花的特性打聽得格外詳細，包括土壤、濕度，和適合播種的季節。

有他在，工部摸起來不至於一點兒頭緒都沒有，因此這會，等二人稟報完了之後，工部侍郎就對著孔奕林誇讚了起來。

孔奕林這一雙眼睛雖然看著有點心驚，但這人有能力脾氣好，沉穩又不搶功勞，相處久了便能讓人升起欣賞之意。

「……若是真的能種起來了，那便是孔大人的大功勞，」工部侍郎笑迷迷道，「孔大人事必躬親，事事親力親為，有孔大人在，乃是百姓之福。」

孔奕林忙自謙道：「奕林不敢。」

顧元白笑著道：「兩位愛卿都是國之棟樑，不必如此過謙。話說回來，既然如孔卿所言，白棉花中棉絮與籽同存，那要是將籽剝離，倒有些麻煩了。朕想著，待種植成功後，在採摘之前，能不能做出一個棉花脫籽機？」

工部侍郎一愣，隨即就道：「臣回去就與尚書大人商討一番。」

顧元白微微頷首。

等這兩位臣子走了之後，褚衛看著孔奕林的背影微微出神。

翰林院實在太過清閒了，原本孔奕林同他一般清閒，那時倒覺不出什麼。但這幾日對方卻早出晚歸的忙碌了起來。對方雖然沒說，但臉上卻掛上了微笑，這種忙碌，讓褚衛有一種自己被對方遠遠超出的感覺，進而產生了濃濃的不甘。

榜眼郎已經開始忙碌了起來，而他卻整日無所事事。

這樣被一步步拋下的感覺，讓有著傲氣的褚衛覺得難受十足。

顧元白注意到了褚衛看著孔奕林的眼神，他微微一笑，翻開政務，繼續處理著國務。

而在皇城之外。

風塵僕僕的褚尋大人一身疲憊，他將身分證明遞給守門的士兵，縱然臉上倦色沉沉，一雙眼睛卻亮得嚇人。

與他同行的十餘人官員經受不住數日的勞累，已經先回府休息，準備明日再回衙門述職。

褚尋大人握了握懷中的奏摺，看著守門士兵嚴正的神色，心中的激動讓雙手都在顫抖。

他不辱使命，成功回來見聖上了！

第三十二章

得知褚尋回來之後，顧元白高興壞了。

褚尋風塵僕僕的走進殿中，顧元白親自從桌後起身走出，上前扶起褚尋，言辭親切表情溫和，「褚卿辛苦了。」

兩個月的辛勞和危險，全在聖上的這一句話之中化成了感動，褚尋熱淚盈眶道：「臣不辱聖上所托，此奏摺之中已寫明此番春汛緣由。」

顧元白瞥了一眼奏摺，讓田福生接了下來，卻並不急著翻看，而是先給褚尋賜了座賞了茶，讓他好好休息一番之後，才隨手翻開了奏摺。

褚尋奉命去解決春汛和隱瞞不報的官員源頭，主要處理的事情自然就是春汛，果然不出顧元白所料，因為泥沙淤積，又連下數日雨水，褚尋到了黃河中下游一帶時，已隱隱有決堤之險。

好在褚尋關於治水的理論並不是紙上談兵，他立刻根據地勢商討治水方案，日夜不斷的巡視和調整，最後才成功過去小汛期。

除了治水之外，那便是查人了。褚尋官職低微不是沒有原因的，他動作手法很直接，而且聽皇帝的命令不知道變通，顧元白讓他查消息來源被誰隱瞞，他就只埋頭查這個，最後因為太過直接，差點迎來了幾次殺身之禍。但褚尋也不強撐，他立即就去找了本地都督，派兵將那些打算殊死一搏的地方官給抓了起來。

「都督大人壓著這些官員還在路上，應當再過個兩日功夫就能進京了。」褚尋道。

顧元白將摺子上那些官員的名單看完了，點了點頭含笑問道：「褚卿可發現這些地方官可有與京官勾結？」

褚尋愧疚道：「臣無能，並無發現。」

顧元白面色不變，他慰藉了褚尋幾句，見他面容憔悴，就讓他先回府休息了。

等褚尋走了之後，顧元白撫摸著這道奏摺，笑意加深，然後倏地將奏摺摔在了桌子上，斂了笑冷聲道：「田福生，派人去請禦史台中丞。」

禦史中丞知道自己被聖上召見之後，眼皮就陡然跳了一跳。

等他跪在聖上面前時，這種不祥的感覺就更加濃重了。

自從齊王被抓後，他就一直不安，但等了好多日也未見聖上動作。他本以為聖上沒有發現，如今又是怎麼回事？

聖上端著茶水，不緊不慢地品著茶，今日泡的還是雙井綠，香醇透徹，顧元白偏愛這個。

聖上慢悠悠地品茶，跪地的禦史中丞卻頭頂冒出了一層細汗。

這樣的安靜讓人心臟都像是出了毛病，跳動的速度讓呼吸都開始困難。禦史中丞低著頭，心中不斷揣測，最後心一橫道：「臣馮成之同聖上請罪！」

顧元白終於抬眼看了他一眼，掀開茶杯拂去茶葉，「馮卿何罪之有？」

禦史台中丞頭上偌大的汗珠從鬢角滑落，他恭恭敬敬地道：「臣應糾察百官，近日卻懈怠不已，造成過錯許多，臣罪之多、之大，哪一樣都需跟聖上請罪。」

「哦？」顧元白不鹹不淡道，「禦史台中丞都罪責重大了，那整個禦史台都成什麼樣了？」

禦史中丞呼吸一滯，心慢慢墜向深淵：「臣……」

顧元白品了一口茶，淡淡道：「去將齊王帶來。」

禦史中丞心中一驚。

很快，就有人帶了齊王進了殿。這些時日的磋磨讓齊王整個人好像蒼老了二十多歲一般，精神氣萎靡，先前餓的那三天更是形容憔悴，沒有半分以往的雍容華貴的樣子。

此刻見到顧元白，齊王自然又恨又怕，他勉強想擺出皇叔的模樣，一看到在旁邊跪著的禦史中丞，又被驚得眼睛瞪大，渾身顫抖。

兩個四五十多歲的中老年人跪在面前，一個比一個冷汗津津，顧元白還在用著茶，不慌不急。

「聖上，」齊王率先忍不住了，他心驚膽戰地問道，「您這是？」

「朕讓你們二人過來，你們還來問朕原因？」

顧元白看向了禦史台中丞，禦史中丞在他的注視下身子抖了兩下，只能強作鎮定道：「聖上，臣……」

「禦史台，」顧元白打斷了他的話，他一字一句地道，「監管地方，監管百官，是朕的眼睛和耳朵，是維護律法的地方。朕信任馮卿，畢竟馮卿在先帝在時便多次上書糾察朕的錯事。朕以此認為馮卿敢諫敢言，是個大公無私的好臣子，是天下百官的楷模。」

禦史中丞心砰砰地跳，戰戰兢兢、誠惶誠恐。

「但是朕發現你好像並沒有朕想的這麼好，」顧元白的語氣愈來愈冷，「你這一雙眼睛盯的不是百官，而是朕。你的手伸到了宛太妃那裡，怎麼，一個禦史台中丞的位置滿足不了你，你還打算更進一步、甚至想將朕從皇位上拉下去？」

禦史中丞渾身發寒，驚恐萬分。

禦史中丞從未見過顧元白這副樣子。

聖上優待臣子，聽得進去諫言，又素有賢名，禦史台中丞知道聖上不簡單。但聖上有多恐怖，他也是在顧元白派兵包圍齊王府之後才認識到的。

那日整個京城中的官員房門緊閉，宗親王府的哭嚎聲響徹了整條街，禦史中丞在自己的府中，被嚇得牙齒戰戰。

但是那個時候，該做的都做了，賊船已經起航了，握著船舵的人無論是對了方向還是錯了方向，他都下不了船。

「臣、臣……」禦史中丞聲音發抖，「臣沒有……」

「你有！」

顧元白將手中的茶杯猛得擲出，茶杯摔碎在禦史中丞的身邊，杯中的水漬濺到禦史中丞和齊王的身上，兩個人被嚇得已經頭腦發昏。

門前守著的侍衛和殿中的宮侍全都跪了下來，整個宮殿之中靜得沒有一絲聲音。禦史中丞已經感覺到了呼吸窒息，他被嚇得心跳都感覺快要停頓了。

顧元白滿面怒容，火氣燒著他的肝肺，呼吸開始粗重。顧元白緩和著自己的心情和怒火，他面無表情，皇上愈是這樣，下面的人愈是害怕。

齊王已經腿軟了，他癱倒在地，渾身止不住的發抖、害怕。

那塊在齊王府中搜出來的空心玉被扔在二人面前。

看著這塊空心玉佩，看著皇上的面無表情，齊王和禦史中丞徹底癱軟在了地上，滿心絕望。

聖上很少發火，特別是對禦史台的人發火。因為禦史台的人本身就有糾察百官的職責，皇帝需要的是他們敢說，而不是不敢說。為了不把他們嚇怕，皇帝對著禦史台的人的態度都很親切。

這是禦史中丞，也是齊王第一次見聖上發如此大的火。

兩個人嚇得面色發白，眼中空洞，這時，皇上又將一個奏摺重重扔到禦史中丞的面前，語氣很冷的道：「看。」

禦史中丞顫抖著手拿起奏摺，打開一看，原來是黃河小汛期時周圍地方官員的名單。

看他看完了，這個時候，顧元白說話了：「禦史中丞與地方官員勾結、收賄，又以這些不義之財拿來籠絡齊王，齊王與禦史中丞狼狽為奸，又同亂臣賊子暗中勾結，驅使地方官員魚肉百姓，各個罄竹難書！可恨禦史台乃糾察之用，卻自行貪污，整個禦史台中，還能有幾個好官！地方官敢與京官勾結作惡，這些地方官又有幾個是乾淨的！」

禦史中丞和齊王猛得抬起了頭。

他們根本就沒做過這些事！

顧元白看著他們的目光很冷，繼續緩聲道：「你們認不認罪？」

「臣……」禦史中丞腦子發脹，悶悶作疼。

顧元白冷聲道：「念在你二人主動認罪、主動告發這些地方官的份上，朕可免你們死罪。」

良久，在皇上冰冷的視線下，禦史中丞淚流滿面，他緩慢地抬起手，沉沉俯拜，腦袋重重叩在了地上，「臣認罪。」

皇上給他戴的這個帽子，直接將禦史中丞面子裡子都給丟了，這罪認下來之後，一個禦史台中丞卻貪污，想也知道會遭遇什麼。

整個禦史台，整個地方官，都會被聖上借機清查。

但皇帝只給了他們這一個路走。

聖上饒了他們預謀的事情，不必死了，不必株連，但這個代價，不比死了好。

他們全家會被流放，會被剝奪原籍，會被禁止參加科舉，會數代皆為罪人，遺臭萬年。

齊王見禦史中丞認了，呆滯的雙目動了動，抬頭看向了顧元白。

對上了顧元白的目光之後，他卻陡然打了一個寒顫。

顧元白冷哼一聲，開始下旨。

革除禦史中丞官職，剝奪其京籍，與其家人三代流放廣南東荒涼之地行苦力，三代之內不准回京不准參與科考。剝奪齊王爵位，貶為庶人，開除宗籍，圈禁京外莊園，永世不得踏入京城，三代之內不能參與科考。

而禦史台，出了這麼一個大貪污，皇上不信任禦史台了，他要重洗禦史台。而那些被褚尋抓到的地方官員，他們和京官勾結，不止是隱瞞不報的罪名，通通給他斬立決。

該判的判刑，該流放的流放。

更重要的是，禦史中丞親口承認自己與各地地方官多有勾結。

這代表著什麼？

顧元白都要忍不住笑出聲了。

這代表著，他可以來一場轟轟烈烈的反貪腐大作戰了。

而這次的大作戰，他可以使用雷霆手段，使用兵馬，大範圍往深處去查、去探究，用這樣的聲勢去威赫無法連根拔起的大的蛀蟲，去抓捕那些小的毒瘤。

禦史台啊。終於要真正變成朕的耳目了。

聖旨出來之後，朝廷震驚。

禦史台人人自危，禦史大夫本已快要致仕，此時卻接了大任，日日夜夜歎息自己晚走了一步，弄到如今這如履薄冰的地步。

齊王一行人已經被趕出了京城，他們一家老小都是富貴山中養出來的貴族。此番被趕出去，人人表情茫然，無論是年紀大的還是年紀小的，看著芸芸眾生，突然產生一種無處為家的無措。

禁軍們神情凶狠，要趕著他們到什麼都沒有的莊園內，從此，不得踏出莊園一步，要被圈禁至死。

最小的么子顧聞，即便是父兄在牢中艱難度日的時候也未曾受過一絲半點的苛刻。他不安地攥著娘親的衣角，哭嚎著道：「我的珠子！我的珠子！」

他的娘親抹淚不語，聖上將他們趕出王府，他們除了自己這一身的錦羅綢緞和幾樣首飾，哪裡還能拿其他東西？

齊王面色絕望到了面無表情，他不知道明明最開始只是故意傳錯了一個消息，最後怎麼會落得如今這番境地。

等他聽到了么子哭聲後才猛地回神暴起，齊王掐著么子的脖子，雙目快要瞪出眼眶，「我掐死你，我掐死你！都怪你！都是你的錯！」

哭嚎和拉扯混亂，大人的低泣和小兒的哭聲擾人。

齊王的幾個大兒子在一旁心寒地看著這一幕。

養尊處優的一家人，離開了皇室宗親的名頭，到了落魄莊園內，還能活下去嗎？

第三十三章

顧元白處理禦史中丞和齊王的事處理得很快速，乃至那些膽子大到敢隱瞞消息不去上報的地方官沒到京城之前，就背上了一個貪污、與京官勾結的罪名。

應該說他們本來就有這個罪名，只是褚尋沒有達到顧元白的期待，他被那幾次的奪命危機給嚇怕了，沒敢把這些人貪污的證據揪出來，既然如此，顧元白只好自己下手了。

黃河中下游正是山東、河南一帶，這些貪官將皇上賑災修河道的錢也敢挪用，更何況各地的大糧倉、肉倉、武器倉等各種儲蓄，裡面也不知被這些蛀蟲給弄成了什麼樣。

這些地方官甫一送到京城，直接就被顧元白送到了地牢。

他手中關於他們的證據可一點兒也不少，這些東西都被送到了相關機構，讓大理寺一件件的審。要把他們嘴裡吃了多少的民脂民膏，受賄了多少東西，給一個一個地給查出來。至於和這些官員勾結的其他人，更深的人，他查的只是淺嘗輒止。

嚇一嚇這些藏在深處的人，給他們一個將這些貪污的東西給他還回來的機會。

顧元白不需要知道全國上下有多少蛀蟲，他只要這些蛀蟲把吃下的東西再給偷偷吐出來，只要在他沒發現之前給吐出來，在反貪腐之前，顧元白可以睜一隻眼閉一隻眼。

先清洗禦史台，有案底的貪污的都給扔到了大理寺，乾淨的留下，再進去一批新的人手。褚衛身上有禦史的那股幹勁和傲氣，把他也放裡面去磨磨性子。

還有褚尋，也要升官。

而那些在早朝上，敢為齊王說話的人，他們將會從京城調到地方，被抹去京官的身分來補上這些缺口，然後開始承擔之後來自聖上的反貪腐行動。

不是敢接宗親的錢替宗親說話嗎？

那你就給朕永遠滾出政治權力中心吧。

一件件交易處理起來，政事堂和樞密院兩府的人都忙得頭暈眼花，整個朝堂上下誰也不敢大聲喘氣。顧元白也是工作時間大大增長，等回過神來，正好是禦史中丞被抄家流放的日子。

這一天，顧元白拋下了所有政務，帶著貼身侍衛薛遠和其他人，微服出宮去看禦史中丞的流放現場。

狼狽至極的一長串人，最前頭的就是禦史中丞，他的面容憔悴，眼中空洞，沒有絲毫的希望。眼中泛著血絲，唇上乾裂，身披囚衣。

兩旁站著的百姓對著這些人破口大罵，爛菜爛葉朝著臭名遠昭的人身上扔去，他們臉上滿是大快人心和憤恨的神色。

「就是這個人，監守自盜！就是他貪污勾結地方官魚肉百姓！」

「太壞了！是個孬官！」

禦史中丞……不，已經不是禦史中丞的馮成之聽著一路的謾罵，突然之間覺得，聖上讓他背上貪污罪名，不讓他死，讓他有如今境地，並不是因為聖上的仁慈。

聖上沒有那麼仁慈的。

這簡直是生不如死。

馮成之抬頭看著兩旁的酒樓、茶館，看著那些拿厭惡眼光看著他的百姓，他們手裡的爛菜葉子迎頭砸來，噁心嫌惡的目光像是看什麼十惡不赦的混蛋。

確實是混蛋……

馮成之在禦史台熬了十幾年才坐上了禦史台中丞這個位置，他自然知道身為禦史台的官員，監守自盜會有多麼大的後果。

他也很少收禮，因為一旦發現，就是受萬人唾棄，比平常的官員貪污還要讓人噁心。

而他也確實沒有貪污。

但聖上說了有，他親口說了有，那就是千古罪人。

數年前金榜題名誇官的這條街，如今卻又成了他被人恥笑的地方。那時街邊的百姓、落榜的學子，看著他的目光是多麼的豔羨和嫉妒，現在就變得有多厭惡和幸災樂禍。

顧元白一身常服，低調藏在層層的人群之中，雙目平靜地看著這一隊被萬民唾棄的罪臣及其家人。

這一隊人中，有柔弱無辜的女子，有幼小可憐的孩童，他們或是淚流滿面或是不安懵懂，等待著他們的將是惡夢一般的未來。在古代，犯罪，特別是大罪，是以家族為單位的。

機遇愈大，付出的代價就愈高，但總是有人以為不必付出，就能得到想要的東西。

顧元白覺得自己挺狠的。

他此時看著這些無辜被牽連的人，心中只有遺憾和可惜，看著被百姓咒罵的禦史中丞，心中也很是平靜。

做錯了事總要付出代價，禦史中丞既然上了齊王的船，那也就要做好被顧元白掀船的準備。周圍不僅有黎庶平民，還有慷慨激昂的讀書人，他們對著貪贓枉法的禦史中丞破口大罵，脖子上的青筋都猙獰地浮現，一聲聲質問都要憋紅了臉。

還有人當場作詩嘲諷，打油詩一作出來，周圍的人都鼓掌叫好。

這就是現實，時間一久，這就變成了歷史。

等禦史中丞被帶得遠了，顧元白才轉過身，身邊的人護著他出了人群，密集的人群一離開，空氣都好了起來。

外頭也圍著許多零零散散站著的身著儒袍的讀書人，中午日頭大，顧元白朝著兩邊茶樓看看，道：「走吧，先找個涼快地方。」

顧元白即使是在陽光之下，面上依然白皙，額上微微的細汗如珠子一般乾淨。束起的長髮從肩側滑落到了身前，看起來很是清涼。

薛遠熱得扯扯領口，脖子上還有被咬出來的兩個猙獰傷口。田福生就在他一旁，見到這處傷就嘿嘿一笑：「薛侍衛，這傷應當挺疼的吧？」

那日薛遠一脖子血的抱著聖上回宮殿，因為鮮血抹了一片，根本沒人看見是什麼傷口。此時看見了，更不會往那日去想。

薛遠挑挑眉，餘光從聖上身上一劃而過，摸了摸傷口，意味深長道：「挺疼的，咬的人牙利得很。」

田福生又是一笑，擠眉弄眼，「牙這麼利咬得這麼深也沒見薛公子生氣。」

「怎麼生氣？」薛遠似真似假道，「脾氣大得很。」

顧元白轉頭看了他們一眼，「在聊什麼呢？」

薛遠微微一笑，「聊臣脖子上的傷。」

顧元白不由往他脖子上看了一眼，一左一右兩個牙印橫在脖子上，傷口咬得很深，很狠，若是不明真相的人看見了，指不定心中感歎薛遠昨晚有多放浪呢。

顧元白板著臉道：「哦？薛侍衛的傷口是怎麼弄的？」

薛侍衛也跟著裝模作樣，「自然是和聖上無關了。」

田福生笑出聲來，被逗樂了，「咱們薛侍衛說話可真是有趣。」那當然是和他們聖上無關了。

顧元白扯開了嘴角，朝著薛遠警告一笑，走進了一個茶館裡頭。

二樓的雅座還有位置，顧元白落座後，田福生瞧他頭頂汗意，就親自跑到茶樓廚房裡去瞅瞅有什麼解熱的東西。

顧元白拿起帕子擦擦了汗，一旁的薛遠提著茶壺倒出了兩杯茶水，遞到他面前，笑道：「需要臣先試試毒嗎？」

「喝，」顧元白道，「喝完。」

薛遠端起杯子，喝完之後還咂咂嘴，「難喝。」

他跟和親王一樣的牛飲方式，人家和親王喝完了至少不會多嘴一句，顧元白沒忍住噗嗤笑了，接過杯子道：「喝你的茶，別說些掃興的話。」

薛遠瞧見他笑著輕抿了一口青瓷杯，水潤潤的光就沾上了唇，薛遠一低頭，「聖上那杯瞧起來甜些。」

顧元白撩起眼皮看他一眼：「一個壺裡的。」

薛遠也皺起眉，他自然也知道，不懂為何會有這種感覺，索性不說話了。

清涼的細風從窗戶吹進來，顧元白往窗外一看，先前圍聚在一起的人已經散了，他正要收回視線，餘光卻瞥到了一個看著有些眼熟的人影。

顧元白頓住，再往外頭定睛一看，年輕人，高個子，是平昌侯的世子李延。

李延腳步匆匆，身邊沒有下人跟隨，一路走到了酒館旁邊的拐角，神色也是匆匆。

顧元白淡定抿一口茶，過了一會兒，同一個地方，他又看見了戶部尚書的兒子、翰林院的庶吉士湯勉。

湯勉同樣走進了那條巷子，只不過比起李延的神色匆匆，他倒是淡定了一些。

顧元白放下杯子，瞇著眼往那道巷子裡望去。那巷子裡有什麼，竟然能勾得一個平昌侯世子和一個從二品大官的兒子進去，而且還是這麼巧合的在同一時間段進去？

顧元白揚了揚下巴，問道：「那巷子裡有什麼？」

薛遠順著看了一眼，不甚感興趣，隨口道：「酒館吧。」

顧元白又不是什麼都要管，真什麼都要管的話他這個皇帝也別當了，累死算了。兩個小年輕的聚會，只是勾起了他一絲興趣，顧元白正要收回視線，卻瞧見街頭緩緩行來了一輛馬車。而好巧不巧的，這輛馬車也停在了酒館旁的巷子口。

這又是誰？

和親王一身玄衣，面色凝重地從馬車上走了下來，他的身邊還有一個卑躬屈膝的小廝，小廝在前頭領路，領的方向正是巷子深處。

顧元白直接站了起來，意味深長地看了眼那個巷子，「走吧，薛侍衛，陪朕去看一看這巷子裡到底有什麼寶貝。」

竟然能吸引這麼多的人過去。

薛遠起身，整了整袍子，道：「聖上請。」

顧元白在前頭走了出去，薛遠隨後就想跟上，然而餘光瞥到了桌上小皇帝未用完的半杯水，他順便拿起來一飲而盡。

花了銀子的，別浪費了。

那條巷子不大，剛剛進去的三人也是低調極了，顧元白讓其餘的侍衛都在茶館等著，獨自帶了薛遠下了茶樓。

穿過街道，走到了巷子口，顧元白原本以為裡面是個住宅院落，沒想到一拐進來，就見到一處染著紅漆掛著燈籠的大門，門旁豎著旗子，上書「百花香」三個字。

似乎還有若有若無的香氣，顧元白鼻尖一嗅，覺得這地方不對勁。

他側頭問薛遠：「你覺得如何？」

瘋狗，聞到了什麼沒有？

薛遠奇怪的看了他一眼，眉峰皺著，「不就是一個酒館嗎？」

大恒的酒館，十個裡面就有一個能叫「百花香」這個名字。

顧元白歎了口氣，緩步和薛遠走進了百花香裡。甫一進門，一股濃稠的酒香味和花香味便襲了過來，這個院子格外的大，裝飾得卻紅紗輕曼，頗有情調。

十幾個在院落之中巧笑嫣然的貌美男子正稀稀散散地在各處陪著尊客賞花賞景，顧元白環顧一圈，看著迎面朝他走來滿臉撲粉的男人，嘴角僵硬一扯。

哦，這原來就是那傳聞之中的南風館。

而大恒朝，是明令禁止政府官員宿妓嫖娼的。

顧元白望向了樓裡，露出一個似笑非笑的弧度，又是朝廷官員，又是南風館，他怎麼不記得和親王喜歡男人？

第三十四章

百花香的老闆將顧元白和薛遠帶到了和親王隔壁的房間裡。

大恒朝的官員禁止出入風月場所，顧元白自然不能明知故犯，他讓老闆挑了條人最少的路，給夠了銀子，讓他安安靜靜地進來，再安安靜靜地出去。

這裡的房間並不是很大，裝飾得風俗而輕佻，顧元白站在中央環視了一圈，覺得處處不符合他的審美。

和親王就在左側的房間，而在房間靠左邊牆壁的正是一方白紗廉價的木床。百花香的老闆將床尾的櫃子給挪到了一旁，櫃子之後就是一個木扇，扇上有幾處鏤空的地方，正好可以供房中的人透過鏤空的地方看到對面房間的情況。

老闆笑著解釋：「尊客可別誤會，這東西就是為了透氣用的，早晚薰香時將櫃子挪開，各房的香氣那就都通了。」

顧元白頷首，讓老闆退了出去，等房門關上之後，他才撩起衣袍，瀟灑地坐在了木扇之前。

薛遠悠悠在他身後坐下，想起小皇帝的嬌弱，眼神一低，往他屁股下看了一眼。

「屁股冷嗎？」薛遠直接問。

顧元白在古代待了三年，還是頭一次聽身邊的人說這麼粗俗的話，他眼皮一跳，「給朕閉嘴。」

隔壁的房中，和親王正坐在桌旁，他身邊的小廝在低聲說著話，不久，就有人敲響房門，進來了幾個百花香裡的男人。

顧元白看了一眼，眉目倏地一緊。

和親王真的喜歡男人了？

那幾個男人背對著顧元白的方向，排著隊如同選妃一般，和親王被擋在這些人之後，看不清神色如何。

若是記得沒錯，顧元白可是清清楚楚的記得和親王並不喜歡男人，還特別嫌惡京城之中逐漸多起的龍陽之好。

顧元白靜靜等了一會，房中的小廝就說道：「轉過身去。」

這群男子轉過了身，正臉朝著牆，正好讓顧元白看清他們的長相。這些人臉上乾乾淨淨，清秀的面孔之中還有幾個稱得上是貌美，顧元白客觀評價道：「男生女相。」

薛遠聞言看了他一眼。

顧元白敏銳地回頭，瞇起了眼：「薛侍衛有話要說？」

「不敢，」薛遠虛假笑道，「聖上說的都對。」

一個相貌秋色無邊的人，對著這些倌兒可惜地道「男生女相」，可真他娘的怪異。

顧元白轉過了頭，繼續看著隔壁。

這一細看，顧元白就從人群之中看到了和親王的表情，和親王的表情很不對勁，既有壓制不住的嫌惡，又有深沉的壓抑，他目光沉沉地看著這些站在面前的倌兒，看得出來心情並不是很好。

顧元白若有所思，他想了一會兒，起身道：「不看了，關上吧。」

薛遠也跟著起身，正要挪動櫃子，窗外一陣風吹來，裹挾著院內的香氣襲向了屋子。顧元白被這陣粗糙的香氣給嗆到了，他撐著衣櫃，開始劇烈的咳嗽。

小皇帝咳嗽的架勢太嚇人了，薛遠轉瞬之間就想起了之前那日他咳了自己一身血的畫面。臉色瞬息一變，上前伸手，一把將小皇帝打橫抱了起來。

「滾……咳，」顧元白惡狠狠道，「你——」

又是一長串的劇烈咳嗽。

「閉嘴！」薛遠臉色難看，「給老子老實待著！」

他將顧元白放在了床上，又去找毛巾和水，大高個的黑影來回在房中走動，帶起的一陣陣風還夾雜著沖鼻的香氣，顧元白咳的難受，斷斷續續道：「……香味。」

薛遠大步上前，將窗戶給合上。又看了看床，拿著濕透了的巾帕上了床後，將床帳給放了下來。床上昏昏暗暗的，香味總算被隔絕了一些，顧元白握著床架，撐著別倒下去。

這具身體被嬌養慣了，舉國上下最精細的照顧，用的香料都是頂好的香料，現在聞到這種劣質又刺激的香味，弄得顧元白滿鼻子裡都只剩下百花香裡的味道了。

真的是，愈活愈覺得能活到現在不容易。

薛遠把顧元白攬在懷裡，讓他躺在自己胸前，拿著手巾給他擦臉。顧元白悶聲咳嗽著，單薄的胸膛不斷起起伏伏，在這沉悶狹小的空間裡，他這樣的虛弱咳嗽，讓人覺得他下一刻就會死了一樣。

薛遠猛得壓下了眉，陰翳地用被子包起了小皇帝，他抱起人，沉著臉踏出了房門。

外頭各式各樣的尊客和倌兒視線朝薛遠望過來，顧元白還在被中咳嗽，聲響透過被子之後變得沉悶，潔白的被褥隨著咳嗽而微微顫抖，被子前頭，還有幾縷黑髮垂下。

只這幾縷黑髮、一層被子，就讓人想入非非，被子顫抖，豈不是美人在害怕？

一個公子哥走向前，攔在了薛遠面前，特地往被子上看了一眼，義正言辭道：「這位公子不想跟你走，你怎麼還能把人卷在被子裡強行帶走呢？」

「是啊，」另一邊的一位尊客大聲道，「這兒不興強迫，強迫也不是君子所為。」

薛遠冷笑一聲，戾氣壓抑不住：「滾。」

富家公子哥被罵得漲紅了臉，正要再說時，薛遠沒了耐心，直接抬起一腳踹上了公子哥，陰氣煞煞地往外走。

院子裡的人都被他嚇住了，被他踹了一腳的公子哥已經暈倒在了一邊，薛遠的步子愈來愈快，臉色很不好看。

艸他娘的，小皇帝聞不了香味還往裡鑽什麼?!

自己不知道自己弱得跟個什麼似的？

很快，薛遠就陰著臉走出了院門，巷子口的街道外側都是人，薛遠抱著小皇帝往巷子深處走，踹走了幾隻野狗，才尋了處沒有味道的地方。

被褥散開，顧元白隔著被子靠在牆面上，他鼻腔裡還有些那古怪濃郁的香味，力氣都被耗光了，就只能低咳。他的聲音低低，肩膀晃個不停，孱弱的像是生命跡象也在流逝一樣。

小皇帝彎著背，發白的手指攥著自己身上的衣服，只能這樣勉強站著，身邊沒有東西去支撐。

薛遠靜靜看了他一會，眉峰聳起，嘴角下壓，往前一步挨著小皇帝，然後將小皇帝發白的手放在了自己胸前，讓他攥著自己的衣服。

「逞個屁強，」薛遠嗤笑一聲，「靠吧。」

百花香的院子裡。

和親王正在挑選人的時候，突然聽到了隔壁傳來的咳嗽聲，他心中猛得一跳，瞬間站了起來，胸腔之內砰砰亂跳，又是驚慌又是不安，等過了一會，他才冷靜下來，對小廝道：「去隔壁看看房裡有什麼人。」

小廝前去看了，回來時一臉為難，「爺，隔壁沒人。」

沒人？

和親王不知是什麼心情，他怔愣地坐了下來，面色沉沉地看著排在他面前的一隊人，也沒了挑人的興致。逕自坐了一會兒，突然起身走出了門。

和親王一出門，就好巧不巧的撞見了並肩走來的李延和湯勉。

他們二人也看到了和親王，慌亂一閃而過，平昌侯世子李延下意識的將手中的畫背到身後，眼神躲閃，不敢對上和親王的目光。

和親王直覺不對，他沉下了臉，「你們在這做什麼？」

湯勉同樣猝不及防，他勉強鎮定，回答道：「回和親王的話，小子同世子來見見世面。」

「見見世面？」和親王銳利的目光看著他們想要藏起來的畫，「那是什麼？」

湯勉和李延神色一白，都有些害怕驚慌的模樣。

和親王厲聲道：「過來！」

湯勉和李延跟著和親王走進了屋裡，在和親王壓迫感強烈的視線下，臉色已經蒼白，但還是不敢將畫拿出來。

要是被和親王知道了……要是被聖上知道了……

是不是會死啊？

和親王耐心已經快沒了，「本王再說最後一遍，將東西給拿出來！」

這一道厲聲徹底嚇壞了兩個還未立冠的小子，兩個人顫顫巍巍地將手中的畫放到了桌子上，小廝給一一展開，和親王湊到一旁，低頭一看，微微一怔。

畫上是兩個相貌不同、和親王都不認識的人，但這兩幅陌生的臉孔上，卻又讓和親王感覺到了似曾相識的熟悉感。

他看了許久，才神情莫測地抬起頭，深深地看著湯勉和李延，語中掩藏殺氣和怒火，「給本王滾！」

湯勉和李延下意識看了一眼畫，才面色蒼白地離開。

和親王看著桌上的畫怒火愈來愈盛，他抓起其中一幅就要給撕了的時候，雙手顫抖，卻下不去手。

僵持在了手裡，卻沒有力氣將畫撕裂。

和親王頹廢地扔了畫，低聲道：「把這兩幅畫帶回府，放進我的書房裡。」

巷子深處。

等到小皇帝終於緩過來了，薛遠才往後退了一步。

顧元白雖然狼狽，但還是淡定極了。他看了薛遠一眼，伸手啞聲道：「帕子。」

薛遠在自己身上找了找，找出一個團成一團的帕子給了他。顧元白嫌棄地看了帕子一眼，薛遠壓著火氣，「沒用過。」

顧元白整理完了自己，又緩了緩，琢磨著面上神情應當正常了，才看向薛遠，緩聲道：「朕不想讓第三個人知道朕今個兒出現在了這處。」

薛遠也道：「臣也不想讓別人知道臣進了南風館裡。」

丟人。

顧元白露出滿意的神色，「很好。」

聖上用完的那方帕子被隨意扔在了一旁，薛遠莫名看了兩眼，轉開了視線。

兩個人一前一後從巷子中走了出來，這才發現這處除了南風館，還有幾家秦樓楚館。

他們經過秦樓楚館時，裡頭還傳來嬉笑之聲，一道女聲嬌笑道：「楚楚姐姐可是被那些書生吟過洛神賦的，不知道有多少人都想吃楚楚姐姐唇上的胭脂呢。」

薛遠聽到了這句話，隨口問道，「聖上，您吃過女子唇上胭脂嗎？」

顧元白微微一笑：「薛侍衛難道又吃過了？」

「沒有，」薛遠唇角一勾，似不屑又像彬彬有禮道，「聖上，臣沒有吃別人胭脂這個癖好。」

顧元白：「恰好朕也沒有。」

薛遠道：「都說洛神美，聖上認為洛神美不美？」

顧元白聞言笑了，他側過頭瞥了薛遠一眼，唇角勾起的弧度藏著強大的自信和底氣，聖上道：

「洛神再美，有朕的如畫江山美嗎？」

薛遠看著他自信蓬勃的笑容，突然覺得胸口好像跳快了兩下。

第三十五章

在顧元白眼中，無論是多美的美人，都比不起江山美。

江山美在哪裡？美在這是顧元白的江山。

看著自己的政令一條條發佈實現，看著這個國家在自己的手中慢慢前行，政治、權力，所有所有的中心，都在圍繞著顧元白在轉。

這太動人了，太讓人無法自拔了，這樣的感覺，又怎麼能是一兩個美人能比得上的？

兩個人一路行至了茶樓，又低調回了宮。剛一入宮，就見兵部尚書前來面聖，見到顧元白後通報道，離京城二百多公里外的西廣山上有兩千多人落草為寇，欺壓周圍百姓和強奪村鎮糧食，使得百姓們不得安生，周圍地方官員上書請求，兵部已和樞密院商量過，決定派兵剿匪。

顧元白點頭道：「是何人領兵？」

「樞密院的人同臣正在商討，」兵部尚書說，「臣來問問聖上的主意。」

聽到剿匪，薛遠就不由看了過去。

顧元白注意到了他的視線，他沉吟一下，道：「薛遠。」

薛遠咧開了一個笑，大步走過去行禮，「臣在。」

「你以往可帶過兵？」顧元白問。

「臣曾帶過五千人領兵作戰，」薛遠很沉著地道，「拿下過敵首上萬。」

帶兵領將一事不簡單。有的人力氣大，在戰場上英勇無比，但並不意味著他適合帶兵，一個將領帶兵的能力，是從帶領百人上戰殺敵，逐漸升為五百人、一千人、兩千人……直至上萬人之中逐漸訓練出來的。

而士兵的數目達到上萬以後，能帶領運用這支上萬隊伍的將軍就少了。

有的人的極限只能帶幾百人，更多的兵會造成分配不合理、使用不合理、威嚴不懾兵的結果，反而會自亂陣腳，然後白白送去人頭。

薛遠在薛將軍手下磨礪了數年，還沒回京那時，在戰場上他的敵首獲得的最多，早已有了帶兵上萬的能力，但薛將軍謹慎無比，步步為營，還不肯將更多的人命交到薛遠的手裡。

大恒將才不少，五年一次的武舉更是有不少好苗子，但這些苗子之中，能帶五千兵以上的寥寥無幾，上萬的更是少之又少，自古以來能帶領上萬士兵作戰打仗的，有幾個不青史留名？

顧元白想看看薛遠的能力，直接道：「既然如此，就由你帶兵，給朕圍剿了這西廣山的匪賊。」

薛遠被餓了很久了，聞言忍不住露出一個笑，「臣遵旨。」

§

一千名步兵和五百名騎兵往兩百公里外的西廣山趕去。

薛遠身邊還跟著一個叫秦生的人，秦生沒有上過戰場，薛遠不一樣。即便是在路上也要保持警惕，提防偷襲。哨馬四散開來，嚴守周圍情況變化。

到了西廣山腳下時，薛遠命人就地等候，自己帶著一隊輕騎上前查看。

西廣山地勢高，呈居高臨下之勢，易守難攻，若是在平地上，光五百騎兵就能打得他們痛哭流涕，如今這一戰，難就難在地勢上。

薛遠帶人轉了一圈，蹲在山道處伏擊，過了不久正好有一隊百來人左右的土匪下了山。薛遠帶人衝上，直接將人殺得屁滾尿流。

殺了大半的人，剩下的全部俘虜，薛遠審問他們：「西廣山上是什麼情況？」

他手裡的大刀還滴著鮮血，身上穿著玄甲更顯高大強悍，薛遠拿著刀面去拍俘虜的臉，「給老子乖乖地說。」

俘虜哭嚎著說了山上的情況，薛遠及周圍的士兵這才知道西廣山頭上不止有一家土匪。

西廣山的寨主邀請了另外兩個山頭的寨主一起商議大事，從這些小嘍囉口中所知，是因為他們寨主得知朝廷要派兵圍剿他們，便想同另外兩座山頭的土匪想要結盟。

薛遠直接笑了，小嘍囉戰戰兢兢道：「官、官爺，三個山頭上的土匪人多得很。」

三個山頭的人，要是真聚集在一塊，零零散散一算怎麼也得有七八千了。

「所以爺還得謝謝你們的寨主，」薛遠滿意地笑了，「給爺一個立大功的機會。」

問完話，這些小嘍囉直接被他乾脆俐落地殺了，只留下了兩個人帶路。

之後，薛遠又留了五百人駐守原地，讓他們將旌旗扯起，擺出大鼓，聽令後即刻用力揮起敲鼓，營造出大軍壓境、官府全軍出動的畫面。

吩咐完這些事情後，薛遠將兵馬分為兩份，一部分交給聖上似乎有意培養的精英秦生，一部分由他自己去率領，直接離開了西廣山，直奔另外兩個寨主的大本營。

他們山頭的寨主帶著大部分的人手來到了西廣山，留下在寨子中的人手少之又少。這些烏合之眾在好糧好飯養出來的這些精兵眼中，猶如活脫脫的羔羊，只待宰了立功。

薛遠率領眾兵直接沖衝上了王土山，一路向上時，將他們所盯梢的人全部斃命。大約是從未想過會有朝廷官兵前來剿匪，王土山的寨門大敞，甚至無需費力攻破了。

而這正便宜了這群急著立功的士兵，他們衝入了王土山的土匪窩，像是跑進羊圈的狼。

廝殺和鮮血飛濺。

薛遠知道身後的士兵有不少是第一次進戰場，是第一次殺了人。在這種情況下，薛遠衝在最前頭，他像是一把尖刀一樣，帶著身後的士兵殺紅了眼。

反抗的土匪們拿著大刀回擊，他們舉起一切能用的武器。但愈是反抗，愈是讓士兵們清楚，這是軍功，殺了他們就能得到賞賜！

不能怕，不能停，揮刀的手一定要快，要用力。周圍都是血、屍體、和試圖反抗和逃跑的人群，但不能退縮，要跟在薛遠的身後衝出去。

薛遠的身上的玄甲已經有鮮血從底部滑落，他衝得更狠，手中的刀奪走一個接一個的人命，血腥氣裹著強烈跳動的心臟，將領敢衝，就給了身後的人無比的勇氣。身後的士兵被他帶起了血性，眼中只有人頭，雙腿僵硬的只知道往前衝去，眼神盯完一個人再去盯另外的一個人，疲憊已經感受不到，揮手的動作都機械無比。

盾牌擋在前方，大刀和刺搶從盾牌縫隙當中刺出，除了剛開始的磨合之後，士兵們已經對這樣的攻擊方式熟悉了。

這是最容易保護自己和同伴的方式。

薛遠一刀砍下了又一個人頭顱，餘光一瞥，見到不遠處有人護著一個人正在急急忙忙的逃跑，他眼中一定，知道這人必定是個大頭。

薛遠直直衝了過去，高喝道：「跟我衝！」

身邊護著他的士兵怒吼著跟著薛遠朝著那群人衝去，盾牌推開一個又一個的人，薛遠說什麼，他們就聽什麼。很快，他們就殺出了一條路，護著薛遠往前方衝去。

試圖攔住他們的人都被一刀奪去了命，頭顱還定在驚恐的表情上。正在逃跑的二寨主心中慌慌，背後突然一道慘叫聲響起，寒意升起，二寨主轉頭去看，迎頭就對上了一把被鮮血洗得陰惻惻的寒刀。

人頭落地。

護著二寨主的土匪悲痛道：「二寨主！」

得知此人的身分後，薛遠立即高聲道：「爾等二寨主已死！」

聽到他話的士兵們氣勢更為洶湧，很懂的立即扯著嗓子嘶吼道：「王土山的二寨主已死！還不快束手就擒！」

只一個瞬間過去，各地的士兵都高呼起了這一句話。「二寨主已死」的叫聲愈來愈響，王土山上的土匪們呆滯，不敢置信地看著氣勢大漲的士兵。他們被打得怕了，主心骨一死，整個隊伍開始潰散。不停的有人往山腳下跑去，跑的人愈多，潰散就愈來愈大。

他們扔下了武器，放下了保護著的大大小小的頭目，奮力邁著腳往山下跑，跑出了生平最快的速度，往一切沒有大恒士兵的地方去跑。

腿軟了跑不動了，那就滾著也要滾下山。鮮血鋪滿的地面上滑倒了許多人，但這些人沒有時間去傷心這些鮮血來自於哪一個認識熟悉的人，他們只知道要跑，快點跑，跑快點才能保住命，

薛遠看著他們逃離，抬手阻止了士兵們的追擊。

所有的士兵站立在鮮血淋漓之中，他們被薛遠阻止，那就聽令不再去追，而一旦停下，無窮的疲憊一下子湧了上來，有的人已經躺倒在了地上，手累得像是廢掉了一樣。

所有人都在大口大口地喘著粗氣，大腦空白，躺在地上也像是飄在空中的感覺。

薛遠喘了幾口粗氣，抹去了臉上的鮮血，將二寨主的頭顱撿起，看著這一地兵的樣子，狠狠一腳踢上去，「都給老子醒醒神。」

像這樣極致地集中精神殺完了人之後，整個人都會恍惚空白，需要緩一緩，才能產生腳踏實地的感覺。

這叫殺懵了頭。

被薛遠這一聲喚醒之後的士兵踉蹌爬起，經過這一場的剿匪作戰，他們已經對薛遠產生了信任和屈服的本能。

所有人身上煞氣沖天，薛遠拎著頭顱，指了一個騎兵道：「快馬加鞭去看另一隊人的結果。」

屍山人海的寨子之中，薛遠坐在椅子上，被士兵收集起來的頭顱就堆放在一旁，他雙手的刀駐地，拄著刀看著寨子口，目光沉沉。

土匪窩建在山丘上，就是因為易守難攻，但是現在，薛遠帶人反客為主了。

他坐等西廣山中的王土山寨主趕回來，看著他們羊入虎口。

他們為什麼會趕回來？因為他們的妻子和兒女都在這裡。

而另一邊，秦生所帶兵清繳的行動也格外順利，他也派出了騎兵過來通知薛遠情況。最後，薛遠派人去通知了西廣山下守著的士兵，讓他們開始揮起旗幟，敲響大鼓。

五百人一半隱於山林之間，一半出現在道路上，從高處往下看時，茂密的樹葉層層疊疊之間好像藏著數也數不清的人。

在旗鼓作響之前，西廣山上，三位寨主分三角之勢端坐。

西廣山的寨主叫做劉雲，另外兩位寨主一位姓張，是王土山的老大。另一位姓王，是松子山的土匪窩寨主。

劉雲是個落第秀才，頗有幾分急智，他正在極力勸說這兩位寨主同他一起抵禦王師，說得口乾舌也燥，見他們還是不為所動，就半是威脅半是講理道：「兩位寨主可要好好想一想，京西邊上就咱們這幾個山頭最為惹眼，要是朝廷真的剿匪，那我必定首當其衝。但在我之後，就是兩位老大哥了。」

王寨主有些猶豫：「朝廷真的派兵剿匪了？你哪來的消息？」

劉雲剛想說話，卻聽不遠處響起一道哀嚎之聲：「——寨主！」

三位寨主當即轉過頭，張寨主臉色一變，他皺眉看著本應該待在山寨中的手下：「你這是怎麼回事？」

「官兵打來王土山了！」手下臉上還寫著驚慌害怕，褲腳上衣服上沾著血液。他一見到張寨主，就是熱淚一流，「二寨主也死了！」

「什麼！」王寨主愕然起身。

他心中慌亂，剛想說些什麼，又見到山口處又被人帶上來的幾個人。這些人也是各個淒慘可憐，其中竟也有王土山的人！

很顯然，官兵要圍剿的西廣山沒事，反倒是被劉雲邀請來的兩位寨主被人襲了空門了。

兩個寨主表情難看的瞪著劉雲。

劉雲臉色大變，「這不可能，朝廷要剿的是我，怎麼變成你們了？」

他倏地一驚，頭皮發麻道：「難不成、難不成是聲東擊西？」

張寨主和王寨主不知信還是沒信，他們看著那些軟倒在地被嚇得站不起來的寨子中的人，脊背一陣發寒，他們都如此，那寨子中的其他人呢？

他們的妻子兒女如今如何！

劉雲見到他們的神情，咬一咬牙道：「兩位寨主現在是想下山回去？」

張寨主又驚又怒，「怎麼能不回去！」

「可你們的寨子已經被朝廷給剿了，」劉雲歎了口氣，「兩位老大哥如今回去也不過是送死，不如帶著身邊的人先留在我這裡，再好好商議怎麼處理這件事。」

氣氛一時僵持，卻陡然聽到山下傳來陣陣響鼓聲，劉雲背上的冷汗瞬間冒出，他急忙跑著到了高臺邊，往山下一看，被嚇得僵在了原地。

密林邊上，數不清的身披盔甲的士兵站在那奮力揮舞著旗幟，鼓聲陣陣，瞧得人心裡發慌，那旗幟一個接著一個，密密麻麻的，密林之中也是陰影重重，朝廷派的來的人怎麼能這麼多！

「快，」劉雲高聲，「快封上山路，關閉寨門，朝廷官兵攻上來了！」

剛剛逃到這裡的另外兩個寨子的人聞言，哭喊戛然而止，他們好像懵了一樣，怔怔看著劉雲。

劉雲頭皮發麻，心中不妙的預感愈來愈強，他怒吼道：「還不快去封路！」

「劉小弟，」張寨主突然說了，「你這裡也不安全了。」

張寨主站在邊上往下看了一眼，呼吸一滯，又喃喃道：「這麼多的官兵都聚集在了這裡，那他們豈不是……」

豈不是已經屠戮完他們兩個寨子了！

張寨主再也等不住了，不顧劉雲阻攔，硬是帶上了自己的人下了山，往王土山趕去。王寨主見此地已經不安全，也慌不擇路地逃走了。

劉雲封了山路，戰戰兢兢地等著官兵的攻打，山中有水源，寨子中的糧食夠用一個月，但要是朝廷硬攻——

劉雲猛得打了一個寒顫。

薛遠踩著滾到他腳邊的二寨主的頭顱，看著跑回來通報消息的哨兵，露出一個笑：「來了。」

身邊的士兵都立在一旁，之前的武器已經被磨損得不能用了，他們就搜刮出了王土山的武器。這些人搶劫來的好東西可不少，看完他們的庫存之外，這些剛剛還累得動不了的士兵又精神高漲，虎視眈眈地看著寨子前的路。

那些斬殺下來的頭顱，被薛遠堆成了一旁，誰看上一眼就得雙腿發麻。

除了這一群已經殺紅了眼的士兵。

他們的血氣一個傳染一個，看著那些頭顱的目光好像就在看著金子，等張寨主帶著人一上山的時候，就看到了這群狼一樣的士兵。

薛遠滿鼻子的血腥氣，他看著被護在中間的張寨主，胸腔裡一陣火熱的跳動。

這個頭顱不好看，但應該值不少錢，可以獻給小皇帝。

薛遠帶頭衝了過去，大刀的冷光閃到地面上，他一動，所有的士兵都撲了過去。

張寨主心都驟停了，但他很快冷靜下來，正想迎上去時，那些從寨子裡逃出去，又跟著他回來的人，卻瘋了一般哭喊著四處逃跑，這樣的崩潰很快引起了隊伍的潰散，即便是張寨主殺了人阻止他們逃跑也阻擋不住。

對仗之中，最怕的就是隊伍的潰敗，一個人的逃亡能引起一群人的恐慌，更何況這匹烏合之眾？

薛遠帶著人凶猛地插入了人群之中。薛遠不記得自己殺了多少人了，他的眼中只有那個被人護著不斷退後逃跑的人。

殺了他。拿走他值錢的頭顱。

身邊人的呼吸聲已經粗重，薛遠自己的呼吸也沉重起來，但他還是一次又一次地揮起刀。刀壞了，那就就地再撿上一把。

終於，他直面到了被護在最中間神情呆滯的男人，薛遠扯起唇角，猛力抬手一揮，敵首的頭顱便滾滾落地。

血濺到了薛遠的臉上，薛遠隨意擦過臉，看了一眼護在寨主身旁已經呆住的人，用刀尖挑起了頭顱，左手輕鬆接下。

然後長刀一揮，這些呆住的人也沒命了。

薛遠舉起張寨主的頭顱，面色沉沉，高聲喊道：「敵首已死！」

跟著張寨主回來的人很多，現在還活著的人也有不少，薛遠看著他們，咧嘴一笑。

皇帝好像還缺了修路的苦力。

將王土山的人俘虜之後，薛遠讓人通知朝廷前來收人，自己帶著部隊先往西廣山衝去。

一來一回之間，現下也不過太陽稍西移，薛遠駕著馬，迎著昏黃的烈日前行。馬匹之前被束在山下，乾乾淨淨，聞著薛遠身上的血味就嚇得不敢停。

身邊的士兵有人大聲問道：「大人，今日能攻下西廣山嗎？」

薛遠撩起眼皮，道：「難。」

西廣山地勢高，上方的山寨可居高臨下，實打實地易守難攻。

能攻下王土山和松子山還是趁著他們山寨門戶大開的緣由，現在堵在西廣山山下的士兵雖然阻止了這些土匪的逃竄，但也嚇得這些傢伙不敢出山了。

自古以來安營紮寨都是依水而建，西廣山上就有水源，他們還有糧食，要耗的話一定耗不過朝廷，但這樣一來，效率太低，薛遠嫌丟人。

他看上去倒是不急，帶著兵到了西廣山腳下。留守在這的五百步兵瞧著他們一身浴血，馬匹和手裡拎著的數個頭顱，露出又羨慕又激動的神情。

薛遠下了馬，讓人將這些馬帶到水邊餵水，問道：「去松子山的人回來了嗎？」

留守的小軍官道：「他們還未回來。」

薛遠眉頭一挑，往松子山的方向看了一眼，接過了一旁士兵遞過來的水囊，揚著脖子咕嚕灌了一氣，才道：「他最好沒事。」

過了半個時辰，秦生一隊人才趕了過來，他們個個也是身上浴血，手裡、馬背上拎著頭顱。薛遠先前將兵馬分成兩隊時，給秦生的人最多，但統計傷患的時候，秦生隊裡的傷患卻比他的人更多。

秦生抿著唇，低聲和薛遠說著事情經過。秦生性格謹慎，不卑不亢，他是一個很好的命令執行者，按著薛遠的吩咐一點一滴地辦事，不敢露出一個破綻。

他沒有薛遠狂，也沒有薛遠上上下下數次戰場的底氣和自信，他帶著兵馬清除了寨中殘留的人後，就帶著人潛伏在了山林之中，準備來場偷襲戰。

只是野林之中各種的毒蟲毒蛇，山上地勢不明，襲擊王寨主一行人時，還反被對方給傷了不少人。

薛遠聽完了，面色不變，「下不為例。」

秦生稀奇，看了他一眼，不明白他竟然就是這樣一副平淡的表情。畢竟薛遠的脾氣和性子，哪一個都不像是好說話的樣子。

薛遠注意到了他的表情，頓時陰惻惻一笑，「怎麼，還想要老子誇你兩句？」

「不敢。」秦生連忙退下。

薛遠大馬金刀地坐在石頭上，心道，這秦生還算有些本事。

薛遠本身就是個領兵帶將、對打仗天生就有天賦的人，他也挺欣賞同樣有天賦的人，這樣的人錯過一次之後就能記住，別人再教訓只會惹人心煩。

反正薛遠沒耐心聽別人的教訓，包括他的老子。

他的老子天賦不如他，帶兵打仗也沒有他敢拚，薛將軍未嘗沒有英雄老矣的悲切，但比不上就是比不上，薛遠還能讓他不成？

夕陽逐漸染黃，映著天邊紅色晚霞，薛遠將水囊往旁邊一扔，站起身道：「京觀，給老子擺在最明顯的地方。」

「大人，」其餘軍官問，「趁著天沒亮，要攻上去嗎？」

「攻個屁，」薛遠，「地勢險要機關重重，你怎麼攻？」

軍官訕訕，抗住壓力接著問道：「那我們該？」

「安營紮寨，」薛遠抬頭看了一看西廣山，找了處在山上一眼就能看到底下的顯眼地方，「京觀擺這，火堆點起來，河裡有魚，山腳下有野雞野兔，派人多抓一點，先圍著京觀吃頓飽飯。」

聽到吩咐的秦生連問都沒問，直接聽令去吩咐小兵將堆積成山的頭顱搬到了薛遠指定的地方。其餘的軍官對視一眼，表情怪異。

圍著京觀吃頓飽飯？

薛大人真是……真是不拘小節。

第三十六章

這些都是顧元白足糧足飯養出來的身強體壯的士兵，力氣大，耐力強。在下水捕魚、上山打野的方面自然是小菜一碟。

薛遠沒讓他們深入林中，一群士兵就在山腳下捉了一些野雞野兔，配上水裡撈出來的魚蝦，吃得那叫一個香。

薛遠看了一圈，「飯量都不小。」

身邊的軍官笑道：「他們都被聖上給養大胃口了，光京城裡的這些兵，吃吃喝喝一天都得下去這個數！」

軍官伸出了兩隻手。

「現在吃的倒是好，」薛遠轉過身，看著火堆，火苗在他眼底上上下下的燃起跳躍，一如邊關大雪磅礴裡跳躍的火堆，他淡淡道，「幾年前那會，在邊關防那群遊牧的時候，我帶的兵餓得吃衣服裡的枯草。」

大冬天，邊關冷得能凍死人，遊牧人沒有糧食，三番兩次越界，薛遠不得不帶兵駐守在邊關邊上。厚雪遍地，草不見一根，一腳下去能凍僵半個腿。

那會在風寒裡站上不到一刻鐘，誰的臉上都能覆上一層冰雪。尿尿都他娘的得避起來尿，一個不小心子孫根都會凍沒了。

但他們是大恒的士兵，自然是再苦也得給這些可憐老百姓守好過冬的糧食。

薛遠記得很清楚，那時朝廷的糧食和冬衣遲遲不來，糧食用完後，他們總不能跟遊牧人一樣去搶自己百姓的糧食。於是渴了吃雪，餓了吃雪，薛遠那會簡直吃了一肚子的雪。

雪不管飽，進肚就化水。大冬天的沒法捕獵，從遊牧人那弄來的馬不捨得吃，等餓極了想吃的時候，轉眼就得交給朝廷。

那麼冷的天，士兵餓得拆了衣服，去吃衣服裡的枯草。

枯草也不管用，最後不是被凍死，就是被餓死。薛遠那時就在想，這狗屁京城到底在幹什麼？

皇帝呢？大臣呢？都他娘的死了嗎？

記得朝他們要馬要牛羊，那糧食呢？

一個領兵的，看著自己的兵餓成那樣、凍成那樣，是真的挺難受的。

那個時候薛遠就厭惡起了京城中的統治者。

吃肉吃得滿嘴流油的人永遠不知道餓肚子是個什麼滋味。

軍官對薛遠在邊關的事情很有些興趣，「大人，你身上應當是有些軍功才是？」

薛遠扯起嘴角，「老子廢得很，半點軍功都沒有。」

軍官奇怪的看了他一眼，眼中明顯寫著不信，但也沒有接著問下去了，他將烤熟的兔子肉遞給薛遠，薛遠大口吃了起來，狼吞虎嚥的架勢，同一旁的士兵沒什麼區別。

山下的動靜很大，時刻看著山下動靜的小嘍囉早在京觀被壘起來時就通報了劉雲，劉雲親自走到邊上往山下一看，就見到這群朝廷官兵在圍著火堆吃喝說笑，神情之中輕鬆無比，一副慶賀的姿態！

他們在慶賀什麼？他們還沒抓到我呢，這是在慶賀什麼？

劉雲臉色一沉，他不由想到，難不成這些人已經有對付他的辦法了？

這怎麼可能！

他愈想愈慌亂，愈想愈覺得是他想像之中的那樣，這群人在他山腳下吃吃喝喝，就是在耀武揚威，是在提前慶賀這場剿匪的勝利。他們有辦法攻破西廣山，要來上山殺他來了。

劉雲的目光放在那群小山一樣的京觀上，渾身一抖，寒意湧上。他控制不住地想，要是一個月內的糧食被耗盡了，他的頭顱是不是也那小山之中的一個了？

西廣山最多只能堅持一個月。

「隨時盯著他們，」劉雲準備同寨中人從長計議，他重複著吩咐了小嘍囉好幾遍，「他們有任何異動都要來通知我，任何！」

看管著山下情況的小嘍囉也害怕極了，結巴道：「是、是。」

很快，山腳下的人就飽食了一頓，他們被領頭那個官爺召集起來，不知說了什麼，這些朝廷兵馬就列隊長長地朝著山腳下出發，看得小嘍囉大喊一聲：「寨主！大事不好！」

劉雲一聽，連忙趕來，看到下方情況後就是眼皮一跳。他派人去探查這群官兵在做什麼，結果得到了這些朝廷官兵正在山腳下堆柴的消息。

劉雲呆滯：「他們這是要……這要是放火燒山嗎？」

西廣山上自然不止有劉雲一個管事人，幾個小頭領聞言，各個表情都震驚得猙獰了起來，親自跟著小嘍囉往山下一探，果然！這些朝廷官兵正在砍柴，已經有幾堆柴火堆在了山道底下了。

這是要活生生燒死他們啊！

回來稟報了劉雲後，劉雲面色凝重，他最後摸了把臉道：「深夜更深露重，他們燒不起來，也沒有時間湊齊這麼多木柴。咱們收拾行囊，趁著敵軍睡的最熟時連夜下山逃走！」

這話一出，很多大小頭目都同意了。他們心中清楚，知曉留在山上早晚都是死，還不如夜裡放手一搏，還能有一線生機。

而薛遠，恰好也是這麼認為的。

夜間，安營紮寨的士兵處安安靜靜，在山上的土匪等到了深更半夜，確定了山下那群官兵都睡了之後，才輕手輕腳地往山下走去。

黑暗的隱蔽遮住了他們的身形，也遮住了隱藏在暗中虎視眈眈的士兵身形。薛遠帶著兵馬隱藏在這裡，弓箭手埋伏在一旁，等山寨全部的人馬踏到了平地上之後，薛遠打了個手勢，弓箭手的箭雨一陣急速射去，直射得這些人人仰馬翻、慘叫連連。

有人慘叫：「我們中計了！」

大片大片的箭雨連綿不絕，等整齊的隊伍被弓箭手衝擊得崩潰四散之後，薛遠當機立斷：「衝！」

掩藏在林中的步兵及時現身，將這些想往回跑的匪賊一刀刺下一個，屍體從山上滑落，匪賊們想要反抗，卻已被包圍在敵軍之中。

一叢叢火把陡然亮起，響亮的鼓聲劇烈而壓迫，整片西廣山的腳下，都燃起了火把的亮光。旗幟威武的飄揚，士兵臉上的表情威嚴而駭人。薛遠帶著五百騎兵逼近，馬蹄聲一聲一聲，都快敲進了匪賊們的心裡。

火把上的光隨風搖曳，薛遠居高臨下地看著這一地鬼哭狼嚎的匪賊，開口道：「投降，饒爾等不死。」

健壯的馬匹尾巴搖晃，也威風地叫了一聲。

薛遠連衣服都沒換，甲衣上都是乾涸的鮮血，他今日殺了不少人，煞氣沉沉，眼神在火光的映照下，像是惡鬼一般的可怖。

「降吧寨主！」不知是誰哭喊著叫了一聲，緊接著，一聲聲的「降吧」連接不斷地響起。

那個山一般的人頭山，就是對他們最好的威懾，要是不降，就得被砍頭，就得死。

「寨主，」哭著吼道，「我們不想死！得降啊！」

劉雲頹唐地軟在地上，不受控制得打了一個冷顫，牙齒哆嗦道：「官爺，我們降。」

§

剿滅了三個山頭的土匪，總共用了三天半的時間，其中來回趕路，就占了三天。兵貴神速，這個速度，不知要震掉多少京官的下巴。

其他兵還在休息的時候，薛遠已經快馬加鞭趕回了京城。

等他入了京後，天色已經暗了下來。這個時候不宜再進宮打擾小皇帝，他直接回了薛府。

薛將軍同薛夫人正在院中散著步，聽聞他回來了，上前一看，臉都黑了，「你這是什麼樣子！」

渾身都是血水和腥氣，玄甲上還有些不知道是什麼的東西，這孽子又殺瘋頭了？

薛遠接過小廝遞過來的毛巾，擦去臉上的灰塵，「備水，爺要沐浴。」

他不理薛將軍，正要繞過他們離開，突然腳步一頓，回頭看向薛夫人道：「娘，衣服呢？」

薛夫人奇怪，問：「什麼衣服？」

薛遠頂頂上顎，鼻尖都是自己身上的血腥氣，他耐心地道：「聖上穿過的那身衣服。」

薛夫人恍然大悟：「那衣服被聖上穿過，自然是被宮侍拿走了，怎麼還會在我們府裡？」

薛遠默了一會兒，突然扶額笑了起來，壓都壓不住。他轉身朝自己房間走去，路上的時候突然一聲：「衣服的錢都沒給。」

身後跟著的小廝疑惑道：「大公子在說什麼？」

薛遠嘴角揚著，「老子得想辦法從那小沒良心的手裡拿回一件能抵得上衣服錢的東西。」

小廝聽得糊裡糊塗，也不問了，回房之後和另外一個小廝給薛遠脫去身上的盔甲。這身甲衣重有二十多公斤，沒有高大的身體撐不起盔甲，沒有強大的耐力就無法穿著這樣的盔甲去戰鬥。

而薛遠就穿著這樣的盔甲連斬了不下百人，血洗了王土山，又打下了西廣山，還連夜策馬趕了回來。直到現在，他也精神勃勃，可見精力之旺盛。下人們給他去了盔甲之後，薛遠鬆鬆筋骨，背後的肌肉鼓起，仍然有力的很。

「大公子，熱水備好了，」外頭有人說道，「您現在沐浴？」

薛遠頷首，大步朝外走去。

皇宮之中，顧元白也準備安歇了。

他剛剛沐浴完，宮女正在為他擦去頭上最後的水露，他就在這時知曉了薛遠回來的消息。

「半日，」顧元白不知道是感歎還是歎氣，「田福生，聽到沒有，他只用了半日，就圍剿了三座山頭的土匪。」

田福生點頭道：「聖上，薛侍衛手段了得。」

顧元白閉著眼睛，點了點頭，又頓了一會兒道：「待明日，讓秦生過來見朕。」

聖上諒解薛遠辛苦，又讚賞他剿匪做得好，於是賞下了許多賞賜，同賞賜一同賜下的還有兩日休息時日，以及受封的職位。

聖上給了薛遠殿前都虞侯的官職。

殿前都虞候，禁軍中的高級軍官，為統兵官之一，官職為從五品。如果算上薛遠以前的軍功，現在怎麼也得給封一個正四品以上的武官官職，兼帶賜爵。但薛將軍將薛遠的軍功給壓了下去，顧元白就在現在可能的官職當中，給了薛遠一個儘量高些的官職。

將軍府喜氣洋洋，包括一直壓著薛遠的薛將軍，也不禁露出了幾分喜色。儘管他一直在壓薛遠，但如今自己的兒子得到了來自聖上的封賞，這還是讓他引以為傲。

可不是每個人都能半日功夫就能剿了三座山頭的！

就是可惜，有了官職之後武舉就參加不了了。

薛府熱熱鬧鬧的時候，常玉言就在這時上門了。

他見著薛遠就上上下下將他看了一圈，隨後笑迷迷道：「出去走走？」

薛遠跟他一起走出了薛府，常玉言半路就忍不住了，同他尋了處酒樓，包了雅間，等沒人了就問道：「薛九遙，你怎麼去剿匪了？」

今日正值休沐日，薛遠摸著酒杯，神情有些漫不經心：「怎麼，老子還不能剿了？」

「我只是沒想到你也會有為聖上做事的一天，」常玉言笑著道，「聽聞上次聖上還派你來翰林院給褚衛和孔奕林送了聖上所賞的硯臺，你怎麼都不過來同我說說話？」

薛遠不耐煩，「都是男人，有什麼話可說的？」

常玉言好笑：「那你成日待在聖上面前，豈不是就成了鋸嘴葫蘆了？」

薛遠嗤笑，在聖上面前能跟在你面前一樣嗎？

說到聖上，常玉言便默默應了一杯酒，然後歎了氣道：「薛九遙，就你這個狗脾氣，都還能走了大運。實話實說，就連我這個翰林院編修都未曾到聖上面前侍過講，而你，真是天天都能對著聖上。」

薛遠也笑了，瞇起了眼睛，「常玉言，你這話是什麼意思。」

「我能有什麼意思？」常玉言苦笑，「羡慕你能日日面聖罷了。」

薛遠喝了口酒，爽得不行，心道老子何止面聖，老子連聖上大腿都摸過，但這有什麼用？老子又不喜歡男人。

羡慕個屁，他那麼弱，薛遠這狗脾氣連對他瘋都瘋不起來。

騎個馬都能磨破皮，摸個手都能紅了一片，就這樣的聖上，薛遠也不敢折騰他了。

「薛遠？」常玉言叫了兩聲，「你出神想什麼呢？」

薛遠晃著酒瓶，「你說有的人怎麼能那麼嫩呢？」

常玉言道：「嫩？」

薛遠摸了摸下巴，嘴角勾出一個說不出什麼意味的笑，「跟塊豆腐似的，一捏就碎。」

他這個樣子就跟個土匪一樣，常玉言聽不懂他這個話了，搖頭歎氣道：「不說這個了。來說說你剿匪的事情，聽說你來回三日半的功夫就滅了三個山頭，到底是怎麼回事？」

而宮中，秦生也在細細同聖上說著這次剿匪的事。

顧元白聽得認真仔細，一邊批閱著奏摺，一邊在心中將三座土匪山的地勢勾勒了出來。秦生說話有條有理，他雖是沒有讀過書，但天生就有一種儒將的感覺，此時咬字清晰，連薛遠同他說的那一句「還要老子誇你兩句？」也不忘說了出來。

同薛遠的感覺一樣，顧元白發覺秦生很容易成為一個優秀的命令執行者。

他很優秀，學習能力很強，讓他獨自率領一定數量的兵馬，吩咐他如何做之後，他會完美地完成任務。但秦生做不了一個帥才。

身為一個統帥，最重要的便是馭下，秦生太過老實，或者說太過忠誠，這樣的人無法去做發佈命令的人，卻很容易得到發佈命令人的信任。

顧元白很喜歡這樣的人。

他停下批閱奏摺的筆，道：「薛遠只拿了王土山寨主的腦袋？」

「是，」秦生肯定道，「薛大人直言他只要這一個人的腦袋。」

顧元白微微一笑，教導道：「這便是馭下之道了。」

秦生神色一肅，行禮道：「還請聖上指點。」

「馭下講究的不過是『寬』與『嚴』，」聖上緩聲道，「這『寬』，指的便是金銀財寶、功名利祿，手下們跟隨你，是為了獲得好處。身為將軍，不能同士兵搶功勞，身為領將，士兵幹得好就得有賞賜和誇獎。威嚴和好處，一為他們服從，二為他們為你所用。」

上位者的思想總是共通的，秦生之前一直處於被統治的地位，這樣站在高處去理解這些話時，陡然有種茫然感覺。

顧元白看著他的神色，笑了笑，讓他退下慢慢想了。

政務處理完了一部分，送上來的奏摺已經開始出現了範本和表格、圖表模式，在表格、圖表這一方面，顧元白自信沒人能比得過他，他一眼就能看出哪點不對，哪點是弄虛作假、漏洞百出，發現這樣的絕對言辭批評，甚至予以降職調任，開頭處理了幾個人之後，剩下的官員果然老實了不少。

見殿中沒了外人，田福生上前一步低聲道：「聖上，先前在齊王府一家發現的盧風手下的頭顱，已經快馬加鞭送到荊湖南和江南了。」

「好！」顧元白哈哈笑了，促狹道，「朕可真想看看他們的表情。」

田福生跟著嘿嘿笑了兩聲，「禁軍在各位宗親大人府中發現的探子也已上了刑車，只是人數太多，估計得過一個月才能送到荊湖南兩地。」

「不算慢了，」顧元白摸上了自己的胸口，感受著手心下心臟緩慢的跳動速度，歎息道，「希望他們能爭氣點。」

該狗咬狗就狗咬狗，該造反就造反，千萬別給他留情面。

那些豪強，搶完了顧元白都可以稱讚他們是個人。

顧元白默默給對手加了把油。

千萬別辜負他的信任啊！

§

兩日後，精神抖擻嘴角含笑的薛遠就站在了顧元白的跟前。

顧元白正在同禦史大夫議事，等禦史大夫走了之後，薛遠才恭恭敬敬上前，行了禮之後道：「聖上，臣不辱使命，得勝回來了。」

在薛遠不在的這幾日，侍衛長已經痊癒出現在了聖上的面前，高大的侍衛站得筆直，跟座山一樣分毫不動地守在聖上面前。

那個位置還是薛遠平常站的位置。

薛遠餘光瞥過，臉上還帶著笑，眼中已經陰霾頓起。

什麼意思，他給小皇帝剿匪了幾日，他的位置就被人給頂替了？

顧元白唇角勾起，含笑看他：「薛卿這幾日是出了大風頭了。」

小皇帝笑起來的樣子鮮活極了，淡色的唇一勾，跟花兒一樣。薛遠心底下的那些戾氣瞬息被撫平，他也咧嘴笑道：「都是托了聖上的福。」

顧元白讓薛遠再說了一遍事情經過，薛遠簡單說了一番，三兩句就講完了剿匪的事，這些事在他眼裡實在乏善可陳，對手太弱，沒什麼可說的。

說完剿匪的事，薛遠就笑了，「聖上，臣還要獻給您一樣東西。」

顧元白撩起眼皮，示意讓他拿上來。

然後就見薛遠拎著一個人頭走了上來。

薛遠放蕩不羈，人頭不是被放在托盤裡，而是直接被他拎著頭髮就拿了進來。面色茫然的頭顱一晃一晃，顧元白面無表情，一旁的田福生已經驚叫了起來。

薛遠沒注意他們的表情，逕自將頭顱捧了起來，笑迷迷道：「聖上，這是王土山寨主的頭顱。」

顧元白面無表情地點了點頭。

薛遠笑意加深，心道，用一個頭顱來換一件皇帝穿過的衣服，不虧吧？

這個頭顱，至少能還值不少金銀。

但他還沒提出要求，顧元白就道：「滾出去。」

薛遠笑意一僵。

顧元白面色不變，既沒有怒氣也沒有歡喜，他不去看薛遠手中的頭顱，而是直視著薛遠的雙眼，淡淡道：「薛卿，要麼你滾出去，要麼頭顱滾出去。」

薛遠「呵」了一聲，反手就把頭顱扔給了侍衛，讓侍衛給拿了出去。

轉過頭來時，還對上了侍衛長怒目而視的目光。那目光好像就是在譴責薛遠這行為有多麼惡劣一樣，薛遠假笑地勾起唇，「聖上不喜歡臣獻上的東西？」

怎麼這麼挑呢。

一身肉的老鼠不喜歡，價值千金的頭顱不喜歡，那到底喜歡什麼？

薛遠想了想府中門客讓他送上的什麼玉件和孤本，心道那玩意有什麼好的？

但是他餘光一瞥，就見到聖上抬手摸上了桌上的羊脂玉。白玉一般的手摸著細潤綿軟的白玉，一時分不清哪個更為漂亮。

甚至在羊脂玉的襯托下，聖上的指甲都顯出了淡淡的粉意。

薛遠看了一會兒，移開了目光，可是過了一會兒，又不自覺往聖上的手上看去。

……還挺好看的。

要是玉再細長些，五指握上細長的玉，那就更加好看了。

第三十七章

顧元白沒有亂說，薛遠這次可真是在京城大出風頭了。

他這個三日半的剿匪行動震驚了許多人，上上下下不知道多出來多少的眼睛盯在了薛遠的身上，茶餘飯閒之空談論的全是這場快得驚人的剿匪行動。

跟著薛遠一起血洗了整個王土山的士兵，當天殺瘋了眼的時候還好，一股子氣都凝在一起，只想著立功、殺人。等第二天睡了一覺起來，回過神了，裡頭的人都吐了一半。

他們比秦生帶的那隊殺的人還要多，還要瘋。雖然這會很丟人的吐了，但他們的身上，已經有了一股初露鋒芒的煞氣刀鋒。

薛遠負責打下這三座土匪山。剩下的後續，就需要顧元白來動手了。

在安排他們勞役之前，得必須搞清楚一件事。這麼多的土匪落草為寇，到底是什麼原因？他們是從哪裡來的土匪，當地的吏治到底出了什麼樣天大的問題，才能逼得這麼多人拋下田地，成為人人唾棄的匪賊。

顧元白安排了人查清，得知這些土匪的來處之後，他又安排了監察處和御史台的前往查探。監察處在暗裡，禦史台在明處，兩批人馬分次趕往了利州去探查原因。

宮中的東翎衛繼續嚴謹的篩選著，本次跟著剿匪的士兵也在其中，他們的眼神和感覺，已經明顯和沒殺過人的士兵區分開來了。

這一日，顧元白得了空，親自來到了東翎衛的篩選現場，看著一個個士兵的體能測試。得知聖上來了之後，這些士兵都有些激動，個個抬頭挺胸站得筆直，吼聲驟然放大，吼得考官腦子都有些懵。

顧元白含笑站在了前頭，看著他們一隊一隊的測試。聖上就站在這兒，被看的人猶如打了雞血，反而發揮超常的力量，一個個打破了前頭的記錄。

這裡面的人，很少有人能見過聖上。但他們知道他們吃的飯、穿的衣都是聖上給的東西，他們每月的餉銀都是聖上放下來的錢。

禁軍每個人能養得如此健壯，每頓飯能吃得如此飽，這都是因為聖上。

說句實在的，比在家中吃的還好、還飽。

顧元白坐在各位負責篩選東翎衛的官員旁邊，身後站著侍衛們和薛遠。

今日陽光盛得很，諸位大臣和士兵們都是滿身的汗，護在顧元白身邊的人也同樣熱得汗水淋漓，唯獨顧元白卻像是裹著涼意而來一般，清清爽爽，乾乾淨淨。

薛遠站在後方，趁著沒人注意就扯了扯領口，微風順著喉結吹進衣領裡，他才覺得有幾分舒服。

一旁的侍衛長看了一眼他脖子上兩道已經成疤痕的牙印，皺眉低聲道：「薛大人，你脖子上是怎麼來的傷痕？」

語氣裡隱隱有些譴責味道，薛遠的手指摸過脖子上的兩個傷疤，心情挺好地道：「關你屁事。」

侍衛長眉峰皺起，還在堅持低聲道：「在聖上面前伺候，怎麼能如此荒唐不顧儀表？」

薛遠似笑非笑地瞥了他一眼，惡劣十足道：「那能怎麼辦，咬我的時候我還能攔著不讓咬？」

就聖上那小牙口，都快把薛遠咬掉了兩塊肉。

「聖上都沒說話，」薛遠冷下了臉，「你在這說個屁？」

張緒侍衛長臉色不好看，「這會污了聖上的眼。」

薛遠瞇著眼睛轉頭看著侍衛長，他面無表情的時候，鋒利的五官極為駭人，侍衛長站得筆直，同樣直視回去。

薛遠突然笑了，「照你這樣說，聖上以前是不是連脖子上的牙印都沒見過？」

他一想就沒忍住笑，看了一眼顧元白白生生的脖子，心想，怪不得咬他脖子了。這樣嫩的人，別說咬了，被人吸上一口就得紅彤彤一片吧。

顧元白沒注意到身後的動靜，他身旁的宮侍拿出巾帕為他擦過額角，顧元白揮退他們，問道：「諸位大人，到現在可發現了什麼好苗子？」

程將軍就在此，他率先說道：「回聖上，東翎衛的選拔進行了兩日，已經挑選出了一百餘個精兵。」

說著，程將軍遞給了顧元白一個冊子，顧元白翻開一看，笑了：「程將軍也學了表格了？」

程將軍不好意思地笑了兩下：「臣覺得表格用在這極為方便。」

顧元白輕輕頷首，贊同道：「確實如此。」

冊子上記錄了這百餘人的姓名籍貫，參與過什麼戰爭或是任務，身上可有什麼軍功，以及各項檢測出來的資料等等，全都詳細記錄在冊。

這些東翎衛的候選人，各個都是猛男。顧元翻開了幾頁之後又誇讚了程將軍幾句，在這兒一直看到了午時，待眾位士兵散去吃了午飯，顧元白才離開。

天氣漸熱，在宮殿裡待著悶，顧元白途經湖旁時，令人將政務搬過來，他要在湖旁涼亭裡處理政務。

宮侍們拿著能攔住蟲蚊的輕紗將涼亭給圍了起來，亭中點上了驅蟲蚊的薰香，一陣陣涼風吹來，顧元白處理政務的時候，也覺得難得的暢快。

香味縹緲四散，鳥叫聲清脆悅耳，顧元白下筆如有神，花了一個時辰批閱完了政務之後，又將京城府尹上書的摺子單獨拿了出來。

朝廷在顧元白的帶領下就是一匹嗅著血味就能迎風而去的狼，即便現在在忙著禦史台、東翎衛和即將開始的反貪腐行動，也沒有忘記用輿論來壓迫其他各大寺廟。

和成寶寺住持來往親密的寺廟都在與成寶寺住持談話之後主動上交了一部分相當可觀的寺田，寺中的僧人也放行了不少，乃至現在京城的街道上時時可見從寺廟中歸來的僧人。

聖上準備清查冗僧的消息，在寺廟與寺廟之間也慢慢的傳開了。

顧元白對這種情況很滿意，能不動兵就不動兵，能不用強硬手段就不用強硬手段，這樣的情況下，這些寺廟獲得了好名聲，朝廷也獲得了好名聲，這就是雙贏的結果。

新的關於各個寺廟規格的律法還未被政事堂研究出來，顧元白故意讓他們放慢了速度，給予這些寺廟自己主動送上來的時間。

等真正的關於寺廟規格的律法出來之後，那些未趕得及爭取這分好名聲的寺廟，就得被動交上寺田和人了。

「剿匪時俘虜了多少人？」顧元白突然想起了這件事。

薛遠回道：「四千餘人。」

顧元白驚訝道：「竟然有這麼多的人！」

薛遠笑了笑，西廣山的人摸黑下山，被他們包圍時以為朝廷官兵來了許多，連反抗都沒反抗直接投了降，西廣山兩千多人傷亡輕微，倒是王土山和松子山被殺了很多人。

聽說王土山剩餘的那些被俘虜的人見到朝廷來帶人時，都高興得喜極而泣了。

顧元白在心底將這四千餘人的作用安排了一番，忍不住笑彎了嘴角，「好！」

薛遠瞧著他的笑顏，本來覺得剿匪這在他眼中實在不值得驕傲的一件小事，也陡然之間有了尚且不錯的成果，他也跟著笑了起來，心道，老子怎麼越活越過去了。

這樣的小功績竟然也能讓他覺得高興。

艸他娘的，果然是戰場上少了。

顧元白心情愉悅，讓人將批閱好的奏摺送到了政事堂。又在湖邊吹著風走了走，等到走出了一身的汗後，才擺駕回了宮。

宮中已經做好了讓聖上沐浴的準備，顧元白走進去後，就讓人都退了下去。

水裡溫溫熱熱，明亮的光從窗戶透進，顧元白長舒一口氣，閉著眼睛倚在池邊，舒舒服服地享受著清水拂過的感覺。

但等一會兒，他睜開眼低頭一看，應該是天氣熱了，人燥了，小兄弟也跟著抬頭了。

每日顧元白一看到自己的這處，臉上都是面無表情，現在倒有些感覺了，他抬起手，五指姑娘總算是三年內第一次發揮了作用。

外頭，守在宮門外的田福生突然想起了什麼，問道：「殿內可擺上了茶水？」

「擺上了，」宮女也愣了一下，猶豫道，「但卻是在聖上沐浴之前煮上的茶水，現下應該涼了。」

「再去泡一壺新茶來，」田福生催促，「快點。」

宮侍急急忙忙再泡了壺新茶來，田福生正想接過送進殿中，就見一雙大手憑空伸出，搶過了茶壺，笑迷迷道：「田總管，我來。」

薛遠不等他們反應，就邁著大步走進了殿中。

皇家用具極盡奢華，地上鋪著毯子，處處都是縹緲霧氣。薛遠不是第一次進這個殿，熟門熟路的左拐右拐，正要推門而進時，突然聽到了不甚清晰的喘息聲。

薛遠手上一頓，然而收力不及，門還是被他推開了一道縫。

呼吸聲更清楚了。

薛遠抬眼看去，就見聖上背對著木門，一頭黑髮披散在肩後，水霧繚繞之中一動也不動，瞧著有些古怪。

這是在幹什麼？

薛遠直覺現在進去能嚇著人，他抬步緩聲走到了窗戶處，隨意推開往裡頭看了一眼。

白皙的手指正在擺弄著自己的那玩意兒，那處的樣貌被薛遠看得清清楚楚，薛遠原本漫不經心的視線一定，拎著茶壺的手倏地握緊，從手到頭好像竄上一股發麻的感覺。

白白淨淨，顏色很嫩，透著粉。竟然有男人能是這種顏色——跟玉一般。

怎麼能……顧元白這樣的人怎麼能……

明明是那麼狠的人，怎麼能會這樣的嫩？

薛遠雙目不放，過了一遍身體的酥麻從頭到底，跟喝多了酒似的都有醉了的感覺。他心道，顧元白的這裡竟然能這麼可愛。

和他本人完全不符，猝不及防之下，可愛得薛遠都覺得自己頭上一麻。

第三十八章

薛遠從來沒有這樣的感覺。

即便是給聖上上藥的那次，薛遠也只是感歎小皇帝的皮膚嫩得跟豆腐似的。但現在，看到顧元白表露出和平日完全不同的另一面，與平時的狠色天差地別，竟有種頭皮炸開的酥麻感。

跟玉一樣，都是男人，但就是同他的完全不一樣。薛遠本來以為誰都是猙獰的模樣，沒想到竟然不是。

聖上果然是個玉人，無論何處都漂亮可愛得無可挑剔。

薛遠退後一步，有點熱。他用著強大的克制轉移過去了目光，又回到了木門處，敲門道：「聖上，臣給您送茶水。」

腦子裡還在想，是粉色的，竟然是粉色的。

顧元白被嚇了一跳，手下一個用力，疼得他表情都猙獰了一瞬，緩過來後，啞聲道：「放著吧。」

薛遠有些恍惚，沒聽到這聲回應。

顧元白沒聽到離開的腳步聲，他手下的動作被迫停了下來，側過頭一看，就見門外頭立著一個黑影，黑影高大，杵在門前宛若一個門神。

顧元白還卡在不上不下的這點，火氣大著呢，他無奈道：「薛遠？」

薛遠下意識道：「很好看。」

顧元白道：「什麼？」

薛遠轉瞬之間回過了神，他看著木門，竟然好像透過了木門看見了小皇帝，瘋了，他都懷疑自己瘋了，他竟然覺得小皇帝的那個地方比玉把玩著還要舒服愜意。

應該還有熱意……粉嫩成那般模樣，竟然有男人……

他重重咳了一聲，道：「聖上聲音不對，可是不太舒服？」

顧元白低頭看了一眼自己的手，「……無事，退下。」

薛遠轉身，大步走了幾步，等快要走出宮殿門時才覺得不對，他低頭一看，手裡還拎著剛剛泡好的茶。

薛遠站在原地默了一會，隨後又回去將茶水放在了門前，然後大步離開了此地。

顧元白洗好澡出來時，小半個時辰都過去了，他穿著裡衣，外頭的宮侍被叫進來伺候，待穿戴整齊，髮上的水被擦淨時，外頭的太陽已經西移了。

聖上一出宮門，薛遠就看了過去，聖上裸露在外的肌膚被熱水蒸得白裡透紅。薛遠頭皮又炸起來了，白裡透紅。

所有侍衛之中，他的神情最為怪異，顧元白側頭一看，想起了他放在門前的那壺茶，於是懶散道：「薛侍衛，去將送給朕的那壺茶再拿回來。」

薛遠應道：「是。」

他腳步快速走到了殿中，幾息之間就找到了那壺放在門旁的茶，薛遠拎起茶，往門內泉池看了一樣，泉內的香味就湧了上來。

薛遠心裡不由道，那麼粉，難不成是被熱水蒸的？

……薛九遙，小皇帝粉不粉，關你屁事。

薛遠冷著臉拎著水走了出來。

顧元白喝了幾口水，乾燥的唇內總算舒服了一些。他剛剛釋放了一回，非常值得驚喜的是，雖然那東西不是很大，還嫩，但是持久力真的很厲害，這至少給了顧元白一點男性自尊。

他心情很好地回了宮殿，今日的事務提前處理完了，顧元白便拿出了本書在看，過了一會兒，他突然想到：「今年的春獵，是否要開始了？」

田福生輕聲細語道：「還有莫約半月的時間。」

顧元白笑著道：「朕好久未曾去圍場狩獵了，事務太過繁忙，即便是朕，也想放鬆放鬆了。」

田福生忍不住道：「聖上，御醫都要您莫要思慮太重。您一天到晚地忙來忙去，這怎麼能受得住？」

若是聖上身子康健，田福生怎麼也不會說這種勸導聖上不要太過勤奮的話，只是聖上身子弱，易染病，這樣成日成日地繁忙，反而會壓垮了身子。

顧元白笑了笑，「將春獵的章程安排下去吧。」

聖上逃避這個話題，田福生也沒有辦法，他老老實實地退了下去，安排人將春獵一事提上了日程。

春獵、秋狩自古以來都有一套章程，執行起來並不麻煩。禁軍提前十日出發，要守住山頭，將所有威脅到皇帝的事物都阻絕在山頭之外。

春獵本應在三月進行，但今年三月迎來了會試，春獵便也跟著推遲，如今已是五月，春日還未過去，微風舒暢極了，不冷不暖，正是一個狩獵的好時節。

皇帝吩咐下去的事，整個朝廷自然全都跟上運轉。

春獵是個規模龐大的圍合狩獵活動，能參加的宗親和臣子也都有要求。前些時日，朝廷中的眾人都憋著一口氣，不敢大聲說話不敢大聲喘息，一是被禦史台和齊王的事嚇的，二是被那些曾為齊王說過話結果被貶謫到地方的官員嚇的，這些時日好像有一塊大石頭壓在脊背之上，眾人無不謹言慎行，生怕犯了什麼忌諱。

而這樣的氛圍，並不利於朝堂的穩固。

因此顧元白提出春獵，另一個目的就是想緩和一番皇上和臣子之間的關係，來安撫臣子的心。

這招很好用，消息甫一放了出來，京城之中就熱熱鬧鬧了起來，各個機構開始加快處理各項事務，好為春獵騰出時間。

而被聖上塞到禦史台的褚衛，也開始同孔奕林一般忙碌了起來。

他們本身的官職還是在翰林院，如今的忙碌只能說是被皇帝賦予的兼職，但即便是這樣，多幹一份活只領一份俸祿，也各個滿足得很。

顧元白就很欣賞他們的這種心態，瞧瞧，瞧瞧古代的這些哥兒們，多幹活也不嫌累不嫌工資少，讓他們天天加班也心甘情願，這樣的員工放到現在，都得被老闆給壓榨死。

這一日，褚衛前來面聖，同顧元白說著禦史台的情況，他說得很細，甚至將原本禦史台之中的各派勢力也分析得一清二楚，並逐一找到擊破的辦法。有些給予懲治、有些給予表揚，官職虛實、高低，都可以成為制衡的手段。

不得不說，他說得很是合理，即便顧元白早就有了處理禦史台的章程，也不禁為此眼前一亮。

褚衛的才能，在他開始找準了方向後，便是犀利而有用的。

顧元白含笑聽著，聽完之後道：「褚卿下了大功夫。」

褚衛微微一笑，容光仿若春風，他沉穩道：「這是臣的本分。」

這話肯定是假的，褚父官職不高，即便是完成了治水任務後被顧元白調到了工部水部郎中外加賜予虛職後，也未曾有想向上的野心。

工部水部郎中，比禮部郎中權力大多了，與員外郎掌天下川瀆、陂池之政令，以導達溝洫，堰決河渠。褚尋如此安分，自然無法給兒子帶來多少助力，褚衛能查得如此清楚，如此地深，想也知道用了多大的力氣。

顧元白溫聲道：「褚卿，你做得很好。」

小皇帝話語柔和，褚衛不由一愣，記憶當中，聖上也曾有一次這麼溫聲同他說過話。

……是他被綁到龍床那次。

褚衛耳根不著痕跡地一紅，垂眸道：「能為聖上分憂便好。」

美人看起來就是讓人賞心悅目，特別是有才華的美人，顧元白直接帶著褚衛去了御花園散散步，以此表示恩寵。

褚衛的詩賦也是一絕，君子六藝樣樣一流，見著聖上在花草叢中粲然一笑時，不禁道：「聖上，臣可否為您作一幅畫？」

顧元白好笑：「給朕作畫？」

褚衛點了點頭。

顧元白想了想，他似乎還真的沒有留下過什麼畫像，於是便讓田福生搬來了椅子，找了一處百花齊放的背景，悠然坐了下來。

宮侍給褚衛搬來了畫具，每一張紙皆是珍貴，每一個顏料皆是鮮妍亮麗。宮侍們站於兩旁，靜靜看著褚衛畫畫。

聖上淡色的唇角含笑，眼中亮堂而有神，眉目之間是掌權在手的自信與底氣，風月昳麗的樣貌在這種的自信與底氣之下好像是拭去了塵埃的美玉，散發著吸引人目光的勃勃生機。

很有趣，小皇帝身體不好，但看起來卻是生機鮮活。而有些人身體健康，卻總是死氣沉沉的模樣。聖上身上所獨有的明亮而火熱的感覺，就像是一把熊熊燃燒的火焰。

褚衛心中思緒萬千，拿起了細長的筆，沾著水和淡墨，草草勾勒出了一個草圖。

日光西移，暖陽在聖上身上灑下一層金黃的光，褚衛抬頭看聖上一眼，然後又低頭畫上一筆。他的神情認真，但薛遠總覺得他是在以公謀私。

他每看小皇帝一眼，薛遠都覺得他是心懷不軌，他在紙上畫出了小皇帝的眉眼，那就代表著他的目光已經舔過了小皇帝的眉眼。

然後又到了小皇帝有神的眸。

薛遠握著腰間的劍柄，臉上還是笑呵呵的神情。

府中的門客上次同他通報了探查褚衛一事的結果，完全沒有發現褚衛有喜歡男人的傾向。薛遠完全不信他們查到的狗屁玩意，不喜歡男人？

不喜歡男人能在他面前故意做出摟抱小皇帝的樣子嗎？

他冷笑，覺得褚衛不是不喜歡男人，而是喜歡的那個人是天下九五之尊，因此才不敢言。

褚衛的目光一點點從皇上的臉上定住又移開，給聖上作畫，並不需要聖上一直坐在那裡，這畢竟太勞累了。褚衛用腦子將這畫面記下，就請顧元白起來走了走，接下來若是哪點忘記了，再抬頭看看聖上即可。

好畫需要時間磨，等到散值的時候這幅畫也沒有畫完，褚衛經過聖上允許，可以將這幅畫帶回府中，等畫完了再將畫獻上。

出宮的時候，褚衛和薛遠一前一後走出了宮。

褚家等在宮門外的是馬車，薛遠的代步工具是馬。薛遠駕馬從褚衛的馬車旁經過，褚衛冷眼看著他，滿是厭惡。

而經過褚衛馬車的薛遠，已經收斂了笑，面無表情地想怎麼給能給褚衛一頓教訓了。

總有人心比天高，敢去肖想不該肖想的東西。

不教訓一頓，他都不知道自己幾斤幾兩。

薛遠面無表情地想著血腥的東西，駕馬駕得極為緩慢，途中經過一件玉件店鋪時，才回過神來。

……不可避免地想起了某樣粉嫩的東西。

頓時頭皮一麻。

第三十九章

玉件店鋪。

回京後薛遠從來沒進過這種店。

胯下的馬來回踱步，腦子裡全是顧元白，薛遠的目光一直定在了玉店上。最後扯唇，乾脆俐落地翻身下了馬。

那會水霧多，也有可能看錯了。

究竟是不是那顏色，還需要親眼再看一眼，不然卡在心底總會不上不下，不得勁。薛遠得想個辦法，得讓顧元白在他面前把褲子脫了。

怎麼才能讓顧元白在他面前脫褲子？

直接給扒了？

薛遠一邊想著怎麼扒，一邊抬步邁進了玉件店鋪之中。玉店的老闆忙迎上來，「官爺想要什麼樣的玉飾？」

薛遠身上還穿著侍衛服，殿前都虞候的衣服同之前所穿的侍衛服也只是細微的不同，挺拔又英俊。他往店中的玉飾看了一眼，沒看到想要的玉件，於是眼皮一挑，看著老闆說道：「有沒有細長帶著粉意的玉件？」

老闆懵了，「細長帶著粉意？」

薛遠隨後比劃了一下，然後問道：「有嗎？」

老闆尷尬地笑了一下，帶著薛遠走到了內室，然後拿出了一件精緻的木雕盒子。這盒子看起來很沉，也很嶄新，薛遠看了一眼盒子，再抬頭看了一眼老闆。

老闆拿著巾帕將盒子給擦乾淨，再放到一旁的高桌上，盒子打開，裡頭的東西正對著薛遠。

那是從細到粗的一根根細長的玉件。

白玉通透的顏色，最細的不過手指粗細，最粗的則是猶如拳頭般大小。

薛遠從中隨意拿起了一個，覺得觸手冰冰涼涼，不似凡品。

這東西除了不是粉色，幾乎就符合了薛遠說話的那些要求了。薛遠問道：「這是什麼？」

老闆道：「官爺，這是玉勢。」

薛遠沉吟了一番，「玉勢？」

老闆滿頭大汗，詳之又詳地給薛遠講了一遍用途。

一邊講，老闆一邊心裡納悶。這官爺連玉勢都不知道，是怎麼想起來買這個的？

§

確定春獵日子之後，這幾天顧元白有意將工作政務放緩了一些，他的脾氣溫和了，下達的政令舒緩了，各個機構忙碌之餘也不免鬆了一口氣。

天子一怒，伏屍百萬。

前些時日見到禦史中丞和齊王處境的大臣和宗親不是沒有唏噓膽寒之人，如今才終於算是鬆了一口氣。

大臣們和宗親自覺保持了距離，宗親的錢更別說接了。這不是錢，這是催命符。

比他們更鬆一口氣的，就是太醫院的御醫。

顧元白的身體需要定期的診脈檢查，補藥養著，喝多了也就不苦了。但御醫醫術再高明，也比不得聖上自己心寬。

第二日薛遠上值的時候，就見到御醫正在寢宮內為顧元白把脈。

顧元白還未起身，他躺在床上，殿中的門窗緊閉，薰香煙霧浮浮沉沉。

前些日子格外緊繃，陡然放鬆下來之後就覺得身子上下都很疲憊。顧元白闔著目，也看不出是不是睡著了。

薛遠見他這副樣子，眉頭一蹙，問田福生道：「聖上怎麼了？」

田福生的神情倒是還能穩住，他歎了一口氣：「聖上應當是前幾日累著了，要麼就是被齊王給氣到了。如今這一口氣放下來，今日卯時就覺得有些頭疼。」

薛遠：「御醫怎麼說？」

田福生憂心道：「還未曾說呢。」

薛遠腦子突然靈光一閃，表情怪異了起來。

總該不會因為昨日在泉中那事才頭疼的吧？

……這也實在是太體虛了。

同一時間，閉著眼的顧元白也有些尷尬。

昨日下午洗澡的時候給了顧元白自信心，三年沒爽過的男人惹不起，他昨天晚上於是又自信心爆棚的擼了一把。

爽是爽了，早上一起床就頭疼了。

御醫稍稍把脈，就品出了怎麼回事。大內沒有宮妃，也未曾聽過有宮女侍寢，御醫稍稍一想，總覺得這話要是直說出來便會傷了聖上的顏面，於是措辭了許久，才含蓄道：「聖上身子骨稍弱，切記不可著急。時日相距太近，又是睡前，難免受不住。」

顧元白表情淡淡，「朕知道了，下去吧。」

御醫退下，田福生走上前追問：「太醫，您所說的某些事不可急指的可是政務？」

御醫想了一想，含含糊糊應了一聲。

田福生心中了然，他將御醫送了出去，回來就道：「聖上，小的聽說京城裡的雜劇院排了一齣新戲，不若今日請到宮中一觀？」

「新戲？」顧元白，「哪家的雜劇？」

「似乎是京西張氏。」田福生道。

顧元白起了興致，他等了京西張氏已經很長時間了。這段時間他們卻一直靜悄悄地不動，顧元白本來以為他們是在待價而沽，或是沒有想成為皇帝手中錢袋子的想法，但現在看來，卻是他想差了。

實際上，張氏都快著急死了。

張氏商人起家，再有錢背後也沒有人，單說把族中弟子張好塞進成寶寺，大人物們說一句話的事，張氏就塞了大把的錢財外加卑躬屈膝才把人塞了進去，即便是這樣，寺中的弟子也看不起出身商戶的張好。

背後沒權沒勢，任誰都能在張氏身上扒下一層皮來。有錢卻沒勢、備受欺辱的日子張氏族長已經受夠了，他們本來就準備通過哪個高官的手去向聖上示好，看能不能承辦聖上打算建的商路一事，即便是一分錢也掙不到，往裡面貼錢他們也想做。

只要能替聖上做事，他們就已經覺得足夠了。

然而這個時候，在成寶寺當俗家弟子的張好就帶回了一個天大的好消息。

整個族中的人都驚喜壞了，他們讓張好將聖上說過的話一字一句的重複了幾十次，雖然猜不透聖上的意思，也並不明確聖上是否與他們有合作的意向，但他們全族上上下下商議了一天，最後還是毅然決定，全族回京城，一定要見聖上一面！

為了表達誠意，上上下下的族人都從各省趕回京城，不管皇上見不見族人，他們至少得做好這方面的準備。

全族彙聚在了京城之後，張氏就開始以各種手段去結交高官，只希望高官們可以給他們引薦一番，但是他們的運氣不好，正好碰上了朝廷極度緊繃的日子，自從聖上整頓禦史台並有反貪腐計畫後，朝中大臣人人自危，謹言慎行，別說給張氏引薦了，收禮都不敢收。

張氏鎩羽而歸，各個路都通不了，只能一邊著急一邊在京城發展著生意，急得人人心中惶惶不安，最後便搭出了權貴們最喜歡的雜劇，指望用此來結交一兩個權貴，可以讓他們能有面聖的機會。

「他們這個雜劇院也是後來居上，」田福生道，「聖上可有心情？」

顧元白坐起身來，「宣入宮看上一看。」

田福生心喜道：「是！」

清風揚揚，顧元白坐在陰涼之中，看著對面的戲臺子。

身邊擺放的是新鮮嬌嫩的水果，清茶香味嫋嫋，顧元白被薰得昏昏入睡，半瞇著眼看著對面的雜劇。

給皇上看的戲，肯定要拿出壓箱底的功夫，上面的人各個精神抖擻，唱腔能轉出一個十八彎。不用多說，都是高手。即便顧元白是個被各種娛樂充斥心底的人，也知道演得好、唱得厲害，真品出幾分趣味。

顧元白看得認真的時候，突然覺得背後涼涼。他回頭一看，就見薛遠在盯著他的後背不出聲，顧元白道：「都虞侯在想什麼？」

「扒——」薛遠回神，翩翩君子一笑，「臣在想怎麼給聖上剝荔枝。」

薛遠經過一夜的縝密思索，還是不相信顧元白這麼狠的人那處能這麼可愛，為了證實他的想法，他也一直在想著怎麼能扒了聖上褲子驗證一番。

要是別人，薛遠有這個想法早就直接上手了，但小皇帝不行，小皇帝連香味都能被嗆到，太弱了。他要是強扒了，估計顧元白又得生氣了。

愈想愈煩。

強硬手段沒辦法，哄騙？

再裝個乖？

顧元白讓他走近，將放著一串紅彤彤荔枝的瓷盤推到了薛遠面前，在薛遠想要伸出手前，不忘問一句：「手乾淨嗎？」

薛遠將手翻了面對準顧元白：「聖上，您瞧。」

他掌心滿是粗繭和細小的傷口，糙得掌紋都是無比的深邃而有力，骨節大，而又修長，看著就是極為有男人味和安全感的一雙手。這雙手摸在身上的感覺顧元白還記著，就像是跟塊石頭在身上磨的一般。

但這雙手不知道已經殺過了多少的人，拎過了多少人的頭顱。

顧元白，「都虞侯手是乾淨了，昨日拎著頭顱的樣子朕卻還記著。」

薛遠一邊剝著荔枝，一邊悠哉哉道：「聖上，那頭顱可不便宜。」

顧元白直接道：「朕記得賞給你的東西也都不便宜。」

薛遠沒忍住笑了。

臺上的戲又唱了一會，晶瑩剔透的荔枝也被剝滿了整個瓷盤。顧元白嘗了一個，甜滋滋的美味就溢滿了整個口腔。

吃著荔枝，想著糖拌番茄。

唉。

等臺上的人唱完了這一個曲目之後，田福生詢問聖上還要不要再看，顧元白可有可無地點了點頭，臺上的人又再耍了起來。

過了一會兒，有宮侍手捧著一叢碧綠玉珊瑚走了過來，輕聲道：「聖上，這是雜劇院中獻上的玉件。」

這碧綠珊瑚綠得幽幽瑩瑩，通透深沉，顧元白撫了一下，「送玉的人何在？」

宮侍便退下將人領了上來。

跟在後面的是個中年男人，神情激動舉止拘束，來到顧元白面前就行了一個大禮：「草民拜見聖上！」

這人正是京西張氏的人，顧元白問道：「這玉是你獻給朕的？」

張氏人拘謹道：「草民族中有一族人偶然之間遠行海邊，巧合之下發現了如此美玉。這珊瑚群並非雕刻，而是天然長成。此等東西，獻給聖上才能彰顯其不凡。」

顧元白微微一笑：「你就是京西張氏的族人？」

張氏人緊張得滿頭大汗，背上的汗水浸透了衣服，「草民正是。」

顧元白摩挲了下玉珊瑚，笑了，「巧了，朕正好想同你們談一談生意。」

顧元白知曉沒有利益的合作不會長久，他既然提出了合作，自然也會讓張氏有利可圖。

而他讓張氏做的事，就是同邊關遊牧民族建起一條商路。

賣給他們大恒的糧食、茶葉、布料、食鹽等，再低價購買他們手中的牛羊駿馬。

這條商路將會被顧元白壟斷，安全被顧元白保證。買來的良馬運往軍中，培養輕騎兵和重騎兵，劣馬和牛羊高價賣向內陸，牛羊之中也會分出其中一半，同樣運往軍中給士兵們添添葷腥。

顧元白牢記槍桿子裡面出政權。養兵千日，用兵一時。要想要兵強力壯，飯食上就是大筆大筆往外流的銀子。

但不能不養，兵馬是一個皇帝讓人懼怕的根本，是掀桌子的底氣。而當一個皇帝沒有掀桌子的能力時，他也就不是一個真正的讓人敬畏的皇帝了。

只要張氏做好了這條商路，軍中就會省了大筆的銀子，朝廷也會因為高價的販賣牛羊和劣馬而賺到白花花的銀子。

而朝廷有了銀子，就可以做很多事了，最先要做的就是修路和建設。

張氏自然不肯要聖上分出來的這些利益，他們本來就打算倒貼錢也要做成皇帝吩咐的事，現在知道不必貼錢之後，已經很滿足了。

顧元白卻道：「朕占八分，你們占二分。」

張氏推辭了幾次，最後還是在顧元白的堅持下接受了。心中不免惶惶，顧元白發覺了他不安的神色，溫聲安撫道：「你們也是朕的子民，大恒律法之中就寫了貪污處置的律法，朕應當以身作則，豈能以身犯法？你們如此辛苦，朕總不能讓你們白做事、白幹活。」

天下之主都不願意占他們的便宜，言語如此的暖心體恤，但那群貪官，卻囂張跋扈。

張氏人的眼圈瞬間紅了，他朝著顧元白行了最後一個禮後，就被帶離了這處。

不久後，禦史大夫帶著褚衛又匆匆趕來了。

禦史大夫與顧元白商討著禦史台的事情，在禦史大夫身後，褚衛手心提著一幅捲起來的畫作，心平氣和地等待著。

薛遠瞧見聖上只顧說話了，眼看盤中的荔枝快要過了新鮮的勁，於是捏起一顆肉多飽滿的荔枝送到了顧元白的唇邊。

顧元白下意識吃到了嘴裡，溫熱的唇瓣在薛遠手指頭上一觸而過。

褚衛就在一旁看著這一幕，先前平靜的臉色微變。

薛遠瞥了小皇帝的唇一眼，極為自然地將手伸了過去，放在顧元白的唇下，面色不改地接住了顧元白吐出來的黑色荔枝籽。

他倒是不嫌髒，擦了擦手後又餵了小皇帝一顆荔枝。

顧元白全神貫注著同禦史大夫說話，待說完之後，品著嘴裡甜滋滋的味道，又賞給了禦史大夫一盤荔枝。

這老臣這些日子真的累狠了，致仕前還接手了這麼一個臭攤子，顧元白不忘安撫：「有卿在禦史台，是朕之大幸事。」

禦史大夫笑呵呵：「聖上如此說了，老臣再辛勞也要把這事給聖上辦好了。」

顧元白拍了拍禦史大夫的手，笑著和他說了幾句親切話。

禦史大夫離開後，一直安靜等在後方的褚衛終於上前一步，將畫作捧在雙手之上，道：「臣已將畫給畫好了。」

田福生上前接過展開，平整的紙面上，一副顧元白的肖像畫就展露了出來。

畫中人眉目有神，氣場沉穩而自信，其容貌與身後花叢交輝相應。都說一個人在別人眼中是什麼樣子，畫出來就是什麼樣的，顧元白滿意的頷首，覺得自己在褚衛心中很有君主的氣概。

褚衛看著聖上神情，知曉聖上應當滿意，心中不由提起來的那股氣瞬間鬆了下去，他自己都不由好笑，何時有因為自己的畫技而感到忐忑不安的時候了？

「雙眼當真畫得栩栩如生，」顧元白手撫上，讚歎道，「褚卿這畫技乃是一絕。」

褚衛微微一笑，抬起手想指指畫中隱藏的奧妙，卻未曾想聖上也恰好抬起了手，兩個人的指尖在空中微微碰觸，雙方皆是一愣。

兩隻手都漂亮得仿若玉雕，只一更為修長稍大，一更為養尊處優，放在一起時，就仿若畫一般的精美好看。

顧元白率先收回了手，不由往褚衛的正牌兄弟看了一眼，誰想薛遠卻雙目黑沉，面無表情地看著褚衛。

褚衛手指瑟縮了一下，才收回袖中，他垂眸看著畫，繼續口吻淡淡地道：「聖上，這處還有一道玄機，此處……」

荔枝送到嘴邊，顧元白下意識吃下，等到要吐出時，面前就多出了兩隻手。

褚衛挽起衣袖，也恭恭敬敬的抬手同薛遠一般伸出了他的唇邊。

薛遠笑容更陰森了。

顧元白頓了頓，側頭吐在了薛遠的手上。

畢竟褚衛清風朗朗，相貌出塵，又是他的臣子，不像薛遠一般又糙又粗，怎麼能吐到褚衛手上？這不是折辱了嗎？

褚衛見此，沉默著將手收了回來。前頭的雜劇還在演著，顧元白讓人將畫作收了起來，讓褚衛也在一旁看了起來。

待到午時稍乏，顧元白才揮手結束，回到寢宮歇息去了。

§

當天散值時。

褚衛從翰林院中離開，周圍都是散值的同僚，上了馬車之後，褚衛道：「去安誠書院。」

馬車在安誠書院前停下，褚衛下車，剛走到安誠書院前頭，卻突然被人從後捂住了口鼻，閃身被拉到了一旁的巷子之中。

褚衛用力掙脫，眼神淬了冰，周圍陰影裡站著幾個高大的身影，他們沉默地握緊了拳頭，直接衝了上來。

褚衛躲過了一擊，下一擊卻被人襲上了腹部。巷子裡沉悶的毆打還在繼續，褚衛悶哼出聲，傲氣卻不肯呼出一聲求救。

他平日也有練些強身健體的武術，因此能清楚分辨出來，這些人絕對都是故意來找事的練家子！這些人的拳頭都避開了臉，外頭看著無傷無礙，實際疼得幾乎讓人忍受不住。直到喉間出了血腥氣，褚衛才聽到巷口有聲音響起。

他勉強側頭一看，薛遠騎著馬，馬蹄緩步地從巷子口踱步而過。

似乎是發現了巷子裡的動靜，薛遠漫不經心地側過了頭，他同褚衛對視，像是什麼都沒看到一樣，面上毫無波動。

褚衛咽下一口血水，眉目陰翳。

是他。

薛遠。

褚衛冷著臉回到了家中，他面上看起來很好，實則身上到處都是暗傷。他將這些傷給遮掩了下來，未曾驚動任何人，第二日上值時，卻回了翰林院，被挑選到了聖上身邊記錄言行。

同行的還有常玉言。常玉言第一次被選到聖上身邊侍講，君子端方的臉上露出的笑容止也止不住。褚衛同他並行走了一段路，突然問道：「常大人，你似乎與殿前都虞侯很是相熟？」

常玉言笑容微收，微微頷首，反問道：「褚大人怎麼會問這事？」

褚衛語氣寒雪夾冰，「聽聞薛大人今年才回京城，先前一直在邊關軍營。這樣的人物，應當很是了不起吧？」

常玉言含笑道：「九遙的事，我也並非樣樣清楚。」

褚衛唇角冷冷一勾，不再說話了。

等他們二人進入殿中時，褚衛抬頭一看，就看到薛遠站在一旁的身影，他眼中陰霾頓起，垂眸同常玉言同聖上行了禮。

等半個時辰後，褚衛上前記錄聖上所讀書名時，寬袖卻勾住了桌角，褚衛皺了皺眉，抬手剝去了衣袖。

聖上從書中抬起了頭，看到了他手臂上的暗傷，不由眉頭一皺，「褚卿這是怎麼了？」

褚衛語氣淡淡地道：「昨日臣於書院門前下車，正想去買些筆墨紙硯，卻被不知哪兒的人拉到巷中教訓了一頓。」

聖上眉頭皺得更緊，「可有損失錢財？」

褚衛道：「並無。」

聖上聲音冷了下來，「那便是在京城腳下為非作歹了。」

褚衛抬起了頭，同另一側的薛遠對視了一眼，對方面色不改，還有閒心朝著褚衛露出一抹譏諷的冷笑。

褚衛心底一沉，垂下眼道：「正是如此。」

高寶書版集團
gobooks.com.tw

FH006
我靠美顏穩住天下 1

作　　者　望三山
繪　　者　黑色豆腐
主　　編　吳珮旻
編　　輯　賴芯葳
校　　對　鄭淇丰
美術編輯　Vitctoria
內頁排版　賴姵均
企　　劃　方慧娟

發 行 人　朱凱蕾
出　　版　朧月書版股份有限公司
　　　　　Hazy Moon Publishing Co., Ltd
地　　址　台北市內湖區洲子街88號3樓
網　　址　gobooks.com.tw
電　　話　(02) 27992788
電　　郵　readers@gobooks.com.tw（讀者服務部）
傳　　真　出版部(02) 27990909　行銷部 (02) 27993088
郵政劃撥　19394552
戶　　名　朧月書版股份有限公司
發　　行　朧月書版股份有限公司
初　　版　2021年 10 月

本著作物《我靠美顏穩住天下》，作者：望三山，由北京晉江原創網絡科技有限公司授權出版。

國家圖書館出版品預行編目(CIP)資料

我靠美顏穩住天下 1 / 望三山作. -- 初版. -- 臺
北市：朧月書版股份有限公司, 2021.10
　冊；　公分

ISBN 978-986-06814-6-8(平裝)

857.7　　110014616